新安江

新安江詩詞選注

杨永生　翟屯建◎主编

中国科学技术大学出版社

图书在版编目(CIP)数据

新安江诗词选注/杨永生,翟屯建主编.—合肥:中国科学技术大学出版社,2020.5

ISBN 978-7-312-04923-1

Ⅰ.新… Ⅱ.①杨… ②翟… Ⅲ.诗词—注释—中国 Ⅳ.I22

中国版本图书馆CIP数据核字(2020)第051895号

出版 中国科学技术大学出版社
安徽省合肥市金寨路96号,230026
http://press.ustc.edu.cn
https://zgkxjsdxcbs.tmall.com

印刷 安徽国文彩印有限公司

发行 中国科学技术大学出版社

经销 全国新华书店

开本 710 mm×1000 mm 1/16

印张 26

字数 520千

版次 2020年5月第1版

印次 2020年5月第1次印刷

定价 118.00元

编　委　会

前言

一

位于休宁县海拔1600多米的五龙山脉六股尖，一湾清清流泉，纳天之水，倾泻而下，奔流在崇山峻岭之间。一会儿缓缓流淌，一会儿汹涌激荡。千回万转，起伏跌宕，留下一个个湍流急滩，当奔腾到浙江建德县与兰江交汇时，方才歇一口气。之后，汇合于富春江，融入钱塘水，浩浩荡荡，注入大海。

这条江，名叫新安江。明代沈明臣曾发出“新安新安江水连，三百六十滩在天”的感叹！

新安江最初的名字并不叫新安江，而是叫浙江。《山海经》载：“浙江出三天子都，在其(蛮)东。”“三天子都”又称“三天子鄣山”，郭璞为《山海经》作注时称：“今在新安歙县东，今谓之三王山，浙江出其边也。”《庄子》称“浙江”为“淛河”，其《外物篇》载：“自淛河以东，苍梧以北，莫不厌若鱼者。”宋元时期，“浙”“淛”通用，秦观《游龙井记》载：“龙井旧名龙泓……其地当西湖之西，淛江之北，风篁岭之上，实深山乱石之中泉也。”《汉书》《水经》称“浙江”为“渐江”，《汉书》载：“黝，渐江水出南蛮夷中，东入海。”《水经》称：“渐江水出三天子都，北过于杭，东入于海。”清段玉裁在给《说文解字》“浙”字作注时指出：“今俗皆谓钱唐江为浙江，不知钱唐江《地理志》《水经》皆谓之渐江，江至会稽山阴，古曰浙江。《说文》浙、渐二篆分举划然，后人乃以浙名冒渐。盖由二水相合，如《吴越春秋》越王至浙江之上，《史记》楚威王尽取故吴地至浙江，始皇至钱唐临浙江，皆谓是也。”在给“渐”字作注时，说得更明白：“渐江者，钱唐江源流之总称。”

“浙”“渐”均源于徽州。徽州地方志所载地名中，休宁县有“浙溪水”“浙源”“渐江”“渐溪”，婺源县有“浙岭”，就是最好的证明。

秦始皇统一全国后，在浙江上游设置黟、歙二县。东汉建安十三年(208)十二月，孙权将原黟、歙之地分拆为黟、歙、始新(淳安)、新定(遂安)、犁阳(后改为黎阳)、休阳(后改为休宁)六县,建新都郡,这是徽州州郡府一级行政设置的开始。唐代时期,又从歙县分设出绩溪县,从黟县分设出祁门县,从休宁县分设出婺源县。这便是浙江上游,后来被称为新安江流域的基本区划。西晋太康元年(280)司马炎灭吴之后,改新都郡为新安郡。郡名新安,一说以祁门县新安山为名,一说取其安定之意。从这时候开始,在新安郡之内的干流水域便有了新安江之称。

二

发源于六股尖的新安源头水,当地村民称之为冯源河。古人称六股尖为率山、张公山。清道光年间《徽州府志》记载:"张公山,在休宁县西百六十里,为江南祖山,居休、婺之间,鄱阳、浙江之水出焉。"六股尖山腰有著名的龙井潭瀑布,从数十丈高的悬崖倾泻而下,为新安江源头第一瀑。元代著名学者赵汸《峡源瀑布》记曰:

寒峡隐堂隍,寻源得飞瀑。悬空下千尺,飞鸟惊不度。雷激丹岳摧,电穿青山破。阴崖排积雪,霈雨恒时注。

诗句写出了新安源头第一瀑,千尺飞悬天上来,轰鸣如雷摧山毁岳;流水电般飞纵而下,欲将青山穿破的气势。溅起的水花就像滂沱大雨,永不停歇。

冯源河纳千涧之水为大源河,与发源于婺源县高湖山的小源河在流口汇合成率水。率水东流,沿途纳凫溪、杭溪河、碜溪河、桐子河、长分河、沂源河、汊水河、蓝水河、回溪河至屯溪与横江交汇,始称渐江。率水上游,两岸山势陡峭,河谷窄深,仅通竹筏。一到春天,沿溪两岸,山花烂漫,火焰般的映山红衬托着青山绿水,景色优美。明代祁门文人李梯隐居凫溪之畔,有诗写凫溪景色:

翠巘寒潭掩映,白凫坠叶争飞。歇马客寻草径,卧云人启荆扉。

颇有一番情调。

回溪旁有一个村庄，名回溪，建于北宋。因村中有一小溪，河床较低，每遇涨水季节，出口处率水水位反比小河水位高，导致小河河水回流，故此得名回溪。回溪村是元末明初名儒朱升故里。元代诗人程文《回溪道中》一诗中描写了回溪景色："晃朗川上日，飘萧森际风"(明晃晃的阳光照耀在溪流之上，光芒反射，清波粼粼。山间河际，寒风飘萧，直侵肌肤)，将回溪雪景和自己的感受描绘得活灵活现。

商山位于休宁县城西南十余公里处，发源于茶子岭的蓝水经浯田、苏田流经商山，至雁塘汇入率水。明代休宁诗人吴锦于春日里与同好从率水泛舟，溪流盘旋，轻风吹动，阵阵春寒。在两岸上采集芳草，在瀑布下的潭边饮酒。水汽氤氲，侵入衣裳，天光云影，在席边小溪流动。继续向前溯流，林木苍翠，郁郁葱葱，仿佛进入昆仑仙界。于是写下《同诸子自率溪浮舟游商山园》：

近浦喧笳琯，洄川泛冷舟。采芳寻杜若，洗盏傍龙湫。水气侵衣润，云光拂席流。前林郁苍翠，疑是入昆丘。

率水一过五城，水面渐开，溪水跌落，浅滩深潭，渐行渐急。闵滩位于休宁县闵口村(今属屯溪区枧忠乡)一带，距屯溪已经不远。此滩巨石盘踞，水流湍急，舟船难行。宋代婺源学者王炎路过闵口，夜宿闵滩下。傍晚，听雨声不绝，溪水上涨；半夜，闻狂风呼啸；到了清晨，朝阳开始升起，又是一个晴天，心情豁然开朗，于是写下《夜宿闵滩下》：

歙江两岸山立壁，一水潭潭浮绀碧。嵌空老石出中流，触碎玻璃成沸白。滩高水落定难行，莫雨淋浪新涨生。三更风怒山欲吼，催唤金乌回晓晴。篙工倚柁笑相语，但上闵滩无所阻。明日日晡过歙渚，舣船沽酒劳辛苦。

诗句描写率水两岸高山壁立，山下深潭相连，潭水如大海一样深蓝。溪流之中，盘卧的巨石经激流长期的冲刷形成空洞，溪水从石洞中喷涌而出，将明亮透澈如玻璃般的水面冲击成锅中沸腾的白水。最后四句言撑船的艄公很开心，认为闵滩虽然险阻，但是因水涨天晴而变得不可怕，等明日下午过了歙州艰险水域，即可停舟买酒用以慰劳辛苦。此诗通过描写诗人夜宿闵滩之下的所见所闻，表现了新安江在歙州流域的险恶及艄公的艰辛。闵滩落差颇大，溪水跌落，上滩纤挽，险阻困难。傍晚，大雨不停地倾倒下来，群山溪涧奔流，汇聚溪中，水面上涨。清晨，闵滩水面平衍，阳光灿烂，艄公们来到甲板，倚靠着船舵开心地说笑着：难得有这么好的天气，船只驶上闵滩，没有任何险阻！

三

新安江源头，除了正源率水外，还有一支是横江，只是流径比率水稍短。横江源于黟县五溪山主峰白顶山，其上游称为漳水。漳水上段叫枧溪河，水出枧溪庙，流经碧山村，在柏山村与镜源河汇合，由北向南横穿黟县县城至横岗村汇同龙川河，至石山汇丰溪河，经10公里黟渔峡谷，往南至渔亭，汇入横江。整个漳水流域除了上述大河外，还有虞山溪、羊栈河、甲溪河等支流。

漳水是黟县境内的主要河流，一水拖蓝。黄梅时节，流域两岸绿柳拂波，碧纱青草相伴，显得春光无限，更有水鸟溪鸥掠影，平添几分灵动。明代黟县屏山人舒祥专门为此写下《一水拖蓝》一诗：

萦回绕邑静无声，一色如蓝去自平。浸月几湾多曲折，涵天十里半澄清。黄梅雨歇微波尽，绿柳风来细浪横。水鸟溪鸥春树稳，碧纱青草正朝晴。

宏村位于羊栈河东侧，浥溪河畔。村民利用村落前后地势落差拦河筑坝，引水入村，九曲十弯穿堂过户，流经家家户户门前，形成天然的自来水系统。村中的半月形水塘，老百姓称作月塘，塘面水平如镜，塘沿四周青石铺展，粉墙青瓦整齐有序分列四周，蓝天白云跌落水中。清乾隆时期，黟县诗人胡成浚经过宏村，写下《宏村口占》一诗：

何事就此卜邻居，月沼南湖画不如。浣汲何妨溪路远，家家门前有清渠。

此诗赞美先人引来清泉活水，为当地百姓造福，犹如大自然的神来之笔。

黟县自古交通闭塞，黟县至徽州府城的古驿道是黟县对外交通的主要孔道。漳水流经黟渔峡谷，黟徽驿道便是缘溪而开，顺着这条10公里长的峡谷，通往黟县盆地。其间，桃花夹岸盛开，亦有溪岸壁立如削，无法通过，只好开凿山洞，打通驿道。陶渊明《桃花源记》记载："晋太元中，武陵人捕鱼为业。缘溪行，忘路之远近。忽逢桃花林，夹岸数百步，中无杂树，芳草鲜美，落英缤纷，渔人甚异之。复前行，欲穷其林。林尽水源，便得一山，山有小口，仿佛若有光。便舍船，从口入。初极狭，才通人。复行数十步，豁然开朗。土地平旷，屋舍俨然，有良田美池桑竹之属。阡陌交通，鸡犬相闻。"此景与漳水经过黟渔峡谷极为相似，故黟县有"小桃源"之称。也有人认为，陶渊明《桃花源记》就是以黟县为原型来记述的。古代诗人缘着漳水，顺着黟渔峡谷进入黟县时，都会被这里独特的美景所吸引，从而发出由衷的赞叹。驿道凿洞，也被美称为"桃源洞"。一直到20世纪50年代修建黟县至渔亭公路时，桃源洞才被炸穿。

在黟渔峡谷驿道旁，有一方临溪石台，深嵌入躬曲的山崖下，有如高屋长檐，人行其下，仰不见天。路下即为江水深潭，成为一处天然古钓台，名浔阳台。相传当年李白访歙州高士许宣平未见，便策杖入黟，垂钓于此，并留下《钓台》诗句：

磨尽石岭墨，浔阳钓赤鱼。霭峰尖似笔，堪画不堪书。

此诗写出漳溪河畔石墨岭、浔阳台、霭峰等景致的绮丽秀美，笔间流露出诗人对于古黟漳水流域大好自然山水的礼赞与歌颂。明代诗人彭汝谐过“桃源洞”，写下《游桃源洞》诗：

碧涧山隈转，鸣泉树杪悬。桑麻缘屋舍，鸡犬隔人烟。客避中峰雨，僧安一榻禅。桃花今又放，相问世何年？

过黟渔峡谷，即到渔亭，漳水与发源于青岭山的秀清河、发源于霸王尖山的考川河在此汇合，始称横江。渔亭山势舒缓，水面逐渐开阔。《太平寰宇记》记载：“鱼亭山在县南三十五里，每岁西江鱼船至祈门县，舍舟登陆，止此东水次，淹留待船，故曰鱼亭焉。”“鱼”与“渔”通假，被普遍认为是渔亭的地名来源。渔亭为新安江水运最西侧的码头，自古为湖广与江浙货运的中转站之一，有“七省通衢”之美誉。清代歙县曹文埴经渔亭赴黟，夜宿渔亭江船之上，即景赋诗《渔亭》，其中有句曰：

水浅江路穷，岸窄石门对。石梁通往来，云壑互向背。竹筏与松舲，停泊各分队。论货盐米多，问途水陆会。

横江水从渔亭顺流而下到屯溪，沿途地势相对较为平缓，巉岩危崖，湍流急滩，点缀其间。溪水清澈，两岸景色宜人。齐云山是渔亭下游较有影响的第一站。明万历四十二年(1614)九月，李流芳回新安扫墓，游齐云山。下山后，见横江水清澈见底，河底卵石色彩斑斓，心情大为愉悦，决定沿流乘筏而下，观赏沿途风景，并留宿于离休宁县城1.5公里处的落石台寺庙，写下《自齐云乘筏至落石台留宿》一诗，将横江两岸的景色描述得淋漓尽致：

五里十亭子，下山忘险艰。爱此溪山晴，故作乘筏还。寒沙束回湍，下见文石斑。旭日来映之，浮动水石间。吾徒二三子，坐稳舆何闲。方过蓝渡桥，复见落石湾。落石势已奇，况此清流环。松萝挂绝壁，古色照我颜。前林正丹黄，烟郭粘远山。我欲留此石，一杯酬潺湲。襆被叩上方，待月同跻攀。

纹川，又称纹溪、汶溪，发源于休宁县佛岭坳，经洪水、武桥、晓角至休宁县城南郊处汇入横江。明代休宁诗人陈有守作《秋夕纹川泛舟对月》诗写纹溪景色，诗曰：

清歌招月出，泛酌蓼花洲。宝鉴三天现，金波万壑流。

诗句描写七夕之夜，纹溪洲渚，红蓼摇曳，圆月在清亮的歌声中冉冉升起，诗人泛舟酌酒赏月。溪流清明平静，天空倒映其间。月光如流水，倾洒四周山谷，景色极美。

四

率水、横江在屯溪交汇，从三江口处开始，到歙县浦口与练江交汇，这一段称作渐江。

屯溪扼守渐江水路要冲，无论休宁和黟县，以及祁门、婺源两县，如果从新安江水道运输，顺流而下达杭州、入江南，都必须取道屯溪。明末清初，屯溪已经发展到“街长四里”的规模，成为休宁县规模最大的一个市镇，屯溪桥、八家栈、渔埠头一带是徽州土特产的集散地和徽商走南闯北的起始点。每当夕阳西下，远自杭州、淳安，近至渔亭、龙湾的舟船，都汇集于此，出现“屯浦归帆”的盛景。江面帆樯林立，桅火与街灯相映生辉，戴启文《屯浦归帆》诗云：

一片遥帆势若奔，客舟来集比云屯。将归巧趁秋风便，欲落尚衔夕阳痕。山外人烟连翠霭，渡头估舶聚黄昏。喧闹晚市明灯火，不是江南黄叶村。

海宁藏书家吴骞祖籍休宁厚田，清乾隆三十九年(1774)清明节回老家省亲扫墓，路过屯溪时，见江上帆船往来穿梭，岸上商铺吆喝起伏，不禁感叹道：“宋人所作清明上河图，未审视此何如耳。”民国二十三年(1934)三月，郁达夫与林语堂、潘光旦等一行八人应东南五省周览会之约，出行旅游。经临安、于潜、天目山，过昱岭关，于四月一日晚抵屯溪，夜宿屯溪老大桥下舟船之上，次日雨中游览屯溪，晚上撰写《屯溪夜泊》诗：

新安江水碧悠悠，两岸人家散若舟。几夜屯溪桥下梦，断肠春色似扬州。

富溪村位于休宁县榆村乡，旧称富昨。发源于白际岭的藏溪河在富溪汇入佩琅溪，于阳湖下洽阳汇入渐江。明嘉靖年间著名新安医学家江瓘有一年春季前往富溪游览，受到好友程渐夫的接待，酒后极为兴奋，写下《春日过富溪，程渐夫诸君留酌》一诗：

千溪通岩岫，一径入云霞。山谷逃秦地，池塘即谢家。花飞寒食雨，客试玉泉茶。爱此淹晨暮，临流坐碧沙。

诗句描写出富溪地处千岩万壑之中，村中小径通云间高处，就像那秦人避居的世外桃源，生活着如同谢灵运那样的名士。寒食季节雨纷纷，花开花落，五彩缤纷。山雾迷蒙，临溪而坐，主人用甘美的山泉煮茶待客。此情此景，令人难忘。

尤溪处于屯溪下游三四公里，明隆庆三年(1569)六月一日，汪道昆与吴虎臣、汪仲淹、汪仲嘉等人从尤溪乘舟顺渐江而下，至孙从周别业。次日，沿溪东下5公里，至王村，寻王寅不遇。复乘舟而下，于雄村渐江边停舟，登城阳山，拜谒许宣平祠。对于这次经历，汪道昆写有《屯溪放舟过孙从周别业》诗，记其事，其中有句曰：

十里樯乌万竹林，扁舟乘兴入山阴。

诗句描写了舟船行驶在渐江之上，岸上万竿翠竹森森玉立，景色宜人，目不暇接。汪道昆、吴虎臣、汪仲淹、汪仲嘉等人乘舟游览的这一段江面，现在已经被辟为国家级花山谜窟–渐江风景名胜区，集青山绿水、田园景致、千年谜窟、奇峰怪石、摩崖石刻、石窟、庙宇、古建筑等自然景观和人文景观之大成。

歙县岑山，兀立于渐江之中。明弘治年间《徽州府志》记岑山："郁然孤峰，溪水环之。"元代方回《过岑山渡》诗将岑山比作镇江金、焦二山，诗曰：

金焦大小孤，号为天下奇。击此水中岑，突兀颇似之。千古几泽水，蛟龙不能移。寄言贫牖士，守道当如兹。

岑山上古木修篁，旧有星岩寺，人称小南海，元代郑玉流连于此，称小焦山，江畔有师山钓鱼台遗迹。岑山为渐江中一景。

五

练江是除率水、横江之外的第三条新安江支流，扬之水、布射水、富资河、丰乐河四水在歙县县城西北合流，江面如练，故称。经太平桥、渔梁坝、车轮湾，抵浦口，与渐江汇合，称作新安江。

扬之水发源于绩溪县尚田五亩地村东之中降山北麓，上游称扬溪源水，先后纳绩溪境内的双岭水、波川水、大源、登源河，歙县境内的双竦河、湄川，注入练江。明代绩溪人周士先有《扬之水》诗：

冥鸿霄路翔，沧江复东注。天风吹波涛，月明秋欲曙。

诗句描写了高飞的鸿雁在天空中飞翔，扬之水蜿蜒东流入海。天际秋风呼啸，扬之水波涛翻滚，明月当空，东方渐白，迎来新的一天。诗人通过对鸿雁、江水、云涛、明月等景色的描写，为我们展现了一幅绩溪山水秋景图，抒发了作者对家乡山水的热爱。

岩寺(今属徽州区)是丰乐河上最重要的集市，丰乐河源出黄山南麓的浮溪，沿途纳阮溪、漕溪、桃源河、溶溪、潨溪、伊坑水等众川，流经岩寺镇，称岩溪。岩寺之东为水口，有凤山，形如飞凤舒翼，丰乐水东注，借此回澜。凤山水口溪流湍急，风水不利，里人筑桥、塔、台、榭以为砥柱。明方弘静有《岩溪筏游》一诗，描写岩寺水口景色，诗曰：

青阳舒淑景，百卉纷以蕃。东皋何丽佳，飞甍带长川。先圣美里仁，况乃偕群贤。令节值熙时，异彼永和年。倚槛泛中流，水哉清且涟。磷磷信见底，皦若明镜牵。层峤峻可攀，翩然据其巅。天都去尺五，思抚洪厓肩。谡谡松下风，蔼蔼原上烟。剧谈竟日夕，理畅真自全。嘉会讵云易，染翰志斯篇。

此诗记载了春日上巳节时，诗人与当地群贤在凤山下丰乐河里聚会、放筏、游乐的情景，大家倚靠着竹筏上的栅栏，在丰乐水中泛游，溪水清澈，微波荡漾，悠闲自得。

练水从歙县县城向东南流经1.5公里至渔梁，乱石淙流，水势甚急。唐代，人们便在河中垒石为梁，缓流蓄水；宋、元、明、清历代都曾对渔梁坝进行重建或修葺，使其成为练江上大小商贾船队往来的一个重要码头。清初张光祁《渔梁观水》一诗将练江春季洪水暴发、渔梁涨水的情景描绘得非常生动：

暴涨乘春急，奔涛下石梁。中流谁砥柱，极目望苍茫。石齿篙师熟，轻帆估客防。山城资设险，六水恃金汤。

春水暴涨，在汹涌的波涛之下，撑船篙师往来于洪涛之中，凭着对水路的熟悉镇定地航行。起伏的波涛推涌着轻巧的帆船，提心吊胆的船客与镇定自如的篙师形成鲜明的对比。

渔梁以下，河流坡降徒增，岩石裸露，水急滩多，篙师放舟如出三峡，辄令人心悸，偶一不慎，即有触礁之险。江中湍险，有西门、柜木、灵康、钟楼、分流、官滩、三门、凌村、青石、车轮诸滩。尤以车轮滩最为险峻，乱石淙流，中无港道，行船环曲，有若车轮。练水至浦口，与渐江合，称新安江。清吴熊《徽城竹枝词》称：

渐江即是浙江源，北会练江合浦口。

六

新安江西接渐江，北汇练水，左岸纳琅源、太平源、棉溪、昌溪、大洲源诸水，右岸纳瀹源、薛源、小洲源、山茶源、街源诸流，自浦口流经南源口、坑口、漳潭、绵潭、深渡、小川、山港、新溪口、街口，入浙江淳安县境。这一段为新安江上游。

新安江上滩石林立，清吴熊《徽城竹枝词》写道：

浦口上船出街口，经过梅口及坑口。三潭以下

更多滩，辛苦篙工忙着手。

三百六十有名滩，上水滩多人仰望。一滩只算一丈高，徽州真正在天上。

新安江位于徽州境内，梅口与坑口为较大码头。妹滩、绵潭滩都是著名的险滩，瀹潭、漳潭、绵潭三潭以下激流险滩更多，如米滩、梅花滩等，更是凶险异常。艄公长年累月往来水上，异常艰苦，步步凶险，步步为营，稍不注意即有触礁的危险。

乳滩东连街口，落差颇大，水流湍急。南宋绍兴二十九年(1159)暮春，范成大过乳滩时，见溪流湍急，滩石磊磊，水石交相冲击发出雷鸣般的响声，汹涌地卷起雪白的水花。坐在船上，小舟如同高山滚石般跌落而下，颇觉惊心动魄。于是写下《乳滩》诗：

清溪可怖亦可喜，造化于人真虐戏。轰雷卷雪鬓成丝，一掷平生来此试。险绝无双是乳滩，舟如滚石下高山。画楼正倚黄昏雨，岂识江间行路难。

此诗将乳滩江石林立、落差特大、航道险绝的情景描写得非常生动，读之如身临其境。

明代诗人沈明臣数次来徽州，对江滩难行也有切身体会。尤其秋冬季节，从钱塘江溯流而上，更是进十步退九步，纤夫口号嘶哑，拉着舟船前行，触目惊心。他曾写有一首《上滩行》，描写了新安江上航行的艰辛，诗曰：

新安新安江水连，三百六十滩在天，新都缥缈高若悬。上滩三老分青钱，雇值百丈牵紫烟。狼牙虎踞刀剑全，巨者利齿小亦拳，雪浪溅人雷迸船。篙师着篙篙欲千，一尺一步寸莫前。白日欲黑眼欲穿，啼猿断壁闻哀弦。谁家独住青嶂边，十月花开红可怜，一声鸡叫层云颠。

此诗描写新安江落差非常大，滩石多且凶险，或如狼之利牙，或如虎之盘踞，或如刀如剑，巨大者如利齿，其小者亦如拳头。雪浪喷激，溅在人身上，敲击着舟船。溪流从滩石上往下冲，激起巨大的漩涡，篙师全神贯注地把着船篙，看准地方再落下，可船篙在漩涡中到处乱跑，使得舟船不得前行，别说一步一尺，就是一寸也走不动。稍不细心，船儿就会被打翻，可见上滩之艰难。

清乾隆三十八年(1773)秋，黄景仁从杭州出发，溯钱塘江、富春江而入徽州。进入徽州大山以后，江岸山耸岭峻，水石相激，轰然如雷鸣，卷起千堆雪。逆流而上，数人拉纤，沿着凿在山岩崖壁上的纤道爬伏而行，极尽艰辛。黄景仁为之发出动人心魄的惊呼：

一滩复一滩，一滩高十丈。三百六十滩，新安在天上。

歙县街口是徽州与浙江交界处最重要的市镇，为徽州通往浙江的水上咽喉，历有歙县东南门户之称，朝廷在这里设有巡检司，检查过境商贾。明末歙县知县傅岩《舟行至街口》一诗，对街口扼守新安江通道犹如关隘般的地理位置，是这样描述的：

比屋沿流耸，雄关扼巘临。人声连浪杂，草色带江深。潭聚鱼龙影，树邀鸟雀音。细湍能啮石，绝壁亦施林。岸断波分浦，云飞水度阴。回看苍树合，前指白沙侵。乱岛通帆曲，低舂截渡沉。

房屋临流而建，高耸江边，就像雄伟的关隘扼守在两山之间。江中舟船众多，人声鼎沸，夹杂着水浪飞溅。江边青草繁茂，倒映溪流，使江水变得更加深绿。江潭鱼虾成群，通过阳光照射，影儿映在潭石上。江边树上鸟雀鸣叫，一切都是那么生机勃勃。江中细细的湍流从石缝中穿过，石头不断被水流冲刷，时日久长，形成各种形状。悬崖绝壁上树木成林。断岸之处，溪水分流，形成新的水流。天空白云飞动，倒映在江流中，仿佛在水波中漂流。回首望去，两山回合，青树相依。遥望前程，沙滩茫茫。江中小岛错杂，帆船曲折绕行。水碓安放在落差较大之处，渡船顺流而下，猛然掉落。

七

新安江进入淳安县境，先后纳桐溪、云源港、东源港、遂安港、进贤溪、百亩畈等支流，为新安江中游。淳安境内的新安江同样艰险，南宋范成大《淳安》诗曰：

篙师叫怒破涛泷，水石如钟自击撞。欲识人间奇险处，但从歙浦过桐江。

清淳安人程玉麟生活在新安江畔，常常看见纤夫和篙师撑船的艰辛，尤其船行上水，更为险阻。他在《上滩行》一诗中写道：

新安之江清见底，波澄碧色如镜里。悠悠潭水净空明，泷口扬舲片帆驶。忽闻地轴轰轰起蛰雷，恍睹长鲸倒吸百川回。两崖突兀溪心窄，滚滚白浪声喧豗。岸脚崎岖打纤急，一滩初上一滩逼。篙师骇视石嵯峨，客子窥篷忧思集。我闻进酒高歌李青莲，西望长咨蜀道难。不知瞿塘巫峡更何似，此行亦似上青天。上天莫漫动愁苦，径欲乘槎探星渚。银汉悬流咫尺通，瞥见双星拜牛女。女郎遗我一支机，神物何必君平知。自向丹霄献帝阙，灵旗飘拂荡天池。

虽然新安江中游在平常看来“波澄碧色如镜里”，但是一旦遇到暴风骤雨或“两崖突兀溪心窄”的地段，仍然会令篙师紧张、舟客担心。上滩之路不比蜀道难，想必瞿塘巫峡也不过如此。此诗写得气势磅礴，笔力遒劲，令人叹赏。

如果说上滩之船艰难险阻在诗人笔下总是气势磅礴，令人惊心动魄，那么下水舟船则相对平稳轻快，诗人站在船头瞭望两岸景色，显得悠闲惬意。元方回《出歙港入睦界》体现的就是这样一种心情：

岚气湿征衣，千滩落翠微。悬崖樵屋小，破庙祭人稀。岸犬看船立，溪禽贴水飞。乡心与客思，向晚重依依。

武强溪发源于休宁县黄尖，全长约50公里，是新安江中游遂安港主流。其水至中洲霞源山断崖处，飞流直下，落水为渊。瀑高千尺，水势浩大，名百丈漈。漈即瀑也，引得历代文人骚客前往观览。清余联翩有《百丈漈》诗云：

悬崖雪浪飞千尺，砰訇激射无休息。下有深潭怒吼之蛟螭，上有猿啸鸟惊之绝壁。玉龙鼓鬣挂长空，随风旋舞深壑中。空濛杳冥阅今古，烟蜚云结互吞吐。有时日射白云飞，金虬闪灼摇晴辉。或逢霖雨滂沱久，雷奔电掣山魑走。我闻雁荡庐山之奇天下少，霞源倾注落天表；不知何时分得龙湫一脉泉，遂与灵岩称二好。

此诗将百丈漈的霸凌气势表露无遗。明代遂安知县韩晟也有《武强溪水》诗，云：

激春无缓濑，迸石有高滩。最喜风波定，临流强自宽。

春潮水涨，溪流湍急，碰撞到滩石，溅起高高的浪花。遇到这种山洪暴发，也是地方官最为担心的时候，唯恐给百姓带来生命财产损失，所以“最喜风波定”。

总体来说，新安江中游算是比较平稳的。从新安江入淳安境内后至县城（贺城）一带，山清水秀，景色迷人。因此，新安江在淳安境内又有青溪之称。唐宋时期，县名就一度称为青溪县。此时，不少文学家写下诗篇，赞美青溪。王维《过青溪水》云：

言入黄花川，每逐青溪水。随山将万转，趣途无百里。声喧乱石中，色静深松里。漾漾泛菱荇，澄澄映葭苇。我心素已闲，清川澹如此。请留盘石上，垂钓将已矣。

诗中有画，画中有诗。张旭《青溪泛舟》云：

旅人倚征棹，薄暮起劳歌。笑揽青溪月，清辉不厌多。

月亮倒映在新安江中，清澈的江水笑着将月亮揽在怀里，泛起一阵阵清辉，景色尤为宜人。宋梅尧臣《青溪行》云：

山色碧于溪，扁舟泛落晖。水烟帆界破，沙鹭桨惊飞。岛屿随流曲，渔灯隔岸微。月明何处宿？待访子陵矶。

抒写作者在傍晚时分见到的新安江景象，意境优美生动。朱熹也曾在淳安留下赞美新安江的诗句：

青溪时过碧山头，空水澄鲜一色秋。隔断红尘三十里，白云黄叶两悠悠。

描写新安江秋色，色彩丰富，意趣横生。

明崇祯年间，曾任淳安县教谕的余敷中写有一篇《新安山水歌》，将新安江的大好山水进行了概括，诗曰：

君不见新安山水天下稀，金山绣壑锦为溪。层峦复嶂隔尘滓，灵秀歆欲钟神奇。双溪环回清彻底，白石粼粼堪砺齿。当年摘老此盘桓，雅好此中好山水。高人仕隐非慕荣，廊庙恒兼丘壑情。好山好水看不足，不知此处多要津。此去天都九咫尺，浮盖层层插天碧。青莲浮水出龙宫，日照云蒙巧相射。曾闻灏气开芝山，相业科名今第一。我来访古兼询今，寻仙几误桃源行。沧浪有清还有浊，何如此水常澄清。青溪得名本应此，时时取涤缨上尘。

1960年4月，一座雄伟的大坝横亘在建德县境内铜官峡里，将新安江拦腰截断，在大坝上游形成一个面积为580平方公里的人工湖面。湖面淹没了海拔108米以下所有的山峰，将1078个大大小小的山峰突兀地留在湖面上，形成1078个岛屿，人称“千岛湖”。湖面随山势曲折顺势而成，极不规则。这1078个岛屿随意散落在580平方公里的湖面上，星罗棋布。湖水清澈如碧，岛屿散落如珠，青山起伏连绵，碧水倒影如镜，湖光山色美如画。当年的水道危途，如今已成为国家AAAAA级旅游景区。

八

新安江进入建德境内，纳寿昌溪、羊溪、下涯溪等支流，至梅城与兰江汇合，为新安江下游。比起中上游，这里更接近杭州、江南，也最早受到文人的咏赞。

南朝宋永初三年(422)秋,谢灵运离开建康(今南京)赴任永嘉郡太守。他沿钱塘江、富春江溯流而上,经桐庐、兰溪,转由婺江到永嘉,途经桐庐时写下《初往新安至桐庐口》诗:

絺绤虽凄其,授衣尚未至。感节良已深,怀古亦云思。不有千里棹,孰申百代意。远协向子心,遥得许生计。既及泠风善,又即秋水驶。江山共开旷,云日相照媚。景夕群物清,对玩咸可喜。

这首诗是现存较早的有关新安江山水的诗篇,诗中的"江山共开旷,云日相照媚"体现了诗人对自然景物的独特赏悟,鲜明地展现出新安江水天辉映、空明澄澈的美景,表现出高超的描摹技巧,语言精练,境界自然清新。

南朝齐隆昌元年(494),沈约除吏部郎,出为东阳太守,赴东阳途中过新安江,也留下《新安江至清浅深见底贻京邑同好》诗:

眷言访舟客,兹川信可珍。洞澈随清浅,皎镜无冬春。千仞写乔树,百丈见游鳞。沧浪有时浊,清济涸无津。岂若乘斯去,俯映石磷磷。纷吾隔嚣滓,宁假濯衣巾?愿以潺湲水,沾君缨上尘。

诗人通过前四句绘写江水之"深",衬写出江水之"清",以至使人感到虽深犹浅。这就是诗题中点出的"新安江至清浅深见底"的韵致。后四句借写新安江的清澈洁净,劝告友人不要恋于尘嚣。其中的"洞澈随清浅,皎镜无冬春。千仞写乔树,百丈见游鳞"四句,几乎是对新安江水之美的定评,对后世写新安江的文学作品影响较大。

唐权德舆《新安江路》更是古代吟咏新安江的著名诗篇,诗曰:

深潭与浅滩,万转出新安。人远禽鱼净,山深水木寒。啸起青苹末,吟瞩白云端。即事遂幽赏,何必挂儒冠。

此诗描绘了新安江下游幽谧的意境,表现了一种优游自然、寄迹山水的人生情趣,言浅近而意深长。

寿昌溪是新安江在建德境内最大的支流，滩多堨多，水流湍急，山洪暴发时，会携带大量泥沙冲入新安江中。在寿昌溪汇入新安江的罗桐埠以下江水，呈现出半江青碧半江黄的景色。山洪暴发时，就会有大量的泥沙冲往江中，直到其势尽为止。日久天长，逐步堆积形成洲，称为白沙洲。白沙洲在建德西端，与原寿昌、淳安二县毗邻。其渡口在白沙洲东下沿，称为白沙渡。白沙渡两岸屏山相峙，水流湍急，往年一发山洪，往来交通便随即断绝，所以古谚云“走尽天下路，难过白沙渡”。清代严州府教谕许正级曾为暴雨所困，过不了渡，故作《白沙渡》长歌，说尽此途的艰险：

我生恨不长双翼，飞过村南到村北。众口劝我无渡河，水云压天天坠黑。端阳节后日盆倾，丁字江头滩鼓鸣。我驾笋舆冒险出，滂沱一路随征程。罾潭逾岭洋溪绕，弥漫白光腾树杪。陷淖不知穴浅深，买舟遑计钱多少。暂息惊魂心口商，千金古训戒垂堂。捕风捉影成何用，履薄临深盍自防。白沙登岸复行陆，夹岸狂澜攒箭镞。耳听更楼鸡犬号，眼看于合舟桥覆。利济中流索一壶，短长亭畔重踟蹰。佳期未许填灵鹊，神策无能跃的卢。四顾茫茫真束手，多言藉藉争开口。界划鸿沟无奈何，身葬鱼腹莫须有。枝栖老屋望冥蒙，扉板横陈曲枕同。馈我烹鲜厮养卒，劳君进酒主人翁。彻夜群儿斗叶戏，一堆破絮屠沽厕。似伴孤檠寂寞眠，频挥歧路英雄泪。向曙榜徨问水滨，沧胥依旧阻行尘。掉头欲去不能去，此是关山失路人。

新安江在梅城与兰江交汇。乌龙山屹立两江口上，高近公里，俯视两江，显得异常雄伟。山上有亭，名合江亭。文人骚客常聚亭中，览两江气势，观梅城景色。清戴雪访《合江亭》诗咏两江曰：

天目新安派合流，危亭分占两江秋。千峰环抱青成闼，二水交萦碧绕楼。烟际鸟还帆影转，海门潮上曙光浮。奔涛溅沫趋秦望，灵境居然控上游。

新安江从海拔1600多米的六股尖发源，奔腾373公里，流域面积1.1万平方公里。满载诗意，与兰江汇合以后，完成了自己独自奔跑的步伐。她在徽州境内干流长242.3公里，流域面积6500平方公里；在浙江境内干流长128公里，流域面积5718平方公里。

然而，更远、更壮丽的里程还在等待着她，富春江、钱塘江已经敞开胸怀准备拥抱她，大海也在欢迎她！

目录

南北朝

唐

五　代

宋

元

明

清

民　　国

南北朝

新安江源头(六股尖瀑布)　潘成摄

初往新安至桐庐口

谢灵运

绨绤[1]虽凄其，授衣尚未至。

感节良已深，怀古亦云思。

不有千里棹，孰申百代意。

远协尚子心，遥得许生计。

既及泠风善，又即秋水驶。

江山共开旷[2]，云日相照媚。

景夕群物清，对玩咸可喜。

选自《谢康乐集》，《四库全书》本。

谢灵运（385—433），陈郡阳夏（今河南太康）人，移籍会稽，文学家。

南朝宋永初三年（422）秋，谢灵运赴任永嘉郡太守。他沿钱塘江、富春江溯流而上，经桐庐、兰溪，转由婺江到永嘉，途经桐庐时创作了这首《初往新安至桐庐口》。

本诗为今存较早的有关新安江山水的诗篇之一。谢灵运对自然景物所采取的静观默察的态度，使其诗中对自然景物的表现显现出鲜活的大自然生态意趣。诗中的“江山共开旷，云日相照媚”，体现了作者对自然景物的独特赏悟，鲜明地展现出新安江水天辉映、空明澄澈的美景，表现出高超的描摹技巧，语言精练，境界自然清新。

① 绨绤：葛布的统称。葛之细者曰绨，粗者曰绤。引申为葛服。

② 开旷：天地、场地等开阔旷大。

新安江至清浅深见底贻京邑同好

沈　约

选自明冯惟讷编《古诗纪》卷八十三,《知不足斋丛书》本。

沈约(441—513),字休文,吴兴武康(今浙江湖州德清)人,南朝史学家、文学家,著有《宋书》等。

南朝齐隆昌元年(494),沈约除吏部郎,出为东阳太守。新安江源出徽州,流经浙江,是自建康赴东阳的必由之路。这首诗就是此行途中所作。前四句诗人通过描写江水之"深",衬写出江水之"清",以至使人感到虽深犹浅。这就是诗题中点出的"新安江至清浅深见底"的韵致。后四句诗人借写新安江的清澈洁净,劝告友人不要恋于尘嚣。其中的"洞澈随清浅,皎镜无冬春。千仞写乔树,百丈见游鳞"四句,几乎是对新安江水之美的定评,对后世写新安江的文学作品影响较大。

眷言[1]访舟客,兹川信可珍。

洞澈随清浅,皎镜无冬春。[2]

千仞写乔树,百丈见游鳞。[3]

沧浪[4]有时浊,清济[5]涸无津。

岂若乘斯去,俯映石磷磷。

纷吾隔嚣滓[6],宁假濯衣巾?

愿以潺湲水,沾君缨上尘。[7]

---

① 眷言:犹"睠然",怀顾貌。

② 以上二句言:无论深处或浅处,冬季或春季,江水都是清澈、透明的。

③ 以上二句言:千仞乔木的影子泻入水底,纵然深到百丈也能见到游鱼。

④ 沧浪:水名。《孟子·离娄》:"沧浪之水清兮,可以濯吾缨;沧浪之水浊兮,可以濯吾足。"

⑤ 济:济水,源出河南省王屋山,其故道过黄河而南,东流入山东省境,与黄河并行入海。《战国策·燕策》:"齐有清济浊河。"

⑥ 嚣滓:犹"嚣尘"。这两句是说自己既然已经离开京邑,和嚣尘相隔,就不必借此水洗濯衣巾。

⑦ 以上二句言:诸游好在京邑尘嚣之中,需要用此水濯缨。

唐

新安江支流率水(休宁县陈霞乡)　陈晓明摄

早春渔亭山[1]

薛　稷

选自顺治《黟县志》卷七《艺文志》，清顺治十二年(1655)刻本。

薛稷(649—713)，字嗣通，蒲州汾阴(今山西万荣)人。工书法，善绘画。武则天统治时期曾任黟县县令。

此诗所写的渔亭山下流淌的漳河正是新安江上游的一条最大支流，诗中流露出作者酷爱新安山水并聊以自慰的文人情怀。

春气动百草，纷纭时断续。

白云自高妙，徘徊空山曲[2]。

阳林[3]花已红，寒涧[4]苔未绿。

伊余[5]息人事，萧寂无营欲。

客行虽云远，玩之聊自足。

---

① 渔亭山：亦名鱼亭山。山下流淌的漳河正是新安江上游最大支流横江的分支。

② 空山曲：山谷之间划破寂静的鸟鸣声。

③ 阳林：南面向阳山坡的山林。

④ 寒涧：尚透寒意的山中溪涧。

⑤ 伊余：自指，代我。

钓台[1]

李白

磨尽石岭[2]墨，浔阳钓赤鱼[3]。
霭峰[4]尖似笔，堪画不堪书。

选自顺治《黟县志》卷七《艺文志》，清顺治十二年(1655)刻本。

李白(701—762)，字太白，号“青莲居士”，又号“谪仙人”，绵州昌隆县(今四川江油)人。受黄老列庄思想影响，著有《李太白集》传世。

黟县黟渔公路边的浔阳台距栈阁岭二里许，原来的石道临溪深嵌入躬曲的山崖下，有如高屋长檐，人行其下，仰不见天。路下即为浔阳潭，新安江上游最大的支流漳水呈碧绿色，深不见底。河道中奇石嶙峋，激流奔腾其间。在这乱石中间有一块大岩石，临深潭而突起，乃为一处古钓台。相传当年李白访歙州高士许宣平不获，便策杖入黟，垂钓于此，并留作此诗。《钓台》诗状写出黟县石墨岭、浔阳台、霭峰等景致的绮丽秀美，笔间流露出诗人对于古黟漳水流域大好自然山水的礼赞与歌颂。

① 钓台：指浔阳台，又称太白钓台，黟县古遗迹。位于黟县西递至渔亭镇道旁的桃源村附近，新安江上游最大支流横江的分支漳水从钓台前流过。

② 石岭：指石墨岭，亦名岭山，位于黟县东源乡(今西递镇)与渔亭镇交界处的桃源村境内，浔阳台东侧，因产石墨而得名。

③ 赤鱼：栖身于黟县横江的分支漳水中的一种鱼。

④ 霭峰：山峰名，位于黟县之南。

清溪行

李　白

清溪[1]清我心，水色异诸[2]水。
借问新安江，见底何如此？
人行明镜中，鸟度屏风[3]里。
向晚[4]猩猩啼，空悲远游子。

选自《李太白诗集》，江苏广陵书社2009年版。

此诗是李白被赐金还乡，离开京城后游池州时所作。前六句从不同角度描写清溪水的清澈，其中“借问新安江，见底何如此”借用新安江水的清澈见底，衬托清溪更清。或许此时李白想起了南朝梁沈约所写的《新安江至清浅深见底贻京邑同好》一诗：“洞澈随清浅，皎镜无冬春。千仞写乔树，百丈见游鳞。”李白将清溪的水与新安江相比，意思是“新安江的清澈见底能比得上清溪吗？”。反过来，也证明了新安江水色之清的影响力久远。此诗描写清溪景色，呈现出美妙的画境。最后两句点出作者远游他乡，内心落寞郁闷的情绪。

① 清溪：河流名。位于今安徽境内，流经安徽贵池城，与秋浦河汇合，出池口入长江。
② 诸：众多，许多。
③ 度：飞过。屏风：原指室内陈设，用以挡风或遮蔽的器具，上面常有字画。此处比喻重叠的山岭。
④ 向晚：临近晚上的时候。

答山中人

李　白

问余何意栖碧山[①]，
笑而不答心自闲。
桃花流水[②]杳然[③]去，
别有天地非人间。

选自顺治《黟县志》卷七《艺文志》，清顺治十二年(1655)刻本。

这是一首表达喜欢隐居生活的诗歌，主要意思是：问我为什么喜欢住在这山清水秀的地方，我笑着不回答，内心感到安适自在。这里有盛开的桃花，花瓣落到水里，随着水流飘然而去。这别有洞天的地方似乎不是人间，而是仙境。此诗含蓄地表达了作者对此地景色的喜爱以及对世俗生活的厌恶。其中的碧山既有实指地点之意，也含笔尖描写虚境之意，尤其那条落入春天桃花花瓣的水流注入漳河，寄寓了诗人丰沛的情愫。

① 碧山：一为山名，二为村名。山则指从黟县县城往西北行，缘漳水而上至4公里，连绵群山即横亘于前。诗中的“碧山”亦指山色的青翠苍绿。
② 桃花流水：亦称“流水桃花”，形容春天的优美景色。
③ 杳然：形容看不到，听不见，无影无踪。

兴唐寺

李　白

选自道光《徽州府志》卷四《营建志·寺观》,清道光七年(1827)刻本。

兴唐寺在披云峰山麓,因位于练江之西,又称河西寺。始建于唐至德二年(757),北宋太平兴国年间改称太平兴国寺。练江由丰乐、富资、布射、扬之四水在徽州府城西北合流而成,经渔梁坝、紫阳桥、车轮湾至浦口,与浙江合为新安江。传说李白到歙州寻访许宣平,不果,便游兴唐寺,见寺外练江清波粼粼,月亮倒映在溪滩之上,在流波之中闪烁跳动,于是吟道"槛外一条溪,几回流碎月",故后名此滩为"碎月滩"。前四句言歙州河西的兴唐寺规模风景与被称为"天下四绝"之一的浙江天台国清寺没有区别,后四句言兴唐寺所处的地理位置:背靠高山森林,面对浅滩清流。此诗表达了作者对兴唐寺风光的热爱和赞美。

天台国清寺,天下称四绝。①

我来兴唐游,于中更无别。

栟木划断云,高峰顶参雪。②

槛外一条溪,几回流碎月?③

---

① 以上二句言:位于浙江省台州市天台县城北的国清寺,与南京栖霞寺、济南灵岩寺、当阳玉泉寺并称佛教四大丛林。

② 以上二句言:兴唐寺所依傍的披云峰巍然高耸,林木直插云霄,天上飘浮的白云如同峰顶上的白雪。

③ 以上二句言:兴唐寺外那清亮的浅滩溪流可爱极了,明月辉映其中,似被潺流揉碎,这样的情景自古以来有多少回了?

发锦沙村

崔　颢

北上途未半，南行岁已阑。
孤舟下建德，江水入新安。
海近山常雨，溪深地早寒。
行行泊不可，须及子陵滩①。

选自《严州诗词》，政协建德市委员会编，天津古籍出版社2011年版。

崔颢（704—754），汴州（今河南开封）人。唐开元十一年（723）进士，历任太仆寺丞、司勋员外郎。《全唐诗》收录其诗42首。

本诗写诗人南行到达建德所见新安江景象，并传达了前往子陵滩探访的急切心情。

① 子陵滩：位于桐庐县城南15公里的富春山麓，是富春江的主要风景点。子陵滩是东汉古迹之一，因东汉高士严子陵拒绝光武帝刘秀之召，拒受“谏议大夫”之官位，来此地隐居垂钓而闻名古今。

送郑说之歙州谒薛侍郎

刘长卿

选自《御定全唐诗》卷一百四十八,清康熙四十年(1701)圣祖仁皇帝御定本。

刘长卿(709—789),字文房,河间(今河北沧州)人。唐开元二十一年(733)进士,官终随州刺史,人称"刘随州"。工于诗,长于五言,有"五言长城"之誉。

刘长卿在唐至德年间为监察御史,以检校祠部员外郎为转运使判官,知淮南鄂岳转运留后。因鄂岳观察使吴仲孺诬奏,被贬潘州南巴尉,恰有人为之辩解,改升睦州司马。薛邕于唐大历九年(774)由吏部侍郎贬任歙州刺史。睦州与歙州一水相依,两人往来颇多。薛邕门徒郑说溯新安江到歙州看望老师薛邕,途经睦州,刘长卿为之饯别,作此诗。前四句言郑说跋涉千里到歙州看望老师,所经过的上百个州县城都奉其为上宾,为之撰写诗歌以赞扬,这是因为人们像汉代尊重循吏那样尊重薛刺史,像鲁国看重诸生那样看重郑说。接着四句写风俗虽然已经改变,难于治理,然而薛刺史为政像新安江一样清廉;歙州偏僻一隅,滩流险阻,郑说不畏艰辛前来看望老师,因此薛邕、郑说受到大家的尊重。最后四句指虽然歙、睦两州有山水乐趣,然而年老羁留异地还是十分伤悲孤独,不由得羡慕薛邕有如此博学的门生不畏艰辛前来探望。

飘泊来千里,讴谣满百城。

汉家①尊太守,鲁国重诸生②。

俗变人难理,江传水至清。

船经危石住,路向乱山行。③

老得沧洲趣,春伤白首情。④

尝闻马南郡⑤,门下有康成⑥。

---

① 汉家:汉朝。汉代对循吏非常看重。班固《汉书·循吏传序》:"(汉宣帝)常称曰:'庶民所以安其田里而亡叹息愁恨之心者,政平讼理也。与我共此者,其唯良二千石乎!'以为太守,吏民之本也。"此指薛邕为歙州刺史有政绩,被时人所重。

② 鲁国:周武王弟弟周公旦受封之国,为孔子的故乡,以礼乐治国。司马迁《史记·孔子世家赞》:"余读孔氏书,想见其为人。适鲁,观仲尼庙堂车服礼器,诸生以时习礼其家。"此指郑说为薛邕门生,一路行来,所经过之处被人待为上宾。

③ 以上二句言:歙、睦两州地处万山之中,新安江滩石如林,舟船往往搁停,而径路却僻在荒山野壑。

④ 以上二句言:年纪大了,能在有山水乐趣的地方为官,实为幸事;然而春天来临,枝繁叶茂,又不由得为白发皤然还处在僻隅之地而感到伤悲。按:刘长卿赴任睦州时,曾作有《赴新安别梁侍郎》,道尽辛酸:"新安君莫问,此路水云深。江海无行迹,孤舟何处寻。青山空向泪,白月岂知心!纵有余生在,终伤老病侵。"

⑤ 马南郡:马融,字季长,东汉著名经学家,曾官南郡太守。代薛侍郎。

⑥ 康成:郑玄,字康成,东汉经学大师,曾拜马融为师。代郑说。

送杜越江佐觐省[1]往新安江

刘长卿

去帆楚天外，望远愁复积。
想见新安江，扁舟一行客。
清流数千丈，底下看白石。
色混元气深，波连洞庭碧。
鸣榔[2]去未已，前路行可觌。
猿鸟悲啾啾，杉松雨声夕。
送君东赴归宁期，
新安江水远相随。
见说江中孤屿在，
此行应赋谢公诗。

选自储仲君《刘长卿诗编年笺注》，中华书局1996年版。

本诗写诗人送友人越江人杜佐由新安江回乡探望双亲，抒写新安江“清流数千丈，底下看白石”“猿鸟悲啾啾，杉松雨声夕”之景象，并借机表达了杜佐的文才，将如同谢灵运过新安江那样写出高超的诗句。

① 觐省：探望双亲。
② 鸣榔：敲击船舷使其作声。用以惊鱼，使入网中，或为歌声之节。

新安江支流率水(休宁县陈霞乡)　潘成摄

严陵钓台[1]送李康成赴江东使

刘长卿

选自储仲君《刘长卿诗编年笺注》，中华书局1996年版。

本诗叙写在严陵钓台送友人出使所见新安江两岸之枫林景色，以及“寒水无波更清浅”“滩声山翠至今在”的美好意象，此情此景，令人怀想。

潺湲子陵濑，仿佛如在目。
七里人已非，千年水空绿。
新安江上孤帆远，
应逐枫林万余转。
古台落日共萧条，
寒水无波更清浅。
台上渔竿不复持，
却令猿鸟向人悲。
滩声山翠至今在，
迟尔行舟晚泊时。

① 严陵钓台：位于浙江富春江水畔，从富春县城以下水凡十六濑，其第二濑即严陵濑，地名为七里洲，钓台即在此。为纪念严光所立。严光，字子陵，人称严陵，会稽余姚（今浙江余姚）人，东汉初著名隐士。少年时曾与光武帝刘秀同游学。刘秀称帝，他变姓更名隐遁。刘秀多次派人觅访，征召到京，授以谏议大夫之职。未久即借故辞官，退隐于浙江富春山，以耕读渔樵自娱。

奉使新安自桐庐县经严陵钓台宿七里滩下寄使院[1]诸公

刘长卿

悠然钓台下，怀古时一望。

江水自潺湲，行人独惆怅。

新安从此始，桂楫[2]方荡漾。

回转百里间，青山千万状。

连岸去不断，对岭遥相向。

夹岸黛色愁，沈沈绿波上。

夕阳留古木，水鸟拂寒浪。

月下扣舷声，烟中采菱唱。

犹怜负羁束[3]，未暇依清旷。

牵役[4]徒自劳，近名非所向。

何时故山里，却醉松花酿。

回首唯白云，孤舟复谁访。

选自储仲君《刘长卿诗编年笺注》，中华书局1996年版。

本诗叙写作者出使新安路途所见景象，有“回转百里间，青山千万状。连岸去不断，对岭遥相向”的景象描绘，有“月下扣舷声，烟中采菱唱”“何时故山里，却醉松花酿”的自如和期盼。

① 使院：节度使出征、入朝，或死而未有后代，皆有留后摄其事，称节度留后。节度留后治事之官署，称使院。

② 桂楫：桂木船桨，泛指桨，或代船。

③ 羁束：犹拘束；羁旅困顿。

④ 牵役：此处指为俗务所拖累。

题壁

许宣平

选自道光《徽州府志》卷十二《人物志·隐逸》，清道光七年(1827)刻本。

许宣平，歙县人。唐景云年间隐居徽州府城外城阳山南坞，以卖柴为生，行走如奔马。每济人于艰危，救其疾苦，访之多不见，唯留壁上题诗。

城阳山位于郡城南门外2.5公里，山之南坞为新安江支流渐江之滨，因许宣平隐居此处，又称南山。渐江由发源于休宁县六股尖的率水与发源于黟县白顶山的横江在屯溪阳湖汇聚而成，流经尤溪、篁墩，进入歙境，经王村、烟村、雄村，至浦口与练江汇合，入新安江。此诗原为许宣平题于庵壁之上，据说李白在洛阳同华传舍见后，认为是“仙人诗”，遂游新安，涉溪登山，累访不获。许宣平作为一个世外隐士，与物无竞，过着恬淡的生活。此诗即通过对隐居生活的描写，抒发了“乐矣不知老，都忘甲子年”与大自然融为一体的隐居乐趣。

隐居三十载，筑室南山颠。

静夜玩明月，闲朝饮碧泉。

樵人歌垄上，谷鸟戏岩前。①

乐矣不知老，都忘甲子年。

① 以上二句言：隐居山坞，不时能听到砍柴人在田埂上放歌，看见山谷中的鸟儿在岩石上游戏。

送顾苌往新安

皇甫冉

由来山水客，复道向新安。
半是乘潮便，全非行路难。
晨装林月在，野饭浦沙寒。
严子千年后，何人钓旧滩。

选自《严州诗词》，政协建德市委员会编，天津古籍出版社2011年版。

皇甫冉（717—770），字茂政，润州（今江苏镇江丹阳）人。唐天宝十五年（756）进士，曾官无锡尉，大历初入河南节度使王缙幕，终左拾遗、右补阙。

皇甫冉的友人顾苌时常往来新安江上，与山水融为一体。新安江上滩石激湍，号称行路困难，可顾苌启程前往，有一半路程是在钱塘江中，在这八月里，有着潮汐相送，可称轻便。一路前往，晨月沙洲相伴，如同严陵之潇洒隐逸。

新安赋得江路西南永

皇甫冉

选自《严州诗词》，政协建德市委员会编，天津古籍出版社2011年版。

全诗描写作者在新安江所见猿声、水色、驿树和渔家之场景，以及抒写“何须愁旅泊，使者有辉光”的爽朗情绪。

不向新安去，那知江路长。

猿声比庐霍[①]，水色胜潇湘。

驿树收残雨，渔家带夕阳。

何须愁旅泊，使者有辉光。

① 庐霍：庐山与霍山的并称。

送奚贾归吴

郎士元

东南富春渚，曾是谢公游[1]。
今日奚生去，新安江正秋。
水清迎过客，霜叶落行舟。
遥想赤亭下，闻猿应夜愁。

选自《严州诗词》，政协建德市委员会编，天津古籍出版社2011年版。

郎士元(727—780)，字君胄，中山(今河北定县)人。唐天宝十五年(756)进士，官至郢州刺史。郎士元与钱起齐名，世称“钱郎”。

诗人送好友奚贾经新安江回吴地，感叹江水曾为谢灵运所歌咏。此去一路秋景，清江盈盈，缤纷的霜叶飘落，风景更加迷人。想必两岸的声声猿啼，定会使诗人心生乡愁。

① 谢公游：谢灵运曾游览。

冬夜饶州使堂饯相公[1]五叔赴歙州

李嘉祐

选自《严州诗词》，政协建德市委员会编，天津古籍出版社2011年版。

李嘉祐，字从一，赵州（今河北赵县）人。唐天宝七年（748）进士，官至袁州刺史。善为诗，绮丽婉靡。

此诗叙写了作者任刺史时的一个冬夜在饶州使堂为丞相饯行的场景，以“新安江自绿，明主待惟良”一句，借新安江的本色来喻写开明的君主重视贤能官吏的必然性，体现了诗人对为政的信心。

丞相过邦牧[2]，清弦送羽觞[3]。
高情[4]同客醉，子夜为人长。
斜汉[5]初过斗，寒云正护霜。
新安江自绿，明主待惟良[6]。

---

① 相公：此处是对宰相的尊称。
② 邦牧：州长，刺史。
③ 羽觞：古代的一种酒器。作鸟雀状，左右形如两翼。一说插鸟羽于觞，促人速饮。
④ 高情：深厚的情谊。
⑤ 斜汉：秋天向西南方向偏斜的银河。
⑥ 惟良：贤良，贤能的官吏。

入睦州分水路忆刘长卿

李嘉祐

北阙[1]忤明主，南方随白云。
沿洄滩草色，应接海鸥群。
建德潮已尽，新安江又分。
回看严子濑，朗咏谢安[2]文。
雨过暮山碧，猿吟秋日曛。
吴洲不可到，刷鬓为思君。

选自《严州诗词》，政协建德市委员会编，天津古籍出版社2011年版。

此诗借作者见到新安江秋色而想到友人曾写过有关新安江的诗篇并吟诵，来抒发思念友人的美好感情。

① 北阙：朝廷的别称。

② 谢安：320—385，字安石，陈郡阳夏（今河南太康）人，东晋政治家、名士。此处当为借指刘长卿，因刘曾写有多首吟咏新安江的诗篇。

新安江路

权德舆

选自《权德舆诗文集》，上海古籍出版社2008年版。

权德舆（759—818），字载之，天水略阳（今甘肃秦安东北）人，后徙润州丹徒（今江苏镇江）。以文章著称。

此诗描绘了新安江下游幽谧的意境，表现了一种优游自得、寄迹山水的人生情趣，言浅近而意深长，为古代吟咏新安江的著名诗篇。

深潭与浅滩，万转出新安。

人远禽鱼净，山深水木寒。

啸起青苹末，吟瞩白云端。

即事遂幽赏[1]，何必挂儒冠[2]。

① 幽赏：沉静、安闲地品鉴。

② 儒冠：古代儒生戴的帽子。

赠别刘员外[1]长卿

耿　沣

清如寒玉直如丝，
世故多虞事莫期。
建德津亭人别夜，
新安江水月明时。
为文易老皆知苦，
谪宦[2]无名倍足悲。
不学朱云[3]能折槛，
空羞献纳在丹墀[4]。

选自《严州诗词》，政协建德市委员会编，天津古籍出版社2011年版。

耿沣(763年前后在世)，字洪源，河东(今属山西)人。大历十才子之一。唐宝应元年(762)进士，官右拾遗。工诗，与钱起、卢纶、司空曙诸人齐名。

该诗作者结合刘长卿因刚而犯上两度迁谪的经历，发出对为文、为官的慨叹，以“建德津亭人别夜，新安江水月明时”点明诗作赠别的时间和地点，别具一种清新美好的韵味。

① 员外：原指正员以外的官员。
② 谪宦：官职被贬。
③ 朱云：字游，原居鲁地，后移居平陵。元帝时，与少府五鹿充宗辩论易学，获胜，遂授博士，迁任杜陵令，后为槐里令。为人狂直，汉成帝时，朱云进谏攻击丞相张禹为佞臣，帝怒，欲斩之，他死抱殿槛，结果殿槛被折断。后以左将军辛庆忌死争，遂获赦，皇帝亦下令不换断槛，留下“折槛”的典故。
④ 丹墀：宫殿或庙宇的正殿等具仪典性的建筑物前的平台，古时多涂成红色，故称。此代朝廷。

新安江支流率水(休宁县阳干村)　胡宏坤摄

新安江行

章八元

选自《严州诗词》，政协建德市委员会编，天津古籍出版社2011年版。

章八元，字虞贤，桐庐县常乐乡章邑里人。善诗赋，人称"章才子"。唐大历六年（771）进士，贞元中调句容（今江苏句容）主簿，后升迁协律郎（掌校正乐律）。有诗集一卷传世。

此诗抒写作者新安江之行的所见所感。唐诗选家对"雪晴山脊见，沙浅浪痕交"一句格外欣赏，曾称其诗善于描摹山水状貌。

江源南去永，野渡暂维梢。
古戍悬鱼网，空林露鸟巢。
雪晴山脊见，沙浅浪痕交。
自笑无媒者，逢人作解嘲。

宿新安江深度馆寄郑州王使君

朱长文

霜飞十月中，摇落众山空。

孤馆闭寒水，大江生夜风。

赋诗忙[①]有意[②]，沈约[③]在关东[④]。

选自《御定全唐诗》卷二百七十二，清康熙四十年(1701)圣祖仁皇帝御定本。

朱长文，唐大历年间江南诗人，生平未能悉知，《御定全唐诗》存其诗六首。《全宋诗》将朱长文误为宋人收入，按：北宋朱长文，字伯原，号乐圃，苏州吴县人，嘉祐四年(1059)进士，著述甚富。

深渡距歙县县城26公里，位于新安江边。新安江从深渡顺流而下，经米滩至街口，为浙江淳安县界。朱长文于初冬到达深渡，放眼望去，群山萧条，江水泛寒；夜宿江边，狂风呼啸。而诗人此际却忙于为朋友赋诗寄信，表达了对友人深厚的情感。

① 原注："一作情。"

② 原注："一作忆。"

③ 沈约：南朝著名文学家，曾在新安江撰《新安江至清浅深见底贻京邑同好》诗。此指诗人在深渡馆忙于给远在郑州的友人王使君赋诗寄信，就如沈约在新安江撰诗寄给京都的同好一样。

④ 关东：历史上通常指函谷关以东的地区，疑为"江东"之误，位于长江下游江南一带，即今皖南、苏南、浙江、江西东北部、上海区域。

送惟素上人[1]归新安

许　浑

选自《严州诗词》，政协建德市委员会编，天津古籍出版社2011年版。

许浑（788—860），字用晦，一作仲晦，祖籍洛阳（今属河南），寓居润州丹阳（今属江苏），遂为丹阳人。官至睦、郢二州刺史。著有《丁卯集》。

该诗叙写送友人归新安所见之情景，景象生动，如在眼前。

山空叶复落，一径下新安。

风急渡溪晚，雪晴归寺寒。

寻云策藤杖，向日倚蒲团。

宁忆西游客，劳劳歌路难。

① 上人：对持戒严格并精于佛学的僧侣的尊称。

严陵钓台贻行侣

许　浑

故人天下定，垂钓碧岩幽。
旧迹随台古，高名寄水流。
鸟喧群木晚，蝉急众山秋。
更待新安月，凭君暂驻舟。

选自《严州诗词》，政协建德市委员会编，天津古籍出版社2011年版。

该诗通过叙写严陵钓台之行的所见所感而发思古之幽情，以"更待新安月，凭君暂驻舟"之句引发读者更多的情感意绪，感情真切，刻画传神。

送张谭之睦州

周　贺

选自《严州诗词》，政协建德市委员会编，天津古籍出版社2011年版。

周贺，字南卿，东洛（今河南洛阳）人。初为和尚，名清塞。杭州刺史姚合爱其诗，加以冠巾，改名贺。

本诗叙写送友人到睦州时对昔日过往新安江景象之怀想，并传达共为隐逸之人的愿望。

遥忆新安旧，扁舟往复还。

浅深看水石，来往逐云山。

到县余花在，过门五柳闲。

东征随子去，俱隐薜萝[1]间。

① 薜萝：薜荔和女萝。两者皆为野生植物，常攀缘于山野林木或屋壁之上。后借指隐者或高士的衣服，又借指隐者或高士的住所。

游歙州兴唐寺

张　乔

山桥通绝境，到此忆天台。
竹里寻幽径，云边上古台。
鸟归残照出，钟断细泉来。[①]
为爱澄溪月，因成隔宿回。[②]

选自许承尧《西干志》卷三，1981年安徽省图书馆古籍部抄录安徽省博物馆藏稿本。

张乔，今安徽贵池人。唐咸通年间进士，以律诗著称，与许棠、郑谷、张玭等东南才子合称“咸通十哲”。

兴唐寺位于徽州府城外河西披云峰山麓，寺外即练江。张乔因黄巢之乱，隐居九华山，游历歙州，与休宁县仰山寺大师有交往。许承尧《西干志》载：“方虚谷曰：‘此吾州水西太平寺也，在唐时谓之兴唐寺。五、六佳，末句谓溪清而月可爱，因留至隔宿，亦善于立论，以歙溪极天下之清者。’”按：方虚谷即方回，字万里，号虚谷，元朝歙县人，诗论家。此诗起联即赞美兴唐寺为风景绝佳之境，与被称为“天下四绝”之一的天台国清寺相像，接着进行景物描写，以尾联表达对兴唐寺的热爱与留恋。

① 以上二句言：傍晚，鸟儿归巢，落日余晖倾洒在兴唐寺及其周围，禅院的钟声完全沉寂时就会听到如弦如瑟的泉水声。

② 以上二句言：晚上，月亮倒映在清澈潺湲的溪流之上，又被跳动的水流揉碎，可爱至极，以至诗人流连忘返，夜宿寺院。

新安道中玩流水

吴　融

选自《严州诗词》，政协建德市委员会编，天津古籍出版社2011年版。

吴融，字子华，越州山阴（今浙江绍兴）人。唐龙纪元年（889）进士，历任侍御史、左补阙、中书舍人、户部侍郎。

本诗叙写作者在往返新安途中赏玩流水的忘我情景，体现了作者特有的洒脱心情。

一渠春碧弄潺潺，

密竹繁花掩映间。

看处便须终日住，

算来争得此身闲。

萦纡似接迷春洞，

清冷应连有雪山。

上却征车再回首，

了然尘土不相关。

途次绩溪先寄陈明府

张　玭

入境风烟[①]好，幽人[②]不易传。
新居多是客，旧隐半成仙。
山断云冲骑，溪长柳拂船。
何当许过县，闻有箧中篇。

选自嘉庆《绩溪县志》卷十一《艺文志》，(清)清恺编撰，徐子超等点校，黄山书社2010年版。

张玭，字象文，清河(今河北邢台清河)人，生卒年不详。唐乾宁二年(895)进士，擅长律诗，以写边塞风光见长，诗歌境界开阔，语言浑朴。著有诗集二卷，《新唐书·艺文志》传于世。

诗人张玭路过绩溪境内，见风光幽丽而触景生情，写下此篇先寄与绩溪县令陈某共赏。本诗赞赏绩溪优美的自然风光，隐居于此的居民宛若桃花源里的仙人一般，山头高耸，与白云相接；溪水悠长，杨柳拂船。面对这样优美的山水，好友陈明府必定写下了不少优美的诗篇，诗人决定经过绩溪县城时一定要来拜读，表达了诗人对好友的思念以及对绩溪山水的热爱。

① 风烟：景象、风光。
② 幽人：幽居之人。

谒越国公祠

程　药

选自《绩溪古今诗词集萃》，现代出版社2015年版。

程药，一名旭，字东升，休宁古城人，迁绩溪程里（今仁里）登源河畔，为仁里程氏始迁祖。唐光化年间以秀士荐举诏授金乡县尹，有善政。

汪华（587—649），原名世华，字国辅、英发，歙县登源汪村（今属绩溪县）人。隋末天下大乱之际，汪华保境安民，起兵统领歙、宣、杭、饶、睦、婺等六州，建立吴国，自称吴王。武德四年（621），率土归唐，授上柱国、越国公、歙州刺史，总管六州军政。卒后归葬歙县县城北云岚山。嗣后，歙州（徽州）各地建汪王庙以祭祀。北宋太平兴国五年（980），在登源河畔汪村河西兴建越国公祠，规模宏敞，占地20000平方米，共五进，历代诗人多有吟颂。

本诗描绘越国公祠掩映在绿树翠竹浓荫之中，汪华的业绩镌刻在碑石之上，流传至今，人们纷纷前往祭拜，春秋祭祀，鼓乐喧天。汪村周围群峰青翠，碧绿的登源河溪水绕过汪王故城而下。

越国崇祠紫翠间，

长松修竹锁溪山。

贞碑勒记传今古，

野渡横桥任往还。

排闼[①]群峰青历历，

绕城流水碧潺潺。

当年香火存忠烈，

箫鼓[②]春秋乐圣颜。

① 排闼：推开门。

② 箫鼓：箫与鼓，泛指乐奏。

五代

新安江支流漳河(黟县漳河至石山段)　汪建柏摄

送许郎中[1]歙州判官兼黟县

徐铉

选自《全唐诗》卷七百五十四,《四库全书》本。

徐铉(916—991),字鼎臣,广陵(今江苏扬州)人。五代宋初文字学家、书法家。著有《徐公文集》等。

许某由郎中出任歙州判官兼署黟县县令,诗人为其撰送别诗。黟县有小桃源之称,出任此地,定能留下业绩。另外许家祖上在歙州有许宣平之类的隐逸仙人,祖风犹存,许某将如陶渊明种秫田以酿酒,待得两三年任满便可归去。

尝闻黟县似桃源,

况是优游冠玳筵[2]。

遗爱非遥应卧理,

祖风犹在好寻仙。

朝衣旧识薰香史,

禄米初营种秫[3]田。

大抵宦游须自适,

莫辞离别二三年。

① 许郎中:指许坚。

② 冠玳:冠帽上饰有玳瑁,代朝廷官员。筵:筵席。按:玳瑁是海中的一种爬行动物,甲壳呈黄褐色,有黑斑,很光滑,可做成装饰品,或入药。

③ 秫:俗称高粱,日常多用作酿酒原料。

入黟吟

许　坚

黟县小桃源[1]，烟霞[2]百里宽。

地多灵草木，人尚[3]古衣冠。

市向晡时[4]散，山经夜后寒。

吏闲民讼[5]简，秋菊露漙漙[6]。

选自顺治《黟县志》卷七《艺文志》，清顺治十二年(1655)刻本。

许坚，生卒年不详。南唐江左名士，庐江(今属安徽)人。性朴野，有异术，多谈神仙之事。北宋太平兴国八年(983)后，客游于黟。乐之，因作诗，遂家焉。

入黟即指进入黟县境域。黟县境内的漳河为新安江上游的一条支流。此诗简洁而形象地写出了当时黟县人杰地灵、与世隔绝的古朴风貌。

① 桃源：指代晋陶渊明《桃花源记》中所描写的景地与胜境。

② 烟霞：烟雾和云霞，代指山水景物。

③ 尚：尊崇。

④ 晡时：下午3时整至下午5时整。

⑤ 民讼：官司，民间发生的诉讼案件。

⑥ 漙漙：形容露水多。

宋

新安江支流横江(黟县渔亭)　汪澄摄

送潘歙州

梅尧臣

选自《严州诗词》,政协建德市委员会编,天津古籍出版社2011年版。

梅尧臣(1002—1060),字圣俞,世称宛陵先生,宣州宣城(今安徽宣城)人。为诗主张写实,反对西昆体,所作力求平淡、含蓄,被誉为宋诗的"开山祖师"。

诗人用新安江水之清澈来比喻新安郡守,意在赞美新安郡守的清操。同时又通过新安郡守对亲人的厚养、对军士的厚爱和对文化修养的注重、为政的勤勉劬劳,来预测新安郡守治绩将为天下第一。

一见新安守,便若新安江。

洞澈物不隔,演漾心所降。

远指治所山,已入邻斋窗。

捧舆登南岭,策马怀旧邦。

养亲将为寿,倾甘抱玉缸。

观军将劳士,脔肥堆羊腔。

下车[1]谈诗书,上世拥旄幢[2]。

勿窥渊游鳞,无吠夜惊龙。

他日闻课第[3],天下谁能双。

---

① 下车:官吏到任。

② 旄幢:用牦牛尾为饰的旌旗。

③ 课第:考核政绩并加叙次。

宿桐庐县江口

张伯玉

桐庐江水碧，百丈见游鱼。
元是新安水，流从下濑初。
清风寒到底，明月静涵虚。
尘土谁难濯，人心自不知。

选自《严州诗词》，政协建德市委员会编，天津古籍出版社2011年版。

张伯玉（1003—1070），字公达，福建建安（今建瓯）人。早年举进士，又举书判拔萃科。曾任睦州知州。

本诗对桐庐江水“百丈见游鱼”的特点加以探源，认为“元是新安水，流从下濑初”，并对新安江特点做进一步描绘，最后“尘土谁难濯，人心自不知”一句富有较深蕴意，令人思索万千。

至睦州泊新安江口

张伯玉

选自《严州诗词》，政协建德市委员会编，天津古籍出版社2011年版。

诗人三年前经新安江到闽地上任，途中江水绵长，连日舟劳不得歇息。三年后，诗人任满复经新安江，江水依然澄澈，照见满头白发。睦州多有旧时相识官员，他们在江畔谦恭地迎接，并问诗人归去后有何打算。诗人心中早将严陵作为榜样，欲隐逸岩穴。

前岁过此州，手持七闽[1]节。

虽远更惮劳，揽辔迟明发。

回瞻七里滩，何日榜舟[2]歇？

幸得满三年，解符下瓯粤。

却到新安江，依然旧澄澈。

敛巾照江水，无白可添发。

州人多故吏，罗立皆磬折[3]。

问我此去心，复有何施设。

兴方顾诸老，谢尔相慰说。

此度归来心，可共严陵说。

---

① 七闽：远古时期生活在今福建省和广东省潮汕地区的闽越部落。代福建省。

② 榜舟：行船，驶船。

③ 磬折：弯腰，表示谦恭。

次韵王治臣九日使君席上二章（选一）

宋

张伯玉

新安江碧郡楼危，

九日登临醉袖垂。

莫笑松筠岁寒地，

却胜桃李艳阳时。

清淳酒莹红螺面，

窈窕笙攒碧玉枝。

未必尊前叹迟暮，

几人知我始牵丝[1]。

选自《严州诗词》，政协建德市委员会编，天津古籍出版社2011年版。

本诗抒写诗人在使君到来的宴席上的为官感言，通过对"新安江碧郡楼危"等环境特点进行描绘，体现自己的美好心情。

① 牵丝：佩绶，谓任官。

新安江舟中奉酬孙观书记

张伯玉

选自《严州诗词》，政协建德市委员会编，天津古籍出版社2011年版。

本诗抒写诗人在新安江船上的所见之喜、所饮之乐，好一幅怡然自得的典型画面。

十年塞外忆江山，

今日扁舟纵眼看。

匝岸野花红似簇，

避人沙鸟起成团。

放怀自古酒为得，

老笔到今诗最难。

君解高吟我方饮，

几人能共此清欢。

寄披云峰诚上人

曹汝弼

院高穷木末，野极静无言。①

险路通岩顶，香泉出石根。②

微风飘磬韵，幽鸟啄苔痕。③

常记相留夜，秋堂共听猿。④

选自许承尧《西干志》卷三，1981年安徽省图书馆古籍部抄录安徽省博物馆藏稿本。

曹汝弼，字梦得，号松萝山人，休宁县人。隐居不仕，宋景德、大中祥符年间与种放、魏野、林逋交游。著有《海宁诗集》。

披云峰位于徽州府城外练江之西，峰麓即为寺院，唐代有二十四院，宋代有十五六寺。前四句言寺院高峻偏僻、路险泉香，接着两句言寺院清幽静谧，最后两句表达了诗人与诚上人之间深厚的友谊。许承尧辑《西干志》载："舒公雄曰：'汝弼诗体致高远，有王右丞、孟处士之风。'方虚谷曰：'景德、祥符间诗人有晚唐之风，曹以处士与种放、魏野、林逋相往来，故其诗亦似之。第六句幽而有味。'"

① 以上二句言：披云峰山麓的寺院地势很高，建在树梢之上。在这偏僻的荒郊野外，安静得听不到人们的讲话声。

② 以上二句言：寺院外险峻的径路直通山岩之巅，沁人心脾的甘泉从岩石缝里流淌而出。

③ 以上二句言：微风吹过，寺院的钟声随之飘向远方，悠扬而韵致；禽鸟啄着地上的苔藓，一切是那么幽静。

④ 以上二句言：时常会回忆起留宿在寺院里的情景，在秋日的夜晚，坐在庵堂内听猿猴声声啼叫。

桃源[1]

孙 抗

选自《黟县志》黟县地方志编纂委员会编，光明日报出版社1989年版。

孙抗，字和叔，北宋黟县人。曾中过进士，任过大理寺丞、江南西路提点刑狱、广西转运使、尚书工部郎中等职。

黟县桃源洞的神话传说颇多，有渔郎问津泊舟的石矶，有拒不进贡入宫而滚入潭中化为钟石的金钟，有唐朝高士许宣平隐居的桃源上庵，有李白吟后挥洒墨点于竹叶上的墨竹等。古人吟咏桃源洞的诗更多。此诗借陶渊明《桃花源记》里渔郎探秘的典故，抒发了诗人对于黟县桃源洞一带的自然景物的爱慕与眷恋之情。

洞[2]里栽桃不计时，
人间秦晋[3]是耶非。
落花[4]遍地青春老，
千载渔郎[5]去不归。

① 桃源：即桃源洞，位于黟县南。由安徽黟县渔亭镇沿漳水而上，距黟县县城8公里的石墨岭南麓，山骨突出，岩石峭立，古树葱郁，桃花夹岸。山腰凿有洞，即桃源洞。

② 洞：即桃源洞。

③ 秦晋：意即秦代与西晋，原为取陶渊明《桃花源记》中桃花源人“自云先世避秦时乱，率妻子邑人来此绝境，不复出焉，遂与外人间隔。问今是何世，乃不知有汉，无论魏晋”之句而用。

④ 落花：飘落的桃花。

⑤ 渔郎：晋太元中“捕鱼为业”的武陵人。

寄沈鄱阳①

王安石

离家当日尚炎风，
叱驭归时九月穷。
晓渡藤溪霜落后，
夜过翚岭月明中。
山川道路良多阻，
风俗谣言苦未通。②
惟有鄱君人共爱，
流传名誉传江东。③

选自《绩溪县志》第三十八章“艺文”，绩溪县地方志编纂委员会编，方志出版社2011年版。

王安石(1021—1086)，字介甫，号半山，临川人。北宋庆历二年(1042)进士，两任宰相，主持变法，改变积弱，为著名的思想家、政治家、文学家、改革家，“唐宋八大家”之一。

北宋嘉祐三年(1058)，王安石任江东提刑(宋代的江东专指皖南、赣东及江宁府等地区)，巡按各地。王安石从家乡江西临川出发，于夏至日题诗祁门县东松庵。巡回结束时，已是九月底，遂经歙州去宣州。霜天拂晓，乘舟经过休宁县藤溪村(今陈村，又称陈霞)，顺率水而下，经月潭、瑶溪、高枧到阳湖，进入渐江，经篁墩、雄村到浦口，然后溯练江而上，到徽州郡治，复溯扬之水到绩溪。拜访友人葛琳，恰巧游蜀，想起曾问葛琳：“仙乡产何佳品？”葛琳答道：“唯香白粲(稻米)为佳。”遂作题壁诗：“桥横葛仙陂，住近杨雄宅。主人胡不归，为我炊香白。”在月明之夜过绩溪翚岭。此诗首联交代诗人出来巡按的时间，颔联写在徽州一天的行程，颈联写徽州地貌语言，尾联称赞饶州沈知州的善政。

① 鄱阳：东汉建安十五年(210)，孙权分豫章郡置鄱阳郡，唐武德五年(622)改称饶州。明至清末称饶州府，治所在鄱阳县。此代饶州知州。

② 以上二句言：徽州之地，重峦叠嶂，溪流回环，道路崎岖，并且方言各不相同，诗人出来巡按，与百姓沟通，关于风俗习惯的民歌民谣难以听懂。

③ 以上二句言：虽然诗人不能听明白当地人的话语，但是一提起沈知州，所有的人都称赞不已，其名声在江东流传，故撰诗以寄。

和叔[1]雪中见过

王安石

选自《黟县四志》卷十五《杂志·诗录》，民国十二年(1923)刻本。

孙抗，字和叔，宋黟县北街人。曾任江南西路提典刑狱，与王安石友善。告老还乡后居新安江上游漳水之滨、寄身故园老山林的好友孙抗过着闲逸的生活，倒是让诗人王安石歆羡不已。此诗即表明了作者如此的心迹。

捐书去寄老山林[2]，

无复追缘往事心。

忽值故人[3]乘雪兴，

玉堂[4]前话得重寻。

① 和叔：指孙抗。

② 此句言：诗人写信寄给终老山林中的好友孙抗。

③ 故人：指孙抗。孙抗，字和叔，北宋黟县人。

④ 玉堂：官署名。

初到绩溪视事三日出城南谒二祠游石照偶成呈诸同官

苏　辙

行年五十治丘民①，
初学催科②愧庙神。
无限青山不容隐，
却看黄卷③自怜贫。
雨余岭上云披絮，
石浅溪头水蹙鳞。
指点县城如手大，
门前五柳正摇春。

选自嘉庆《绩溪县志》卷十一《艺文志》，（清）清恺编撰，徐子超等点校，黄山书社 2010 年版。

苏辙（1039—1112），字子由，晚号颍滨遗老，眉州眉山（今四川）人。北宋文学家，“唐宋八大家”之一。元丰八年（1085）三月至十月，苏辙任绩溪县令。苏辙作诗淳朴无华，有《栾城集》行于世。

苏辙到绩溪的时间是春天，正是杨柳随着春风起舞的季节。本诗抒发了苏辙任绩溪县令时的复杂心绪，一方面感到向百姓征收赋税真是愧对土地等诸位神仙，面对绩溪大好山水，有归隐之意，但是看看诏敕，又觉责任在身，因此顾影自怜。绩溪县城虽然很小，但雨后县城周边的岭头云雾缭绕，犹如棉絮一般；清澈的溪水里能见到裸露的石头和游动的小鱼。

① 丘民：百姓。
② 催科：催收租税。
③ 这里指诏敕。

汪王庙

苏　辙

选自嘉庆《绩溪县志》卷十一《艺文志》，（清）清恺编撰，徐子超等点校，黄山书社2010年版。

本诗描写了汪村周围的景致，南边是龙须山，北边是石镜山，中间是一块肥沃的盆地，登源河自东北向西南流过古村。苏辙对农事十分熟悉，雨后初晴正是耕耘的好时节，此时农事正忙，乡间田地里麦苗正在抽穗扬花，农户家中春蚕正欲休眠。诗人同情农民的辛苦劳作，向神祠祈求风调雨顺，秋后有个好收成。

石门南出众山巅，

沃壤清溪自一川。

老令旧谙田事乐，

春耕正及雨晴天。

可怜鞭挞终无补，

早向丛祠[1]乞有年。

归告仇梅省文字，

麦苗含穗欲蚕眠。

① 丛祠：乡野林间的神祠。

石照二首

苏 辙

一

行尽清溪到碧峰，阴崖[1]翠壁尽杉松。
故留石照邀行客，上彻青山最后重。

二

雨开石照正新磨，鸟度猿攀野客[2]过。
忽见尘容应笑我，年来底事白须多。

① 阴崖：背阳的山崖。
② 野客：村野之人，多借指隐逸者。

选自嘉庆《绩溪县志》卷十一《艺文志》，(清)清恺编撰，徐子超等点校，黄山书社2010年版。

石镜山，又称石照山，位于绩溪华阳镇东部，海拔463米。山中有峭石壁立，方广6.67米，平滑晶莹，光可鉴物，人称"石镜"。"石镜清辉"为古华阳一景。镜旁有岩石，形似仙女梳妆座，又有石照亭、普照寺，皆已早圮。近有白泉，从石罅泻出，四时不竭，传可疗暑，实为矿泉。山中丹崖翠壁，林木葱茏，风景幽丽。

前一首以拟人化的笔触描写了大自然的鬼斧神工，石镜处于高山之巅，长满了松树、杉树。后一首写春雨过后，石镜光洁，如同刚刚磨过一般，飞鸟、猿猴和隐逸者时时造访，看见石镜中自己的容颜，诗人自嘲为何又生出了许多的白发。

新安江支流横江(休宁齐云山)　朱国平摄

绩溪二咏

苏　辙

选自《绩溪县志》第三十八章"艺文",绩溪县地方志编纂委员会编,方志出版社2011年版。

豁然亭位于绩溪县城北面,南可见华阳镇,北面则是连绵的高山。诗人偕友人登上此亭,见雨后的绩溪城粉墙黛瓦,青松翠盖,万壑生烟,一派清新祥和的景象。诗人整个秋天卧病在床,今日听见豁然亭风铎声声,故攀登该亭,虽然由于身体尚未恢复,还不能开怀畅饮,但面对美景,不由得诗兴大起,要先在亭壁题上自己作的诗句,并请随行的诸位吟诵佳句。

豁然亭[①]

南看城市北看山,

每到令人意豁然。

碧瓦千家新过雨,

青松万壑正生烟。

经秋卧病闻斤响,

此日登临负酒船。

径请诸君作佳句,

壁间题我此诗先。

① 亭为宋汪琛建,苏辙常与琛登亭赋诗。汪氏家乘称:亭在邑西垅上;胡少保《后山书院序》称:亭在后山,今圮。

翠眉亭

谁安双岭曲弯弯，

眉势低临户牖间。

斜拥千畦铺潆水，

稍分八字放遥山。

愁霏宿雨峰峦湿，

笑卷晴云草木闲。

忽忆故乡银色界，

举头千里见苍颜。

翠眉亭(墩)位于县城西郊。北宋元丰八年(1085)，绩溪县令苏辙行墩上，见双岭弯如眉势，“名翠眉，并筑亭对之，以寄对故乡峨嵋之思”。亭焚于宣和中期。南宋绍兴六年(1136)，知县贾诩复建。明弘治年间，亭后建苏公祠，后均废。清康熙五年(1666)，知县苏霍祚重建望眉堂，后又圮，堤存至今。诗人写双岭弯弯如眉，打开窗户，入眼的是千亩良田和涓涓细流；推开门，迎面的是远方的青山。徽州多雨，云突雨飞，山峦尽湿；而当雨霁云开时，云卷云舒，草木葱茏，一派闲逸的风光，表达了苏辙的思乡之情。苏辙的故乡是四川眉州(今眉山)，四川为盆地，西北是高山，终年积雪，这里的“银色界”即代指故乡。

鱼亭驿[1]

吕本中

选自顺治《黟县志》卷七《艺文志》，清顺治十二年（1655）刻本。

吕本中（1084—1145），字居仁，世称东莱先生，祖籍莱州，寿州（今安徽寿县）人。宋代诗人、词人、道学家。著有《春秋集解》《紫微诗话》《东莱先生诗集》等。

鱼亭指渔亭，位于黟县境内、新安江上游支流漳水河畔。此诗以白描手法写出密竹连片、群山拥田的渔亭溪山胜景，极言诗人对美好山水的由衷赞美！

竹密如云不见天，

好山无数簇[2]溪田。

只因黟县溪山胜，

尽在鱼亭驿舍[3]前。

① 鱼亭驿：黟县渔亭驿站。

② 簇：簇拥、簇围。

③ 驿舍：驿站的馆舍。

碧山访友

张九成

万仞[1]巍然叠嶂[2]中，
泻来峻落[3]几千重。
森森[4]桧柏松花老，
又见黄山[5]六六峰。

选自《黟县四志》卷十五《杂志·诗录》，民国十二年(1923)刻本。

张九成(1092—1159)，字子韶，号无垢，原籍开封，后迁海宁盐官(今浙江海宁)。南宋官员、理学家。著有《横浦集》等多种，对经学有独创见解，后形成"横浦学派"。

张九成诗碑立于原黟县碧山乡碧西村培筠园中，当时园主人汪勃致仕后回居故里，张九成远道来访，见碧山有林泉之胜，流连数月始返，并写七绝《碧山访友》以赠。诗成，勒石刻碑置于培筠园中，此碑至今已有860余年历史，虽历经风雨侵蚀，碑的上段亦已残缺，但诗文完整，字迹依稀可辨。

① 仞：古代的计量单位，周制八尺，汉制七尺，周尺一尺约合23厘米。
② 叠嶂：亦作"叠障""迭嶂"，指重叠的山峰。
③ 峻落：从山高而陡处飞落。
④ 森森：形容繁密。
⑤ 黄山：即指原来的黟山。

绩溪道中三首

崔　鸥

选自《全宋诗》，现代出版社2015年版。

崔鸥，字德符，颍川阳翟(今河南禹州)人。元祐年间进士，为人正直敢言，切中时弊，为时论所重。宋徽宗政和年间任绩溪县知事。其诗以绝句为最，思致精微，语言轻快，颇有奇趣。朱熹曾说："张文潜大诗好，崔德符小诗好。"

此组诗为诗人进入绩溪县时所作，时值春末夏初，稻谷尚未抽穗，荷叶已散发出清香。轿子穿行在山路之中，两边尽是苍翠的松树，高大耸立的名木好似千万个列队的兵士。诗人卷起轿子的蒙纱，欣赏着眼前的美景，远方有一座亭子沐浴在晚霞之中。诗人因雨水而受阻于山寺中，雨后云蒸雾遮，山口含云，林木葱绿，美不胜收。

一

穲稏①青禾未剡②芒，联拳③荷叶已秋香。

笋舆十里青松路，高卷蒙纱溯晚凉。

二

纵纵④名木列千兵，风雨斜来卷旆旌⑤。

愁倚寺门南下望，水烟不见小桥横。

三

山口含糊半吐云，林头时见绿纷纷。

何人解作孤鸾⑥啸，呼取凉风入帽裙。

---

① 稏：稻名。

② 剡：锐利。

③ 联拳：屈曲貌。

④ 纵纵：纷错貌、高耸貌。

⑤ 旆旌：旗帜。

⑥ 鸾：传说中凤凰一类的鸟。

题古城岩

邹补之

依然雉堞古城基，
开创由来自汉隋。
南北两门余旧日，
黔黎百岁话当时。
循山漉漉陈公堨，
凿石岩岩葛令碑。
万丈悬崖如削玉，
也应容我恣题诗。

选自道光《徽州府志》卷二《舆地志》，清道光七年(1827)刻本。

邹补之，衢州人。南宋绍兴四年(1134)休宁知县。重修学校，修葺塘堨，为政清简，百姓怀思。尝隶书“兑卦”勒于古城岩山麓石壁，以镇火灾。

古城岩旧称万岁山，下为浙江支流横江流域。汉末三国吴始立新都郡，下属六县，其中休阳县治即在此地，其后为避吴王孙休之讳，改称海阳县。隋末(617—618)，歙县汪华为保障六州，迁郡治于万岁山，筑有城墙，东北麓有石门，高一丈五尺，下为深涧二丈，颇称险峻。北宋熙宁九年(1076)休宁知县陈时在古城岩下筑堨以灌溉；大观三年(1109)休宁知县葛胜仲勤恤民隐，奖进士类，慧眼识金安节，后官至国子监祭酒，百姓怀思，故立碑于此。北宋末，为避宫苑之山改称万安山。此诗前四句从历史遗迹叙述古城岩的由来，后四句转入陈公堨、葛令碑，抒发感慨，表达了诗人身为休宁县令，当如前县令勤政爱民，为百姓谋福利的情感。

休宁

范成大

南街豪郡城，东圃压州宅。
谁云沸镬地，气象不逼仄？①
林园富瓜笋，堂密美杉柏。
山醪极可人，溪女能醉客。②
吴子邑中彦，毫端万人敌。
传杯相劳苦，不觉东方白。③

选自范成大《石湖诗集》卷七，《四库全书》本。

范成大（1126—1193），字至能、致能，号石湖居士，谥"文穆"，吴县人。南宋绍兴二十四年（1154）考中进士，授徽州司户参军。后曾出使金国，不辱使命，官至参知政事。诗风平易浅显，清新妩媚，与尤袤、陆游、杨万里并称南宋"中兴四大诗人"。著有《石湖诗集》《吴船录》《揽辔录》《吴郡志》《桂海虞衡志》等。

休宁县城位于发源于黟县漳岭白顶山的横江北岸，横江经万安、潜阜，至阳湖汇入新安江支流渐江。范成大于绍兴二十六年（1156）到徽州任司户参军，绍兴三十年（1160）冬受代离任。此诗为绍兴三十年（1160）范成大因公事到饶州经过休宁时所撰。休宁县城吴儆，少有时名，与兄吴俯讲学授徒，人称"眉山三苏，江东二吴"，年纪比范成大仅长一岁，绍兴二十七年（1157）考中进士，两人酬唱往来甚密。范成大路过休宁时，歇息于吴儆家中。此诗前四句写出了休宁的街市气象、山水环境和林园状况，将休宁县城与徽州郡城做比较，夸扬县城比郡城气势更大。接着四句描写休宁风物，"山醪极可人，溪女能醉客"，极尽赞美。最后点出休宁有热情好客的才俊，心情欢快，故推盏谈心，不觉天明。

① 以上四句言：休宁县城的南街店铺里陈列着珍贵的货物，人们穿着绸裳，来来往往，熙熙攘攘，比徽州郡城还要繁华。那东面的县衙园圃宽广，气势比州官衙门还雄伟。是谁说的人声鼎沸之地，气象一定不会逼窄？休宁县城的气象格局确实颇为宽广。

② 以上四句言：休宁县城的园林里种植着繁多的瓜笋菜蔬，高堂全用上好的木材杉柏来建造。用山泉水酿造的美酒极为可人，溪边浣洗的女孩有着迷人的容貌，直让客人痴醉。

③ 以上四句言：诗人的好友吴儆为休宁县的俊彦，文学才能万人挑一。知己相聚，觥筹交错，推杯换盏，互诉衷情，不知不觉，东方既白。

临溪寺

范成大

万山绕嵲岭[1]，二水奔澒洞[2]。
亭亭林中寺，金碧灿櫩[3]栋。
解鞍得蒲团，卧受瓦炉供。
少捐一炊顷，暂作百年梦。
无人自惊觉，幽禽[4]正清弄[5]。
倦客如残僧，无力供世用。
此行端为山，紫翠迭迎送。
漱井出门去，惊尘扑飞鞚[6]。

选自《范石湖集》卷七，上海古籍出版社2006年版。

临溪位于绩溪县境南部，距县城11公里，与歙县毗邻。东为佛岭山，南接莲金山，西来的登源水与北来的扬之水在此汇集。临溪寺万山环绕，二水汇集。高耸的寺庙金碧辉煌，诗人见山寺而解案下马，供奉香火，参拜神灵。同时，诗人顾影自怜，叹息自己就像一个年老的僧人一样，不能为世所用，表达了郁郁不得志的心情。

① 嵲岭：孤危貌。
② 澒洞：水势汹涌。
③ 櫩：古同“檐”，屋檐。
④ 幽禽：鸣声幽雅的禽鸟。
⑤ 清弄：清雅的乐曲。
⑥ 鞚：带嚼子的马笼头，借指马。

新安江支流横江(屯溪区)　沈光洪摄

桑岭

范成大

回肠山百盘，挥手天一握。
俯惊危栈穿，仰诧飞石落。
挽舆如挽舟，绝叫断双筰。
怪蔓缠枯槎，瘠草被幽壑。
此岂车马路，谁云强刊凿？
人言远游好，呼来试著脚。

选自范成大《石湖诗集》卷七，《四库全书》本。

桑岭，又名双岭，位于歙县北乡，与休宁县交界。为篁溪之发源地，其流经山头、篁村、桃源，至山口汇入浮溪，过雅口桥至淪舍与漕溪合，注入新安江支流丰乐河，流经岩寺，至徽州府城外太平桥汇入练江，流经渔梁坝、紫阳桥、车轮湾，至浦口汇入新安江。范成大于南宋绍兴二十六年(1156)到徽州上任，绍兴三十年(1160)受代回吴县，头尾五个年头。

本诗为范成大在受代的绍兴三十年(1160)游黄山时所作，诗中写到：桑岭的羊肠小径转过一弯又一弯，经过百把个弯，才到山顶，挥挥手，就能够把天上的云彩握在手中。低头向下俯视，才知道刚才穿过的栈道是多么的凶险，不由得感到胆战心惊；抬起头来向上仰望，感觉头上的岩石即将飞快地落下来，不由得感到十分诧异。在这险绝的山路上，抬轿者就像河边的纤夫，一步一步地拉着纤绳向山上蹒跚地挪移着，突然听到轿夫吼叫，原来是两根抬轿的竹索断裂了！桑岭的古木枯枝上缠绕着的藤蔓奇形怪状，从沙砾岩石中长出的野草覆盖着深谷。这么陡峭的山路，哪里是车马所能行的？又是谁花了巨大的功力来凿通如此险恶的道路？人们都说到远处游玩是很惬意的事，遇到这样险恶的途径，请来试试看应如何行走。前四句描写了桑岭地势之高峻，接着四句描写了桑岭道路之险恶，后四句感叹行路之难。

新岭

范成大

瘦马兀瞢腾[1]，荒鸡[2]号莽苍。
丝窠罥[3]朝露，篱落万蛛网。
宿云拂树过，飞泉擘[4]山响。
老桑跔[5]潜蚪，怪蔓挂腾蟒。
山行何许深，空翠滴羁鞅[6]。
酿愁积雨寒，破闷朝日放。
曈曈[7]赤帜张，昱昱金钲[8]上。
浮动草花馥，清和野禽唱。
仆夫有好语，沙平路如掌。
惟忧三溪阻，桥断山水涨。

选自《范石湖集》卷七，上海古籍出版社2006年版。

新岭古道，南起雄路，经孔灵、九里坑、新岭、镇头官铺桥接翚岭古道，全长约15公里。当地民谣有“新岭迢迢，翚岭高高；走新岭，要歇夜，过翚岭，摘蟠桃”。

本诗描写诗人夜宿新岭，夜半时分，瘦弱的马儿还是昏昏然然，野外山鸡的叫声回荡在茫茫的大山之中。早晨醒来，蜘蛛网上挂满了露水，庄户人家的篱笆上结满了蛛网；老龄的桑树好像潜游的蝌蚪一样屈曲盘结，形状怪异的藤蔓犹如腾飞的蟒蛇一样挂在树间。太阳升起，大放光明，山野中盛开的草花散发着浓郁的香气，野生的鸟儿发出清越动听的叫声。马夫好言相告，前面的道路平坦并且好走，但是就怕雨水多日，河流上涨，冲断桥梁而使道路受阻。

① 瞢腾：形容模模糊糊，神志不清。
② 荒鸡：三更前啼叫的鸡。
③ 罥：缠绕。
④ 擘：分开；剖裂。
⑤ 跔：天寒筋脉抽搐，手足关节不能屈伸。
⑥ 羁鞅：泛指驾驭牲口的用具。
⑦ 曈曈：明亮貌。
⑧ 金钲：古乐器，比喻太阳。

乳滩

范成大

选自范成大《石湖诗集》卷七,《四库全书》本。

乳滩,又称汝滩,位于新安江水道上,东连街口,落差颇大,水流湍急。南宋绍兴二十九年(1159)暮春,范成大因事行役至严州、杭州,由新安江下钱塘,然后由陆路经昌化、昱岭、王干岭回到徽州。此诗即范成大由徽州经新安江至杭州时所作。首联写新安江虽然可爱,然而行舟其间非常凶险;颔联写水流湍急,性命攸关;颈联转写乳滩是新安江中最险绝之地,落差过大,舟船如高山滚石;尾联感叹未曾经历路途风险者,哪知行路之难。

清溪可怖亦可喜,
造化于人真虐戏。①
轰雷卷雪鬓成丝,
一掷平生来此试。②
险绝无双是乳滩,
舟如滚石下高山。③
画楼正倚黄昏雨,
岂识江间行路难。④

---

① 以上二句言:新安江清澈见底,然而滩石磊磊,舟行其间,让人恐怖又喜爱,大自然对人类来说真是恶作剧。

② 以上二句言:新安江溪流湍急,水石交相冲击发出雷鸣般的响声,汹涌地卷起雪白的水花,坐在船上,看着眼前的凶险,愁得连鬓发都会变白,行走这样艰难的路程,是无端地用生命来做赌注。

③ 以上二句言:乳滩的险绝天下无双,滩石林立,落差特大,顺流而下,小舟如同高山滚石一样跌落下去。

④ 以上二句言:在黄昏潇潇雨之中,那些正倚靠在华丽楼房里的人,怎能懂得在新安江上航行的难处!

淳安

范成大

篙师叫怒破涛泷，

水石如钟自击撞。

欲识人间奇险处，

但从歙浦过桐江。

选自《严州诗词》，政协建德市委员会编，天津古籍出版社2011年版。

本诗抒写了新安江从歙浦到桐江舟行的惊涛奇险，叹为壮观，也体现了篙师不畏艰险的豪迈之情。

新安江水自绩溪发源

杨万里

选自嘉庆《绩溪县志》卷十一《艺文志》,(清)清恺编撰,徐子超等点校,黄山书社2010年版。

杨万里(1127—1206),字廷秀,号诚斋,江西吉州吉水(今江西吉水)人。南宋大臣,著名文学家、爱国诗人,与陆游、尤袤、范成大并称"南宋四大家"。著有《诚斋集》等。

南宋绍熙元年(1190),杨万里被外调为江东转运副使,其间曾至徽州,此诗即作于此时,赞美新安江的江水澄碧。本诗写泉水从山中岩石的罅隙间汩汩而出,没有一丝的泥土气,山泉激石,飞流溅白,流过山谷、花洲,发出玉佩一样悦耳的声音。江水清澈见底,微风吹拂,水波像玻璃上涌动的细纹,晶莹剔透,像绿色的美酒,多喝也不会醉。李白有"借问新安江,见底何如此"的诗句,流传万年。

金陵江水只咸腥,

敢望新安江水清。

皱底玻璃还解动,

莹然醽醁①却消酲②。

泉从山骨无泥气,

玉漱花汀作佩声。

《水记》《茶经》都未识,

谪仙句里万年名。

① 醽醁:古代的一种美酒。醽,绿酒。

② 酲:喝醉后神志不清。

南山道院

金良之

一登南山巅，众山皆俯伏。
松风飘然来，红日照山麓。
我欲问金丹，还到几时熟。
龙虎性方调，坎离功且足。①
混世诚足贵，升天亦何辱。②
宣平在何处？肯来见忠告。
行满全吾真③，此山闲对局。④

选自道光《徽州府志》卷二《舆地志·古迹·南山道院》，清道光七年(1827)刻本。

金良之，字彦隆，号野仙，休宁县人，南宋两浙提刑金受之子，以荫为奉新尉，后离任归里。有诗名。

城阳山在郡城之南，又称南山，其南坞在渐江之滨。唐代在许宣平修真处建许仙宫，南宋建炎年间改称南山道院。金良之隐居于此，卒后，当地人为其垒金仙坛，据说祈祷灵验。此诗言诗人隐迹山林，追寻许宣平之仙风，在众山之巅的南山修道炼丹，以期升天。

① 以上二句言：道家修炼到一定程度，阴阳调和，达到先天混元之气，就炼成了金丹。龙虎：即阴阳。龙为火，属阳，在八卦中属离，主元神，主心。虎为水，属阴，在八卦中属坎，主元精，主肾。有“龙从火里出”“虎向水中生”之语。

② 以上二句言：修炼到长生不死固然可贵，然而得道升天也不算作埋没。

③ 吾真：真实的我，脱去外相本质的我。

④ 以上二句言：修道圆满就可得到真实的自我，任他岁月流逝，人事变迁，悠闲地隐居在南山之中。对局：下棋。典出南朝梁任昉《述异记》卷上：“信安郡石室山，晋时王质伐木，至，见童子数人，棋而歌，质因听之。童子以一物与质，如枣核，质含之，不觉饥。俄顷，童子谓曰：‘何不去？’质起，视斧柯烂尽，既归，无复时人。”代岁月流逝，人事变迁。

夜宿闵滩下

王　炎

选自王炎《双溪类稿》卷九。明万历二十四年(1596)王孟达刻本。

王炎(1137—1218),字晦叔,号双溪,婺源县武口人。南宋乾道五年(1169)进士,官至湖州知州、金紫光禄大夫、婺源县开国男,食邑三百户。与朱熹交谊颇笃,诗文为世所重,亦精于医。著作颇丰,今存《读易笔记》《双溪类稿》27卷等。

闵滩位于休宁县闵口村(今属屯溪区枧忠乡)一带,为发源于六股尖的率水河上,其流经高枧、黎阳至阳湖,与横江并汇,注入浙江,流经篁墩,进入歙县境内,于浦口汇入新安江。前两句言徽州境内山高潭深。接着六句言溪中巨石盘踞,水流湍急,舟船难行,傍晚雨声不绝,溪水上涨,晚上狂风呼啸,吹散乌云,清晨又是一个晴天;最后四句言撑船的艄公很开心,认为闵滩虽然险阻,但因水涨天晴而变得不可怕,等明日下午过了歙州地域,即可停舟买酒用以慰劳辛苦。此诗通过描写诗人夜宿闵滩之下的所见所闻,表现了新安江在歙州流域的险恶及艄公的艰辛。

歙江两岸山立壁,
一水潭潭浮绀碧。
嵌空老石出中流,
触碎玻璃成沸白。
滩高水落定难行,
莫雨淋浪新涨生。
三更风怒山欲吼,
催唤金乌①回晓晴。
篙工倚柁笑相语,
但上闵滩无所阻。
明日日晡过歙渚,
舣船沽酒劳辛苦。

① 金乌:亦称赤乌,传说中的神鸟,代指太阳。

山麓[①]

汪勋

馥馥青莲[①]，千岁为仙。
栖我碧山[②]，漱桃枕泉。
友我菉竹[③]，不庇其年。
白石高飞，白云不前。
阴风自北，日光如烟。
冥鸿[④]长啸，招日经天。
相望白石，或后或先。
日之夕矣，如彼逝川[⑤]。
水逝余石，日逝余天。
天则甚迩[⑥]，秋菊无言。

选自《黟县四志》卷十五《杂志·诗录》，民国十二年(1923)刻本。

汪勋，字鼎叔，清黟县碧山人。少年时即崇尚气节。南宋嘉定元年(1208)进士，官至广西检法兼提干。

此首四言诗不仅写了来到黟县碧山的诗仙李白，还写了山麓中的春桃、秋菊、清泉、菉竹、云石、风光、冥鸿、河川，充溢着满满的爱意，传导着浓浓的诗情。

① 青莲：李白。
② 碧山：位于黟县城西北，缘漳水而上至4公里即是。
③ 菉竹：荩草的别名。《诗·卫风·淇奥》："绿竹猗猗。"唐陆德明释文："《草木疏》云：'有草似竹，高五六尺，淇水侧人谓之菉竹也。'"
④ 冥鸿：高飞的鸿雁。比喻避世隐居之士。
⑤ 逝川：流逝的河川。
⑥ 甚迩：很近。

万安江上

戴复古

选自戴复古《石屏诗集》卷五，四库全书本。

戴复古(1167—约1248)，字式之，号石屏，天台黄岩(今浙江台州)人。曾从陆游学诗，受晚唐诗风影响，兼具江西诗派风格。一生不仕，浪游江湖，后归家隐居。著有《石屏诗集》《石屏词》等。

万安镇在横江边，其水发源于黟县漳岭白顶山，经渔亭东流入休宁县境，又经岩前、杨村至万安镇，流经潜阜、梅林、新潭、隆阜至阳湖，与率水交汇，注入浙江，流至歙县浦口，与练江相汇，入新安江。戴复古一生不仕，浪迹江湖，六十岁还游历徽州，飘逸洒脱。此诗写了诗人与朋友在万安江上诗酒酬唱，意气风发，并相约初冬再行聚会。当江面被秋风吹起粼粼波光时，却由此感到无限的乡愁，原来顺着江流而下，便可转到家乡黄岩。

不能成佛不能仙，

虚度人间六十年。

镜里姿容虽老矣，

酒边意气尚飘然。

安排玉白花红句，

趁办橙黄橘绿天。[1]

无奈秋风动归兴，

明朝问讯下江船。

① 以上二句言：诗友们准备好得意的诗句，在初冬橙黄橘绿的时节里再来相聚，饮酒评诗。玉白花红：比喻文辞优美的诗篇。唐杜牧《送李群玉赴举》："玉白花红三百首，五陵谁唱与春风。"

乌聊山登览

戴复古

抖擞嚣尘上翠微，

旁溪寺上坐题诗。

忽闻啼鸟不知处，

细看好山无厌时。

风扫云烟开远景，

人携香火谒丛祠。

客来千里登临意，

说与时人未必知。

选自戴复古《石屏诗集》卷五，《四库全书》本。

乌聊山位于徽州府城，城外即新安江支流练江。山有越国公汪华庙、东岳庙、傍溪寺（此诗“傍”作“旁”）。戴复古在南宋宝庆二年（1226）前后游新安，时年60岁。首联言春日明媚，摆脱尘世纷扰登上乌聊山，情思满怀，于是坐在旁溪寺题写诗句；颔联言春色喜人，鸟儿啼鸣，抬头搜寻，林荫茂密，不见其影，细细地观赏眼前的秀丽山光，从来不觉得厌烦；颈联转到远处人们登乌聊山拜谒祠庙的情景，清风吹过，烟云散去，远处青山绿水呈现眼前，山下人们带着香纸到乌聊山拜谒神主；尾联表达诗人登临怀乡之愁绪，登高怀想，思念亲友，这种备受离别煎熬的愁绪，就是说出来又有谁能领会呢？

南山

汪炎昶

选自许承尧《西干志》卷二，1981年安徽省图书馆古籍部抄录安徽省博物馆藏稿本。

汪炎昶(1261—1338)，字懋远，婺源县人。幼有奇志，于学无所不窥，尤得程朱性理之要。自号“古逸民”，学者称“古逸先生”。著有《古逸民先生集》。

南山即城阳山，其南坞为新安江支流渐江之滨，许宣平隐居于此。此诗为登南山凭吊许宣平而作。诗人沿着许宣平卖柴沽酒路线而行，觉得夕阳小舟、空山樵歌皆为许宣平所经历。到隐居处，石坛荒凉，谷鸟隐林，非当时模样，然而诗人依旧期盼能够相见：许宣平出山卖薪买酒何时能回来呢？即使相见一笑，也会使我如痴如醉。表达了诗人对古贤的追慕之情。

宣平隐处今始过，
烟霞城郭路几何。
野渡谁浮夕阳艇，
空山尚响樵人歌。
石坛荒凉叠苔藓，
谷鸟啁哳[1]深松萝。
何当更值沽酒至，
一笑使我朱颜酡[2]。

① 啁哳(zhāo zhā)：形容声音杂乱细碎。
② 酡(tuó)：因喝酒而脸红。

紫阳山中偶兴寄一二知己

孙嵩

缘萝攀茑上丹梯，
偶尔跏趺坐面西。
风逼水禽声远近，
日临村树影高低。
离情似草遥连野，
春梦如云几度溪。
更约与君同整屐，
紫阳高处一升跻。

选自许承尧《西干志》卷四，1981年安徽省图书馆古籍部抄录安徽省博物馆藏稿本。

孙嵩（1238—1292），字元京，休宁县野山人。宋亡，归隐山中，誓不复仕，杜门赋咏，凄断沦绝，以寄其没世无涯之悲。著有《艮山集》。

紫阳山位于徽州城外练江边。朱熹之父朱松少时读书郡学，时常前来游玩，留恋不忍别去。后官闽中，思之不置，尝以“紫阳书堂”刻其印章。朱松卒后，朱熹以其父印章所刻榜厅事，以示不忘。后自闽来游紫阳山，流连信宿，凄怆思慕，遂自号“紫阳”，学者称“紫阳夫子”，其学说称“紫阳学派”。孙嵩尝居止紫阳山，作有《紫阳夜坐》等诗。此诗即孙嵩于春日登紫阳山怀念知己而作。诗人牵着藤萝，攀着枝丫，登上高入云霄的紫阳山，间或盘坐下来，欣赏练江西岸那一片清淑之景。春风将水鸟的鸣叫频频送来，或远或近；太阳光照射在村边的树木上，在地面上投下高高低低的影子。在这风和日丽的春日，诗人想起不在身边的知己，感觉思念的愁绪如同春草般绵延到遥远的野外；想象着与知己在一起美好开心的情景，就像天上飘浮在溪流之上的白云徘徊不停。此景此情下，诗人不禁越发想要与知己约定时间，到时一同登上紫阳山的最高处。

碧山塔[1]

汪夔廷

一塔[2]凌霄起，晴云足下浮。

遥天连野碧，远水抱村流。

树入层岚[3]隐，山横暮霭[4]稠。

登临情未极，欲下且夷犹[5]。

选自《黟县志》，黟县地方志编纂委员会编，光明日报出版社1989年版。

汪夔廷，宋代人，生平事迹不详。

黟县碧山云门塔是一座古塔，人若置身于塔的最上层，极目黟城，环城皆山，可见“遥天连野碧，远水抱村流”的盛景。新安江上游支流漳水如练，田野葱绿，村居鳞比，山清水秀，美不胜收，令人陶醉。

---

① 碧山塔：指黟县碧山村外的云门塔，建于清乾隆四十七年(1782)，因塔旁先有云门书屋而得名。

② 一塔：指云门塔。

③ 层岚：原指重山叠岭中的雾气，这里指因高塔云烟而形成的云气。

④ 暮霭：黄昏时的云雾。

⑤ 夷犹：犹豫不决。

元

新安江支流横江、率水、渐江三江口(屯溪区)　李中华摄

出歙港入睦界

方 回

选自《严州诗词》，政协建德市委员会编，天津古籍出版社2011年版。

方回（1227—1307），字万里，号虚谷，别号紫阳山人，徽州府城甘泉坊坎下人。南宋景定元年（1260）进士，授随州教授，官至国子监国子正、太学博士。因上书乞诛贾似道外放建德知府。入元为建德路总管。诗学黄庭坚、陈师道，著有《名僧诗话》《碧流集》《虚谷集》《桐江集》《桐江续集》等，编有《瀛奎律髓》。

本诗抒写了新安江从歙港进入睦州所见之景象，刻画生动，感情细腻，令人喜爱。

岚气湿征衣，千滩落翠微。

悬崖樵屋小，破庙祭人稀。

岸犬看船立，溪禽贴水飞。

乡心与客思，向晚重依依。

舟行青溪道中入歙十二首并序

方 回

睦州青溪，本歙州歙县之东乡，吾远祖东汉贤良方公储墓在焉。溯流而上，湍石奇怪，沈约所谓“新安江至清”是也。睦州改为严州，歙州改为徽州，青溪县改为淳安县而歙县独存汉时旧名。

一

覆野春阴不肯晴，舟中无酒亦无饧。

故教客子知寒食，时有梨花一树明。

二

立岸儿童看客过，人烟近处放牛多。

万株漫自栽桑柘，一缕何曾织绮罗。

三

乘时盗贼起风尘，战血苔痕几度春。

古庙仅能存大树，荒山犹自少行人。

选自《严州诗词》，政协建德市委员会编，天津古籍出版社2011年版。

本诗一组十二首叙写了作者舟行新安江从淳安到歙县一路所见所感，展现了沿江两岸鲜活的风光物态与气候景象，富有地域风情，具有一定的审美价值和认识价值。

四

水杨梢上欲绵飞，犹觉春寒未解围。

为怕江风吹客梦，船篷缺处塞寒衣。

五

晚风微劲喜新晴，夜半船窗漏月明。

卧看孤篷摇水影，悠然枕上一诗成。

六

夜寒如觉有猿吟，积翠重苍万壑深。

下水轻舟弦脱箭，盘山细路线穿针。

七

刺桐花发草如蓝，欲卸绵袍剪纻衫。

一夜春霜忽如雪，江南天气不宜蚕。

八

野桃篱落鹊双鸣，春晓微寒放嫩晴。

汛扫松楸家已近，犹余七日是清明。

九

花间预想到家时，笋蕨堆盘荐酒卮。
点检儿童参小学，招呼朋友说新诗。

十

青溪元是歙东乡，吾祖于时肯宝黄。
避地江南结庐处，同时邻舍有严光[①]。

十一

蕨拳欲动茗抽芽，节近清明路近家。
五日缓行三百里，夹溪随处有桃花。

十二

歙州民与睦州民，比似吴儿大较贫。
为问山中有何好，山中剩有读书人。

① 为方仙翁之祖，曰纮，避王莽乱。

过古航渡

方　回

选自方回《桐江续集》卷十七,《四库全书》本。

古航渡为徽州府城南门外练江上的渡头。元至元二十七年(1290)十二月初五日,方回年六十四,因好友曹泾之父新亡,与紫阳精舍博士王国杰至歙县上水南叶西凭吊,次日辞归。一路往来,作诗12首,此为第一首。曹泾(1233—1315),字清甫,南宋咸淳四年(1268)进士,至元十五年(1278),江东道按察副使奥屯希鲁请充紫阳书院山长,后辞职归养,著有《五经讲义》等8种5卷。此诗通过腊月清晨诗人与好友不顾霜重冰寒出门探望老友,表达了对朋友深厚的友情。

初过城南门,即过城下渡。①
岂无小笋舆,未若且徒步。
霜重船板滑,冰涸岸石露。
我老人不识,小让樵者路。②

---

① 以上二句言:出徽州郡城南门,就到了城门下的渡头。

② 以上二句言:诗人常年寓居在外,或宦或游,回到家乡已是年老,人们都不认识,路遇砍柴者,反而要稍微给他们让点路。

鱼亭驿

方　回

黟县鱼亭驿，东莱[1]阁老诗。

雨晴云气敛，峰[2]古石形奇，

老眼经题奖，高风[3]费咏思。

只惭无密竹，不似绍兴时。

选自《黟县志》黟县地方志编纂委员会编，光明日报出版社1989年版。

黟县渔亭驿为率水的分支漳水所流经之处，那一带的山水胜境极易引起骚人墨客们吟诗礼赞！方回的此首《鱼亭驿》援引宋代诗人、词人、道学家、世称东莱先生的吕本中的旧诗来抒发自己咏赞佳境胜景的游兴与诗情！

① 东莱：指宋代诗人、词人、道学家、世称东莱先生的吕本中。

② 峰：指骆驼峰，亦名复岩山（复山）。

③ 高风：指东莱先生吕本中的高尚风派。

新岭

方　回

选自方回《桐江续集》卷十五《过芙蓉岭、对镜岭、羊斗岭、新岭、塔岭，赋短歌五首》，《四库全书》本。

休宁县新岭和婺源县对镜岭、羊斗岭、芙蓉岭、塔岭为五岭。塔岭东流者入新安江，西流者入饶州。新岭位于塔岭之东，其水合塔岭东流之水经黄茅、山斗至五城，与发源于颜公山的三颜溪水合流，在龙湾汇入率水，经枧忠、黎阳，至阳湖与横江汇流，注入浙江，至歙县浦口注入新安江。方回六十岁退休之后，时常回到徽州生活，写下不少诗文。元至元二十四年(1287)，婺源县知州汪元圭创建紫阳书院上梁，方回前往祝贺，离开婺源回郡城，经五岭作此诗。此诗前四句言新岭未曾开路时，无世人行迹，不受尘染；接着四句言新岭开凿后，来往者不绝，而新岭却毫不增加或损毁，依然如新；最后三句言自新岭开路后，经世既久，阅人无数，由此感叹人生短暂：“剩有新人无旧人”。

混沌何年分宇宙，

天地日月常如旧。

如旧之中却常新，

一点何曾受尘垢。[1]

谁凿此山为捷径，

争利奔名足驰骤。

新岭终无可旧时，

燠不加肥寒不瘦。

行人自无兮百年寿，

君不见岭头日日吹征尘，

剩有新人无旧人。

① 以上四句言：宇宙是哪年从混沌模糊的景象中开辟出来的？天圆地方，日落月出，常年如此，一丝不曾改变，没有遭受世间尘垢的污染，永远如新。

回溪道中

杨公远

山东溪流窄径迂，

眼前景物入诗无？①

田中蝌蚪古文字，

柳下舂锄②新画图。

巨室储茶供客贩，

小旗夸酒诱人沽。

行行不记几多里，

回首林端日又晡。

选自杨公远《野趣有声画》卷下，《四库全书》本。

杨公元，字叔明，宋末元初休宁县人。著有《野趣有声画》2卷。

回溪发源于龙堂基，至下回口汇入率水，经月潭、瑶溪、高枧到阳湖，汇入渐江，经篁墩、雄村到浦口，汇入新安江。杨叔明擅画能诗，方回跋其集，特拈出此诗，言："此可谓五十六字溪山村落图也。起句便能摹写草径溪流逼侧之势。'科[蝌]斗[蚪]''舂鉏[锄]'二句生逼江西，自是两幅奇画。'储茶''夸酒'一联，村落中贾区饮肆在纸上历历可数。尾句收拾淡静，却少留不尽之意。全篇熟而不腐，新而不怪，诗妙至此，非胸中有所养不能也。""江西"指代黄庭坚，以黄庭坚为中心而形成的诗歌流派称为"江西诗派"。

---

① 以上二句言：溪流沿着山脚流淌，山石突兀，水花飞溅，溪石上生长着鲜绿的菖蒲，一派生机，溪边小径狭窄悠长，林木垂荫，鸟儿鸣唱。像这样的山水行路图，可曾有人写入诗中？

② 舂锄：鸟类，与鹭相似，体比鹭稍大，色纯白，背与胸有长蓑毛，嘴在夏季时为黑色，唯根部色黄，冬季全黄，脚黑。

回溪道中

程 文

客路三尺雪，如行琼田中。
烟火闳墟落，乾坤见清空。
晃朗川上日，飘萧森际风。
南山有猛虎，思欲控雕弓。

选自程敏政辑《新安文献志》卷五十三，何庆善、于石点校本，黄山书社2004年版。

程文（1289—1359），字以文，婺源县箬岭人。元天历、至顺年间以修《经世大典》例授儒学教授，后官至礼部员外郎。著有《蚊雷小稿》《黟南生集》等。

回溪发源于龙堂基，至下回口汇入率水，经月潭、龙湾、新渡、瑶溪、雁塘、闵口、高枧，至黎阳与横江汇于阳湖，是为浙江，至歙县浦口汇入新安江。此诗首联言诗人雪后行路的景象，到处莹洁如玉；颔联言雪后的乡村与晴空，宇宙在皑皑白雪覆盖之下辨不清东南西北，仅从烟火升腾之处可以判断出哪里是村庄，天空放晴，湛蓝无云，青天白雪辉相映照；颈联言雪后阳光映照下的溪流清波粼粼，不时寒风飘萧，直侵肌肤；尾联抒发诗人无所畏惧的感慨：天气如此寒冷，加以雪后深山猛虎出没，可我却兴致盎然，毫不惧怕，正想操弓一试身手！此诗通过对客路雪景的描绘，表达了诗人豪迈的气概。

卜居

陶庚四

卜居[1]南山[2]下，依然气象新。

地钟淋沥[3]秀，俗爱古风淳。

怀德多君子，论交有善人。

故乡今不问，从此结芳邻[4]。

选自顺治《黟县志》卷七《艺文志》，清顺治十二年(1655)刻本。

陶庚四(1232—?)，字怀清，陶渊明第三十代子孙。元季兵乱，至黟南淋沥山，爱其山水奇胜，遂定居，后迁至赤岭，即今之陶村。

此诗即迁居时所作。黟县陶村的宅第屋宇选择在南山脚下，卜居者眷恋住此，因为它“地钟淋沥”山之秀丽，而人则“俗爱”古朴民风之淳厚，尤其是“怀德多君子，论交有善人”。能够结识这般好邻居，岂不是人生之大幸？这里所提到的淋沥山，其泉流注入武陵溪-漳河，便与新安江自然牵连上了。

---

① 卜居：选择地方居住。

② 南山：黟县南屏村南侧如屏的南山。

③ 淋沥：位于黟县城西南5公里。

④ 芳邻：好邻居。

黟川[1]杂咏

唐　元

选自清顺治十二年(1655)《黟县志》。

唐元，字筠节，生平不详。

此诗描写出黟川流水淙淙飞激溪涧的美景佳境，可谓令人神思驰往。

翠瑶[2]为壁住人家，

一夜山前听乱蛙[3]。

莫怪客衾[4]凉似水，

淙淙[5]飞涧[6]隔窗纱。

①黟川：黟县山川，代指黟县一带。

②翠瑶：翡翠美玉。

③乱蛙：青蛙乱叫的声响。

④衾：被子。

⑤淙淙：形容水流发出的声音。

⑥涧：山间的小溪。

越调·霜角新安八景

张可久

花屏春晓

初日沧凉，海霞摇曙光。

几折好山如画，晴蔼蔼，郁苍苍。

众芳，云景香，道人[①]眠石床。

唤起南华梦蝶[②]，莺啼在，绿垂杨。

选自张可久《小山乐府》，王维堤点校，上海古籍出版社1989年版。

张可久（约1270—约1349），字伯远，号小山，今浙江宁波鄞县人。元朝著名散曲家、剧作家，与乔吉并称“双璧”，与张养浩合称“二张”，与马致远、卢挚、贯云石等人交往，作曲唱和。现存小令800余首，为元曲作品最多者。

张可久于元至正三年（1343）至八年（1348）间在歙县北乡松源做监税，曾作有《徽州路谯楼落成》《黄山道中》两曲。张可久在徽州居住数年，所作八景清丽婉约，对山川景物、人文典故颇为熟稔。

花屏即问政山，以宋代歙县人黄台所撰《问政山留题》诗句“万仞花屏问政山”而名。问政山外即新安江支流练江。此曲写了问政山春天的早晨，旭日初升，霞光摇动，群峰如画，在暗淡缥缈的晨光下草木郁郁苍苍，众多的芳草在飘浮的景光中发出阵阵幽香。于是想起问政山的道士，此际正睡在石床上，做着翩跹的蝴蝶梦，不清楚自己是道士还是蝴蝶，而莺儿正在垂杨上啼叫。

① 道人：聂师道，字宗微，歙县人。杨行密据有江淮，征召至广陵（今江苏扬州），为其建真元宫，使为人祈福，赐号“问政先生”“逍遥大师”。卒后，杨行密以师礼入殓。吴顺义七年（927），睿帝以云鹤群集问政山房数年不散，诏允归葬故山，恤典殊厚。

② 南华：南华真人，即庄周。战国时期，庄周及其门徒著《庄子》，汉代道教出现后，尊之为《南华经》，且封庄子为南华真人。庄周梦蝶，典出《庄子·齐物论》。

练溪晚渡

淡烟微隔，几点投林翮。[1]

千古澄江秀句[2]，空感慨，有谁索。

拍拍，水光白，小舟争过客。

沽酒归来樵叟，相随到，许仙[3]宅。

练溪即练江，在城西北纳丰乐、富资、布射、扬之四水合流，环绕郡城东南而下浦口，入新安江。明净如练，宋代歙县黄台有"千寻练带新安水"之诗句。练溪为休宁、婺源、祁门、黟县四县进郡城必经之处，宋代建有浮桥，宋末至元中期以船只相连搭板而渡，其后废，至明弘治年间始建太平桥。张可久在歙县时为元末，其间来往皆以渡船，故有"小舟争过客"之情景。

南山秋色

华盖亭亭，向阳松桂荣。[4]

背立夜坛朝斗，直下看，老人星[5]。

地灵，风物清，众峰环翠瀛。[6]

千古仙山道气，谁高似，许宣平？

南山即城阳山，位于浙江之滨，唐代许宣平隐居山之南坞，故名。山上有许仙宫、穿云亭、礼斗坛、仙姥谷、丹池、浴仙池诸胜。据说许宣平百岁后，郡人许明奴家有妪至南山砍柴，有人坐石上食桃，甚大。对妪说："我明奴祖也。"妪言："尝闻仙翁已得仙多年。"宣平说："尔归，为我语明奴，我常在此山中。"乃给妪一桃，食之甚美。妪自是增食，颜童体轻。唐中和年间(881—884)，兵荒相继，明奴徙家避难，妪入山，不归。后人时有见之者，身衣藤叶，行疾如飞。前往追赶，攀上林木而去。此曲写了南山森林茂盛，地势高耸，群山环绕，表达了对古贤许宣平的缅怀与追慕。

---

① 以上二句言：傍晚，练江上笼罩着淡淡的薄雾，几只鸟儿飞过江面，投宿山林。

② 澄江秀句：指黄台撰《问政山留题》诗句"千寻练带新安水"。

③ 许仙：指许宣平，唐景云年间(710—711)隐于城阳山南坞，时常负薪入城，卖以估酒。

④ 以上二句言：南山上松桂林木茂密繁荣，有如帝王华丽的车盖。

⑤ 老人星：又称天南星，主长寿。亮度仅次于天狼星，为第二亮星。南方可见在近地平线处出现。

⑥ 以上三句言：地气灵秀，风光景物清淑，众多山峰如拱月般环绕着苍翠的南山。

王陵夕照

暮蝉声咽，几树白杨叶。[1]

细细看云岚旧隐，遗庙在，表忠烈[2]。

翌结[3]，弓剑穴，苔花碑字灭。

远水残阳西下，今人见，古时月。

王陵，即越国公汪华陵墓，位于歙北七里处云岚山。云岚山又称云郎山，其下为发源于飞布山的布射水，南流数里，汇入东来的扬之水，入练江。汪华于唐贞观二年(628)奉命进京为官，贞观二十三年(649)病逝，永徽三年(652)诸子奉柩以归，葬于云岚山。建有墓祠、神道，历代皆有修葺。此曲描写了夕阳下的汪华墓，白杨鸣蝉、墓祠墓碑、远水残阳，数百年不变，表达了对古贤的缅怀之情。

水西烟雨

沙浅波平，孤舟长日横。

淡墨潇湘八景[4]，谁移向，富山城[5]？

净名[6]，疏磬声，暮归何处僧？

明日披云峰顶，呼太白[7]，赏新晴。

水西即练江的西岸。练江清澈见底，波平浪静，沙滩洁净，沿江五魁山、披云山、紫阳山、南山如画图列屏。披云峰山势突兀，常有云气萦绕。唐代，张友正居峰下，宣歙副使魏宏简重其才，为建披云亭。披云山下建有兴唐寺，有二十四院，宋代尚有十五六院，明清仅存十寺，名水西十寺。此曲将水西风光比作宋人创作的淡墨《潇湘八景图》，赞美有加。

---

① 以上二句言：傍晚的云岚山，微风轻飏，几棵白杨树叶发出沙沙的响声，伴随着蝉儿声声鸣叫。

② 忠烈：汪华薨后，于北宋政和四年(1114)赐庙额“忠显”，南宋德祐元年(1275)赐庙额“忠烈”。

③ 翌结：侧边营造。翌：侧翼。

④ 潇湘八景：为宋人宋迪所绘制的湖南零陵湘水、潇水合流之处的景色，即山市晴岚、渔村落照、平沙雁落、远浦归帆、烟寺晚钟、洞庭秋月、潇湘夜雨、江天暮雪。

⑤ 富山城：即徽州郡城。乌聊山，一名富山，而徽州郡城在乌聊山下，故称。

⑥ 净名：《净名经》为大乘佛教的佛经，此代指水西佛寺。

⑦ 太白：李白，字太白，后人誉为“诗仙”“酒仙”。借为饮酒作诗。

渔梁送客

浪花飞雪，船阁苍云缺。①

一片鸬鹚西照，樯燕语，柳丝结。②

话别，情哽咽，酒边歌未阕。

他日寄书双鲤③，顺流过，钓台④月。

渔梁在徽州城外1公里，坝下直通浙江省杭州，又经浦口，从浙江方向可达休宁县、黟县等地；坝上沿丰乐水可西至岩寺，从富资水可北抵上丰，从扬之水可东至绩溪县。商贸丛集，店铺鳞次，为徽州水路总枢纽。官客往来，送行者于此挥别。此曲首先描写渔梁坝的风景：水流激溅，帆船远航，夕阳中鸬鹚捕鱼，樯燕飞鸣，岸边柳丝飘拂，以景物来渲染送别场面，表达了依依不舍之情。

黄山雪霁

云开洞府，按罢琼妃⑤舞。

三十六峰图画，张素锦，列冰柱。⑥

几缕，翠烟聚，晓妆眉更妩。⑦

一个山头不白，人知是，炼丹处。⑧

黄山位于歙县西北百里，古人称有三十六峰二十四源。世传黄帝曾与容成子、浮丘公来游，炼丹于上，就此飞升，故名。黄山之水如汤泉、浮溪、阮溪、容溪等皆流入新安江。黄山因其高耸，天清气朗，在郡城及郊区能望见云门峰。此曲描写黄山雪后景致，将其形容为素色的锦缎、错落的冰柱，晨雾之中显得更加妩媚动人。

---

① 以上二句言：渔梁坝上浪花飞溅，如卷霜雪，坝下帆船点点，与天边的白云相连。

② 以上三句言：练江水面铺着一道夕阳，如披锦霞。渔舟上，鸬鹚不时飞起，冲入水中捕鱼，燕子在樯桅间飞翔。岸上，柳条在清风里飘拂交缠。

③ 双鲤：代书信。古时书信多写在白色丝绢上，为了在传递过程中不致损毁，常把书信夹在两片竹木简中，简多刻成鱼形，故称。汉乐府诗《饮马长城窟行》："客从远方来，遗我双鲤鱼。呼儿烹鲤鱼，中有尺素书。长跪读素书，书中竟何如？上言加餐食，下言长相忆。"

④ 钓台：即严子陵钓台，位于新安江桐庐富春山。严子陵，名光，汉会稽郡余姚人。《后汉书》："汉光武帝少时相与游学。后光武即帝位，子陵隐居不见。帝思之，令人访其迹。齐国有人奏报，言有男子披羊裘，钓之于大泽。光武帝知为子陵，安车迎之。三使，方进京相见。帝优礼有加，子陵则高卧不起，邀之入宫，同食共寝，亦不为所动。封谏议大夫，不屈。求归，隐居于桐庐富春山。"

⑤ 琼妃：仙女，比喻雪花。

⑥ 以上三句言：那覆盖着白雪的黄山是展开着的素色锦缎，三十六座山峰是错落着的冰柱。

⑦ 以上三句言：清晨，几缕青烟飘忽笼聚，如同蒙上轻盈的面纱，使得黄山更加妩媚动人。

⑧ 以上三句言：太阳出来了，黄山天都峰上的白雪融化后露出红色岩石，那就是黄帝炼丹之处。

紫阳书声

楼观飞纵，好山环翠屏。①

谁向山中讲授？朱夫子，鲁先生②。

短檠③，雪屋灯，琅琅终夜声。

传得先儒道妙，百世下，以文鸣。

紫阳山位于练江南岸，耸立在众山中，高出云表。唐代建许真祠以祀许宣平，此后历有毁建。婺源朱松少时读书郡学，常来游玩，留恋不忍别去。后官闽中，思之不置，以“紫阳书堂”刻其印章。朱松卒后，其子朱熹以父亲印章所刻榜其厅事，以示不忘。后自闽中来游紫阳山，留住两夜，凄怆思慕。南宋淳祐五年(1245)，为纪念朱熹生前三次返里讲学，宣扬其思想、学说，郡守韩补在郡城南门外紫阳山对面创建紫阳书院，理宗皇帝御题“紫阳书院”匾。其后屡有迁徙，直到明代，废紫阳山道观，建紫阳书院于紫阳山。此曲写紫阳山中有像朱熹、孔子这样的大儒在传授弟子，终夜书声不绝，由此可知徽州将以儒学闻名于世。

---

① 以上二句言：紫阳山与周围山峰相连，如翠色的屏障。紫阳山中的道观飞檐翘角，高耸出林。

② 朱夫子：即朱熹，代指像朱熹这样的大儒。鲁先生：孔子为鲁国陬邑人，指孔子，代指像孔子这样的大儒。

③ 短檠：油灯。檠为托灯盘的立柱，以立柱长短分成长檠和短檠。

因道便过家钱唐

傅若金

选自《严州诗词》，政协建德市委员会编，天津古籍出版社2011年版。

傅若金（1303—1342），字与砺，一字汝砺，新喻官塘（今江西新余）人。以诗名，《四库全书》收录《傅与砺诗文集》。

本诗叙写诗人在途经新安江时见到江边造纸的情景，其中写到新安江水清澈见底的景象，并由此就江边造纸展开想象，从而赞许纸张的高贵与美妙。

新安江水清见底，

水边作纸明于水。

兔白霜残晓月空，

鲛宫练出秋风起。

五云[①]高阁染宸章[②]，

最忆吴笺照墨光。

明朝驿使江南去，

诏许千番贡玉堂。

① 五云：即五色祥云，代皇帝所居之处。

② 宸章：代皇帝所作的诗文。

乳溪散步

汪 畴

县北有乳溪与徽溪[1]，相去一里并流，离而复合，有如绩焉，故名绩溪[2]。

野渡渔翁罢钓船，
踏莎河上软如棉。
水穷尽处无人到，
白鹭窥鱼蒲叶边。

选自嘉庆《绩溪县志》卷十一《艺文志》，（清）清恺编撰，徐子超等点校，黄山书社2010年版。

汪畴，元末绩溪县城西园人。精通医术，元至正年间（1341—1368）授本路医学学录，著有《分经条证伤寒书》，朱升为之作序。

本诗以野渡、白鹭等景致描写乳溪的静谧。村野的渡口停着钓鱼船，渔翁已经回家歇息了；在乳溪河边行走，砂软如棉，可歌可吟。溯流而上，乳溪河的源头没有人到访，少有打扰；白鹭躲在蒲叶的边上，盯着河里的鱼儿，伺机出击。

① 徽溪：即翚溪河。
② 绩溪县名即由此而来。

黟县道中

尹莘

选自《黟县志》，黟县地方志编纂委员会编，光明日报出版社1989年版。

尹莘，明代诗人，生平不详。

本诗就作者目击所见黟县道中沿途的自然景物——峻岭、横桥、悬泉、流水（即指漳水）等做了白描式的描写，更写出了"映空峰影乱，触石浪花浮"的山水妙境，令人倾慕。

岭峻桥横渡，
泉悬水[1]逆流。
映空峰影乱，
触石浪花浮。
当月悲行役，
衣冠忆旧游。
望经乡眼泪，
休上最高楼。

① 水：指溪水在瀑泉的冲击下回流。

龙须山

汪橘庄

龙峰高高青接空，
上有石井腾蛟龙。
碧云泼泼霭晴旭，
流泉脉脉垂长虹。
朝云暮云终不改，
人间好景年年在。
何当从龙雨如倾，
润回枯槁苏苍生。

选自嘉庆《绩溪县志》卷十一《艺文志》，(清)清恺编撰，徐子超等点校，黄山书社2010年版。

汪橘庄，元代诗人，生平不详。

龙须山位于绩溪县登源河东岸，属大鄣山脉，东接七姑山，有大、小二峰。大峰称龙峰，海拔1048.6米，顶有龙池，四时不竭；小峰称白沙山，半山有龙台岩、石门、石梯、飞瀑诸景，山上长有龙须草，可制纸。西麓古有龙峰禅院、古樵庵，今存遗址。龙须山多奇峰怪石，植被丰茂，瀑布流泉，云海霞光，为境内名山之一。本诗描写龙须山山峰高耸，似与天相接；山顶有水池，好像有蛟龙盘踞翻腾，终年不涸。山中云雾飞动，晴朗的日子里，旭日东升，云气升腾；奔流而下的山泉像长虹一般悬挂在山涧。什么时候"我"能化作那条蛟龙，在干旱的时候普降甘霖，让禾苗得救，使面临绝望的百姓能重获新生？表达了诗人对黎民百姓生活的关注。

月潭雪中

赵　汸

烟雾空濛雪满山，
溪行清绝不知寒。
披云钓艇游仙去，
激水风轮入画看。
野宿遗黎兵后泣，
宵征武士道傍餐。
多愁多病谁知者，
强对清尊一破颜。

选自赵汸《东山存稿》卷一，清康熙二十年(1681)新安赵吉士等刻本。

赵汸(1319—1369)，字子常，休宁县龙源人。诸经无所不通，而尤邃于《春秋》，学者称“东山先生”。著有《周易文诠》《东山存稿》等。

月潭位于休宁县城西南四十里，潭上两山相揖，对峙如门，潭影圆如月，潭深为率水之最。其水至龙湾汇颜公溪，至雁塘村附近汇蓝水，然后经枧忠、黎阳至阳湖与横江汇流，注入渐江，至歙县浦口汇入新安江。元至正十七年(1357)五月，赵汸游月潭。其时红巾军在徽州攻占已十二年，甲第高台，焚毁屠洗一空。此年七月，明太祖朱元璋部将邓愈、胡大海攻下徽州。从诗句“野宿遗黎兵后泣，宵征武士道傍餐”可知，此诗当是在至正十七年、十八年时所作。此诗首联言诗人因爱好风景雪天溪行；颔联言溪上风景如画；颈联转到诗人置身于美景之中，却忘不了战争中百姓的苦难，诗人行走在风景秀丽的山水之间，可耳中仿佛听见的却是战争后幸存的百姓栖宿在野地里哭泣的声音，眼前浮现的是连夜行军的武士拥挤在道旁用餐的情景；尾联写作者为国为民忧心忡忡，强颜欢笑。本诗通过景物的对比描写，表达了诗人的忧国忧民之心。

峡源瀑布

赵 汸

寒峡隐堂隍，寻源得飞瀑。
悬空下千尺，飞鸟惊不度。
雷激丹岳摧，电穿青山破。
阴崖排积雪，霈雨恒时注。
我来属时艰，对此忘百虑。
尘襟欣一洗，徘徊不忍去。
崇山限吴楚，僻远谁能顾。
应有避秦人，岩前觅微路。

选自《东山存稿》卷一，清康熙二十年(1681)新安赵吉士等刻本。

峡源指的是峡谷的源头，从诗句"崇山限吴楚"来看，此瀑布当在吴楚界山。按：六股尖，又名大鄣山、张公山，道光《徽州府志》卷二《舆地志》载："在休宁县西百六十里，为江南祖山，居休、婺之间，鄱阳、浙江之水出焉。"山腰有著名的龙井潭瀑布，从数十丈高的悬崖倾泻而下，为新安江源头第一瀑，此"峡源瀑布"或为龙井潭瀑布。此诗前两句言瀑布所处的地理位置：在寒冷的高山峡谷之中隐藏着雄伟的寺庙，诗人沿着水源溯流而上，看到了飞悬的瀑布。接着六句言瀑布的雄壮气势：瀑布轰鸣如雷，像是要将山岳摧毁；流水如闪电般飞纵而下，像是要把青山穿破。最后八句言元末兵乱之际，在这远离尘嚣、地处吴楚分界的僻远之处，当是世人隐居的桃源。

明

新安江支流渐江(屯溪区滨江景区)　新安江旅游发展有限公司提供

新安好山水

题凤山余镛读书处

朱 升

选自《朱枫林集》卷五，明万历年间刻本。

朱升（1299—1370），字允升，号枫林，由休宁回溪迁居歙南石门。元至正四年（1344）进士，为池州路学正，江南北学者云集。朱元璋曾召问政事，对以"高筑墙，广积粮，缓称王"。至正二十七年（1367），朱元璋称吴王，授翰林侍讲学士、中顺大夫、知制诰、同修国史。从事理学几十年，卒祀紫阳书院。著有《枫林集》10卷。

凤凰山上凤凰鸣，凤去山留百代名。

世治有人来结屋，月明何处听吹笙。

碧梧翠竹炎光薄，黄卷青灯夜气清。

会见来仪为世瑞，九重天上待蜚声[①]。

凤山即凤凰山，又称灵鸟山、鸺山，位于休宁县城西二里，为三国吴时休阳县治。其下为夹溪河，又称夹源水，于休宁县城西侧川湖万全山汇入横江，经万安镇、潜阜、新潭、隆阜，在阳湖与率水一同汇入浙江，至歙县浦口汇入新安江。余镛为凤湖人，读书凤山，年幼失父，侍母以孝，抚爱弟妹，有"善人"之称。明洪武四年（1371）以贤良征为县丞，政迹闻于京师，后遭冤而卒。朱升卒于洪武四年（1371），此诗所作时间当为余镛出仕之前。此诗通过对余镛在凤山结屋读书进行描写，赞颂了余镛如凤凰来仪，终会以所学济世，给世人带来吉祥，并寄予厚望。诗中写到：在明太祖平定徽州之后的太平岁月里，余镛来到凤凰山构筑茅屋，用来读书。月明之夜，凤凰山上听不到笙歌饮酒之声。凤凰山上栽种着碧绿的梧桐树、青翠的竹子，炎热的夏季里，凉风吹拂，清心怡人；晚上，就着篝灯读书，屋外不时传来天籁之音，一切是那么安静祥和。不久的将来，定然会见到余镛作为杰出人物降临世间，给世道带来祥瑞；而朝廷之上，正准备将余镛的治理政绩名扬天下。

① 九重天上：代朝廷。蜚声：名声传扬。

赋梅花初月酬汪古义诸公并序

朱　升

至正丁酉[1]岁，余由金陵还山，诸公为赋《梅花初月楼》诗饯行，作此长歌以答之。

冬至之后江上春，

来车去马秦淮滨。

峨峨钟山楼观古，

翼翼南国衣冠新。

此时游子逸兴发，

客衾忽梦歙溪云。

金陵子弟来相送，

文儒有赋《梅花初月》尤殷勤。

我昔盛年学书史，

担簦载贽非隐沦。

中遭丧乱百念息，

揣分甘作山中人。

山中得此构重屋，

① 至正丁酉：即元至正十七年(1357)。

选自《朱枫林集》卷五，明万历四十四年(1616)歙邑朱氏刻本。

梅花初月楼位于歙县石门，为学者朱升宅楼，其名甚著。石门之水经汊口、呈田、横关入休宁县榆村，汇入佩琅溪河，至屯溪阳湖附近汇入新安江支流浙江。民国《歙县志》卷一《舆地志·古迹》载："梅花初月楼在石门，明高帝举兵时，访朱升宅，登楼，见初月照梅花，后御书即此颜之。"从朱升所撰诗与序得知，元至正十七年(1357)冬至过后，朱升从金陵辞别朱元璋回歙县石门，诸公为其撰《梅花初月楼》诗，而史书载朱元璋到歙县是至正十八年(1358)十二月，可见"梅花初月楼"并非朱元璋为之取名。

此诗前四句写了金陵在吴王朱元璋的新政权下，秦淮之滨来往的缙绅、士大夫都是新兴起的。接着四句言诗人却与众不同地想回到家乡的梅花初月楼隐居，弟子相送，文儒为其赋《梅花初月楼》诗，以为朱升在金陵不得意，想重回旧地隐居，以便获得机遇重新出山。接着引出朱升作诗酬谢，介绍梅花初月楼名称的由来，并申明新政权如寒冬清晨的梅花虽仅绽放数朵，如初月似钩悬挂天边，但是最终会随春天来临，如梅花灿烂，如圆月辉映。

惜其背寅乃面申[1]。

清宵魂交古君子，

为云安名一何神。

寒梅始花日出辰，

当楼新月悬钩银。

天根阳生花实茂，

月窟魄死光辉沉。

蓓蕾数点春，

我已见其映雪千树之玉津；

飘渺一眉金，

我已看作行天五夜之冰轮。

功名事业塞宇宙，

敛之方寸谓之仁。[2]

隆中[3]窥此诸闻达，

莘野[4]抱此称天民。

即今谁因乃成此，

① 寅：东北向。申：西南向。

② 以上四句言：自古以来，天地间有多少人立下功名事业，然而能从本心出发，有所选择，这才叫仁。

③ 隆中：诸葛亮隐居之处，此代诸葛亮。

④ 莘野：在有莘国的郊野，为伊尹隐居之处，此代伊尹。

故人陶侃与贺循[1]。
未能陈力当引去，
山中梅月姑相亲。
天根月窟古所云，
动静之机斡洪钧。[2]
世人漫作复姤[3]二卦看，
缘何得见梅花初月之景象与夫
隐者之天真。
再拜文儒领佳贶，
长歌作谢聊自申。[4]

① 陶侃：259—334，字士行，东晋名将。出身贫寒，少有大志，康复帝室，勤劳忠顺，以没其身。贺循：260—319，字彦先，两晋名臣。节操高尚，言行举止必守礼仪，懂谦让，与纪瞻、闵鸿、顾荣、薛兼并称"五俊"。讨伐叛乱，拒绝叛将封赏。朱升处在元朝之末，其情形与陶侃、贺循类似，守节待主，以成大业。

② 以上四句言：诗人身在金陵，不能施展才华，就应当归隐而去，与山中梅花初月姑且亲近。古人说阳极阴生，阴极阳生，动静之间的关键，大到可以掌管国家的政权。

③ 复：复卦，此代前面诗句中的天根。姤：姤卦，此代前面诗句中的月窟。

④ 以上四句言：世人都将天根、月窟当作复、姤两卦来看，以为诗人是想重回旧地隐居，以便有机会重新出山，如此怎么可能看到梅花开放于清晨、月如银钩悬于天边的景色与隐居者单纯的思想呢？再一次拜谢文士们赠送的诗文，作此长歌称谢并聊以申明诗人的本意。

松萝谷

范准

寻幽兴未涯，窈窕入深谷。
长松生昼寒，女萝蔓春绿。
绵绵石上葛，冉冉岩下菊。
樵子时相逢，和歌自成曲。
吾将从杖屦，题诗满青竹。

选自陈有守、汪淮、李敏合辑《徽郡诗》卷二，明嘉靖三十九(1560)年汪氏刻本。

范准，字平仲，休宁县汉口人。性敏善记，师事朱升、赵汸。明洪武十一年(1378)以明经举本县训导，洪武十四年(1381)擢工部主事，逾月卒，年四十八。著有《何陆轩稿》《畬养稿》等。

松萝山位于休宁县城东北十三里，山半石壁悬空，峰峦攒簇，松萝交映，蜿蜒数里，如列屏障。山巅旧时产茶，为天下之最。松萝山之水于万安镇富来桥汇入横江，经潜阜、新潭、隆阜，在阳湖汇入渐江，至歙县浦口汇入新安江。范准之诗得韦应物、柳宗元山水风骨，此诗通过对松萝谷的景物描写，表现了诗人恬淡高远、与世无争的性情。诗中写到：深山谷里生长着茂密高大的松树，即使在白昼，因树荫浓密，很难见到阳光，松风吹拂，会感到丝丝寒意；松枝上女萝缠附蔓延，丝丝垂挂，春日里绿叶葱茏，生机勃勃。崖石上缠绕着绵绵不绝的葛藤，岩壑之中嫩绿的野菊柔柔地舒展枝条。其景物描写极为精彩。

昌溪清隐图

吕　旭

昌溪之水秀且清，笃生人杰因地灵。
吴郎世居此溪上，号以清隐逃其名。
吾闻大隐在朝市，用之则行舍之止。
莘野耕夫[1]受商聘，渭川钓叟[2]因周起。
二人名垂宇宙间，高风凛凛谁能攀。
吴郎读书郡庠里，安能晦迹居丘山。
同宗友人好事者，想象溪山为图写。
青山绿水绕幽居，红树白云围秀野。
吴郎岁贡登春闱，功名拾芥英妙时。
白首归来遂清隐，溪山出色他年斯。

选自清吴如彬纂修《昌溪太湖吴氏宗谱》，清乾隆三十年(1765)刻本。

吕旭，字德昭，号东篱，歙县岩镇溪北（今属徽州区）人。明洪武年间举明经，授徽州府训导，迁延长教谕。

昌溪位于歙县南乡，其水经定潭至深渡，汇入新安江。村人吴仁师，字仕昭，洪武十八年(1385)进士，授承直郎，任刑部主事，洪武二十一年(1388)因上书直谏卒于官，时年37岁。吴仁师在徽州府郡学读书时，家建希濂轩，自号“昌溪清隐”。同宗好友为其作《溪山隐居图》，于是其友人天台江灏、岩镇吕旭、江宁施孟文、槐塘唐文凤等赠诗以贺。此诗赞美了吴仁师隐居溪上，如同商代的伊尹、周朝的姜子牙，是不可能晦迹山林的。言其少年才俊，登功名如拾芥，应是白首归来再清隐，而溪山比当年更美丽。

① 莘野耕夫：代伊尹。伊尹为商朝初年著名的政治家、思想家，帮助商汤建立王朝立下了汗马功劳。据说出生后，被有莘国的庖人收养，耕于莘野。《孟子·万章上》：“伊尹耕于有莘之野。”赵岐注：“有莘，国名。伊尹初隐之时，耕于有莘之国。”

② 渭川钓叟：代姜子牙。相传姜子牙72岁时在渭水之滨磻溪垂钓，遇到周文王求贤，被封太公。其后辅佐武王伐纣，建立周朝。

贺姚叔器卜筑溪南

唐桂芳

犹忆石梁[1]最佳处，

夜深月影转阑干。

昆明[2]已付劫灰[3]冷，

茅屋不禁风雨寒。

剩喜携持同稚子，

未妨谈笑共儒官[4]。

何事好办青蓑笠，

拟向溪南把钓竿。

选自唐桂芳《白云集》卷三，《四库全书》本。

唐桂芳（1308—1381），一字仲，字仲实。歙县郡城人。仕元为县学教谕，后隐居槐塘授徒。元至正十八年（1358），朱元璋自宣州入徽，延访儒硕，问以政事。唐仲实对以“唯不嗜杀人，故能定天下于一”，得赐束帛尊酒。著有《白云集略》《白云稿》《武夷稿》。

姚叔器，即姚琏（1301—1368），字叔器。仕元以文学举为池州路学正，后辞官隐居歙南深渡凤池岛，人称凤池先生。朱元璋至徽州，召问政事，赐尊酒束帛，授官不就。后代理紫阳书院山长，定居渔梁，筑别业，颜曰“凤池岩”。

溪南，为练江之南，即渔梁。此诗前四句言月光下的渔梁风景很美，徽州兵火已经平定，先前在渔梁暂时搭起的茅屋，经风吹雨打，已不能抵挡寒冷，劝说姚琏要把茅屋改筑。后四句言姚琏将渔梁新屋建好，友朋携带幼子往来祝贺，谈笑皆鸿儒，并奉劝姚琏把钓鱼用具准备好，如此宾客来游时，便可以享受练江垂钓的乐趣。

---

① 石梁：渔梁坝。

② 昆明：即昆明池，今西安附近。

③ 劫灰：即昆池劫灰，比喻巨大灾难后留下的遗物。《搜神记》卷十三载：西汉时，汉武帝派人挖昆明池。挖出灰墨，举朝不解，问东方朔，也不明就里，说是西域胡人知道。其后汉明帝时，有西域僧人来洛阳，问起灰墨之事，回答道：经书上说，当世界历劫毁灭时，有大火焚烧。此灰墨就是劫火烧后的余烬。

④ 儒官：指姚琏担任紫阳书院山长。

率溪汪茂卿求写《溪山小隐图》，因题图左

朱　同

渐江天际来如丝，
委蛇下绕孙王祠。
两岸青山如走马，
势与江水俱驰下。
疏烟远近见村墟，
茅屋竹篱总堪画。
隐士家居溪上村，
云烟水石供晨昏。
田园岁入了官赋，
足迹不到王侯门。
溪鱼入市充盘餐，
啄黍有鸡牢有豚。
论文痛饮醉方已，
高朋满座无空樽。
秋风萧萧岁云暮，

选自朱同《覆瓿集》卷一，明万历四十四年(1616)黄叔吉刊本，《钦定四库全书》收入集部1227册。

朱同(1338—1385)，字大同，号朱陈村民，自号紫阳山樵，朱升长子。明洪武十三年(1380)举人，官至礼部侍郎，坐事废。著有《重编新安志》7卷、《覆瓿集》7卷、《覆瓿集·附录》1卷等。

率溪即率水。朱同幼承家学，通经书，有文武之才，工绘图，时称“三绝”。洪武十五年(1382)，率溪汪茂卿请为作《溪山小隐图》，朱同取景渐江上游孙王祠一带，并为题诗。诗的前八句言孙王祠前渐江环绕，两岸青山巍然耸立，云烟袅袅，村庄隐约可见，而隐士就居住在如同画图的溪流之上。接着六句言隐士每年将田地的收入缴纳赋税之后，从未踏进衙门，集市上有鱼可买，家中养着鸡与猪，闲暇之时与好友论文痛饮，过着与世无争的耕读生活。最后九句言世风颓下，人们为小利奔走衙门，何况家务繁琐，不能有一刻清闲。诗人为汪茂卿画隐居图，自己却不能摆脱尘俗，实亦恼苦。于是作诗奉劝明主，要让风俗复返淳朴，人民安居乐业。

奔走谁能免公务。①

乾坤如许憾身多，

何况持家立门户。②

写画题诗良独苦，

梦魂想象无由睹。③

我欲作诗奉明主，

挽此高风还淳古，

四海苍生悉安堵。

① 以上二句言：秋风萧瑟，转眼就到了岁暮寒冬。在这世风颓败之际，即使在恶劣的天气里，那些因小事争执而诉讼于衙门，使得公务繁忙，大家都不得休闲。

② 以上二句言：天下攘攘，身不由己，何况还要主持家务，树立门户，哪有心情欣赏风景？

③ 以上二句言：为汪茂卿绘隐居图并题诗，哪想得到心中因尘俗繁杂而凄苦不堪，那隐者惬意山水中的图画只能凭着想象写出来，却不能置身其处。

紫阳观席上作

曹　迁

紫阳山中神仙家，
青山绕屋生烟霞。[1]
枯林风过落黄叶，
寒菊雨余开白花。
只鸡斗酒自可乐，
千驷万钟何足夸。[2]
兴阑携手过桥去，
斜日稻田飞乱鸦。[3]

选自许承尧《西干志》卷四，1981年安徽省图书馆古籍部抄录安徽省博物馆藏稿本。

曹迁，字从善，号东白，郡城人。明洪武元年(1368)，以神童举授翰林伴读，洪武二十五年(1392)以明经举授徽州府训导，升湖广辽府审理。永乐初，以年八十五致仕，卒于途，恩赐葬祭。著有《野航集》。

紫阳山位于练江之畔，唐代建有许真祠，用以祭祀许宣平，宋天圣二年(1024)奉敕额“紫阳观”，俗称老氏宫。此诗前四句描写紫阳观所见秋景，接着写在这清幽的环境之下，随意饮酌即有无穷的乐趣。此诗为紫阳观席上应酬而作，自然生动，秋日缤纷色彩呈现几席，意境恬淡自足。

① 以上二句言：紫阳山是神仙所住的地方，道观四周青山环绕，放眼望去，云霞铺彩。

② 以上二句言：在这清幽之地，能有一只鸡一斗酒便有无穷的乐趣，那千匹马万钟酒的豪华有什么可值得称耀的。

③ 以上二句言：尽兴之后，便牵着手过溪桥回家，此时，夕阳斜照，稻田里鸦雀飞鸣。

五城

程明远

选自嘉庆《休宁县志》卷二十三，清道光三年(1823)刻本。

程明远，字用晦，号清隐，休宁县人。明洪武初年诏明经，举为江州判，托病不就。著有《清隐稿》等。

五城之水发源于新岭，经黄茅、山斗，与发源于颜公山的三颜溪水合流，在龙湾汇入率水，经枧忠、黎阳，至阳湖与横江汇流，注入渐江，至歙县浦口注入新安江。五城村为古代繁华大镇，为徽州府往来婺源县孔道，设有邮铺、税务司、南五岭巡检司等。元末，红巾军起义，在徽州进出十二年，民不聊生。此诗首联言昔日五城繁华不在，人物凋零；颔联言因无人居住，园林苑囿长满了丛棘杂草；颈联言为了战争需要，筑起了烽堠台，旧日衙门无人办公；尾联诗人对今昔之别发出感慨，人声鼎沸的街道变成了群鸦的鸣噪。本诗通过对五城战争前后景物的对比描写，表达了诗人对和平的向往。

五城人物昔繁华，

百室于今尚几家？①

露冷荒园深枳棘，

风凄废苑响蒹葭。②

邮亭傍路连新堠，

官柳当门认旧衙。③

独立斜阳重感慨，

纷纷鸣噪属群鸦。

① 以上二句言：五城地处往来要道，街市繁华，人物繁夥，经过兵乱之后，那上百的富家巨室现在还存有几家？

② 以上二句言：因为战争，居人早已逃亡各地。荒凉的园林里长满了荆棘，清晨露水凝重，越发觉得冷落；废弃的花园里丛布着芦苇，秋风呼啸，是那样的萧条凄清。

③ 以上二句言：为了战争需要，离邮亭不远处筑起了烽堠台。那长着柳树的大门，就是旧日的税务司、巡检司等衙门。

翠眉山

魏　骥

夕阳半衔山，一抹露林杪，
浓淡出天然，纤纤若初扫。
明月忽东升，一鉴当空照。
开轩任拄笏，喜剧资吟啸。

选自嘉庆《绩溪县志》卷十一《艺文志》，（清）清恺编撰，徐子超等点校，黄山书社2010年版。

魏骥（1375—1472），字仲房，号南斋，浙江萧山城厢镇人。明代名臣，能诗文，著有《南斋前后集》《理学正义》《南斋摘稿》等。

翠眉山位于绩溪县城西面，翚（徽）溪流经山脚。本诗通过对翠眉山夕阳西下而月上东山景色的描绘，赞美了绩溪山水，表现了诗人公务之余的闲情逸致。

七姑山

汪　溥

选自嘉庆《绩溪县志》卷十一《艺文志》，(清)清恺编撰，徐子超等点校，黄山书社 2010 年版。

汪溥，字渊学，绩溪县梧村人。明天顺三年(1459)举人，官至广西按察司副使。成化年间草创《绩溪县志》。

七姑山位于绩溪县水村与歙县水竹坑的交汇处，水流汇入大鄣河(歙县华源河上游)。七姑山七峰峻拔，云霭袅绕，俨然如七位仙女下凡。传说七仙女过此，见这七座山峰形似她们姐妹，又向往人间男耕女织、夫唱妇随的田园生活，常翩然而至，逗留嬉戏，人们就称其为“七姑山”。本诗以拟人化的笔触发出疑问：七位仙姑是否真的来过此地呢？即便来过，随着时光流逝，也早已不见了踪迹，从而感叹时光流逝而世事无常。

一簇云峰号七姑，

七姑曾此往来无？

东风吹上峰头看，

不见遗踪见绿芜[1]。

① 绿芜：丛生的绿草。

唐金山

汪　滢

唐金山下雾溟溟[1]，

一片纱笼万树青。

便欲移家山下住，

门开日日对重屏。

选自嘉庆《绩溪县志》卷十一《艺文志》，(清)清恺编撰，徐子超等点校，黄山书社2010年版。

汪滢，绩溪登源梧村人。明成化十四年(1478)进士，监察御史。

唐金山位于绩溪县瀛洲乡境内，北临登源河。据清嘉庆《绩溪县志·古迹》记载：唐金山周如邑城，山中有一水洞，清泉甘洌，喝此水不仅清凉解暑，还能疗治痢疾，可谓神乎？本诗描写诗人登临唐金山所见山下良田美景触发了移居山下的心思，表达了诗人对家乡山水的热爱。

① 溟溟：湿润貌。

新安江支流渐江(歙县雄村小南海)　潘成摄

一水[1]拖蓝

舒 祥

选自《黟县四志》卷十五《杂志·诗录》，民国十二年(1923)刻本。

舒祥，明代黟县屏山人。曾经任官山东沂州府训导，继而升任浙江宣平县教谕，后改为湖广广济县教谕。著有《窃芳集》。

黟县境内的漳河一水拖蓝，黄梅季节之后，流域两岸绿柳拂波，碧纱青草相伴，显得春光无限，更有水鸟溪鸥掠影，平添几分灵动。

萦回绕邑静无声，
一色如蓝去自平。
浸月几湾多曲折，
浾[2]天十里半澄清。
黄梅雨歇微波尽，
绿柳风来细浪横。
水鸟溪鸥[3]春树稳，
碧纱青草正朝晴。

① 一水：指漳水。
② 浾：沉浸。
③ 溪鸥：溪上鸥鸟。

霭峰妆雪

舒　祥

遍体从新换一遭，
素衣[1]裁就是谁劳？
铺琼[2]奚啻一层厚，
缀玉[3]宁唯百尺高。
修竹尽妆银凤尾，
东风全送白鹅毛。
明朝红日当空转，
依旧令渠[4]挂绿袍。

选自《黟县四志》卷十五《杂志·诗录》，民国十二年（1923）刻本。

霭峰，位于黟县县城南十五里。霭峰脚下有水注入漳河。本诗写出了银装素裹中的霭峰雪景，讴歌了古黟大地自然山水的壮美奇丽！

① 素衣：白色的衣裳。
② 铺琼：铺砌的琼瑶。
③ 缀玉：缀饰的玉翠。
④ 渠：代霭峰。

石鼓山[1]

舒　祥

选自《黟县四志》卷十五《杂志·诗录》，民国十二年（1923）刻本。

黟县石鼓山流出的清泉往下注入羊栈河，经漳水流入横江，赋予了隽永的情愫！

叠嶂层峰万顷阴，
淡烟微雨夜沉沉。
千株松竹连瑶岛[2]，
百尺楼台出玉林[3]。
云过半山看有影，
泉流深树听无音。
琳琅说是神仙下，
鹤唳风声杳[4]莫寻。

---

① 石鼓山：又名戢兵山，位于黟县北十五里，宏村西侧，高百仞，周十里，有石鼓、石人、石驴。相传石鼓鸣即驴鸣，人哭而长官不利。后凿其鼓破之，遂不复鸣。唐天宝六年（747）改今名。清咸丰年间，此处一度成为太平军与清军交战的古战场。

② 瑶岛：瑶琳仙境的岛屿，指青翠的冈峦。

③ 玉林：碧玉般的层林。

④ 杳：远得看不见踪影。

宋县令邹补之岩口石壁留题之作

程敏政

不见当年旧县基，
独留孤庙想陈隋。
水过山脚无寻处，
路绕云根有断时。
雉堞草荒埋废础，
鹅峰苔老剥残碑。
危阑却倚青冥①望，
入眼分明自有诗。

选自程敏政《篁墩文集》卷六十七，明正德二年(1507)刻本。

程敏政(1446—1499)，字克勤，号篁墩，休宁县人。十岁以神童荐，诏读翰林院，明成化二年(1466)进士，授编修，官终礼部右侍郎。学问赅博，为一时冠，著述甚富，编《新安文献志》，撰《篁墩集》等。

南宋绍兴四年(1134)休宁县令邹补之任职之际，书“兑卦”于古城岩石壁，以镇火灾，并在古城岩山麓的岩口石壁上作诗留题。岩口边即为浙江支流横江。此诗首联言古城岩的历史，曾为休阳县治所在地，后为汪华郡治所在地，从仅存的汪华庙可以遥想陈朝程灵洗与隋末汪华为保障一方所立下的伟业功绩；颔联言古城岩的形胜；颈联言古城岩的荒败；尾联抒发盛衰感慨。此诗步邹补之留题之韵，通过对古城岩遗迹与形胜的咏叹，抒发感慨，情景交融。

① 青冥：形容青苍幽远，指青天。

东密岩乃先世祖都使公沄、洵兄弟起兵拒黄巢处

程敏政

选自程敏政《篁墩文集》卷六十七，明正德二年(1507)刻本。

东密岩位于休宁县南，与浙江交界，为歙州屏障。四面田土平衍，唯此山高六十仞，周回绝壁如城。其水发源于杨坑尖，至枧东汇入率水。唐末黄巢起义，乡村攻劫殆尽。起义失败后，残余流贼、山头大王，扰攘不堪。程敏政先世祖程沄率族人固守东密岩，众推为岩将。后归附朝廷，保障地方安宁，并授以官职。程沄后传位于七弟程洵。程沄年老定居山下汉口，为汉口程氏始迁祖。此诗首联言东密岩形势险峻，并于此打败黄巢起义军；颔联言在黄巢起义之时，皇帝与宗室、官员都逃离京城，奔往汉中、成都，而程沄、程洵举起大旗守卫故乡；颈联言程沄兄弟戍守东密岩已过去数百年了，其后人繁衍生息，聚成大族。尾联言程氏在水田耕种时，常看到折断的剑戟，就知道此地为先祖旧日的战场。

万仞巉岩百里长，
此中曾蹶草头黄。
衣冠税驾趋行在[1]，
兄弟登坛守故乡。
一代风尘山戍远，
千家烟火石台荒。
水田折戟时常露，
知是先人旧战场。

[1] 衣冠：古代士以上戴冠。此代缙绅、士大夫。税驾：归宿，此指逃亡。行在：天子巡行所到之地。此指黄巢起义，逼近长安，唐僖宗出逃汉中，复逃四川。

订锡山孙王庙

程敏政

锡山有孙王庙，相传祀吴主孙权。予窃疑权僭伪，不应祀，法当是权兄长沙王策。盖策受汉命为讨逆将军，屡平群盗。时曹操挟天子都许，策将举兵袭操还帝，不幸为伏矢所中而死。则此庙祀策当愈于祀权甚明。予过锡山，留诗一律贻坑口孙氏之为王族者，异日当订诸县志，用祛土人之惑云。

庙食青山岁月长，居人多未识孙王。

江东讨逆功初著，许下迎銮志莫偿。①

一代英雄存太史，三分名节愧元方②。

何当认入新图志，祀典分明重此乡。

选自嘉庆《休宁县志》卷二十三，清道光三年(1823)刻本。

锡山即太阳山，因山有孙王祠，故又称孙王山。山下之水为新安江支流渐江上游。锡山下审坑为孙姓所居，建有孙氏宗祠。按：孙万登于唐咸通年间奉敕平交址国，拜金吾大将军，凯旋路过休宁，爱山川风土之胜，从青州麻子乡徙居休宁黎阳乡塘田，旋封新安伯，后世尊为新安一世祖。明代，锡山孙王庙疑为祀孙权，程敏政认为孙权僭伪，不应祀，法当祀其兄长沙孙策。遂作《订锡山孙王庙》。然锡山下之孙氏为孙权之后裔，当祀祖先为常理。《三国志》载孙权第三子孙和被徙新都，复赐死此地。及孙和之子孙皓即位，改葬明陵。锡山下为孙氏所居，孙权为孙氏先祖，立庙祭祀，未尝不可。或孙和薨于此地，为筑衣冠冢以祀，亦是常理。姑置疑于此。

① 以上二句言：汉末建安三年(198)，孙策被任命为讨逆将军，并封为吴侯，建安四年，击败庐江太守刘勋及刘表部将黄祖，建安五年年初，夺取豫章郡，统一江东。曹操挟天子以令诸侯，与袁绍在官渡对垒相持，孙策欲暗中盘算袭击许昌，迎取汉献帝，谁料不久即遇刺身亡。

② 元方：汉代陈寔之子。《世说新语·期行》载：陈寔与友人相约出行，友人迟到而陈寔先行。友人在陈寔之子元方面前生气抱怨，被元方所蔑视，称其言而无信。此用元方讽刺孙权既然受封为吴王，却又割据建立吴国，登基为帝，不守信用。

至沱川登三天子鄣山

汪　循

选自康熙《徽州府志》卷二，清康熙三十八年(1699)万青阁刻本。

汪循(1452—1519)，字进之，号仁峰。明弘治九年(1496)进士，官至顺天府通判。刘瑾擅权，抗疏请裁革中官，为之所忌，罢官归。著有《汪仁峰先生文集》29卷、《外集》4卷等。

三天子鄣山又称率山、张公山，大鄣山，东北界休宁，西北界祁门，西界江西浮梁。其水东流入新安江，西流入鄱阳湖。大鄣山上有清风岭、瀑布泉、龙井、张公洞，西行二十里，有擂鼓峰、仰天台诸胜。此诗首联写鄣山海拔极高，九州尽在其下；颔联写鄣山范围极广，为吴楚两水之源头；颈联写鄣山或隐或现时的景况；尾联写鄣山气候异常，人们难识其真面目。此诗通过登大鄣山纵目观览，抒发了对大鄣山的热爱之情。

清风岭上豁双眸，
擂鼓峰前数九州。
蟠踞徽饶[1]三百里，
平分吴楚两源头。
白云有脚乾坤合，
远水无波日月浮。
谁识本来真面目，
乍晴乍雨几时休。

① 徽饶：徽州和饶州。

绩溪道中

彭 泽

一径羊肠道涧泉，

岚光浓堕笋舆[1]前。

荒祠树色含秋雨，

茅屋鸡声破晓烟。

山有一邱皆种木，

野无寸土不成田。

时和物阜常如此，

焉用黄堂[2]太守贤。

选自嘉庆《绩溪县志》卷十一《艺文志》，(清)清恺编撰，徐子超等点校，黄山书社2010年版。

彭泽(1459—1530)，兰州西固人，名鄘，后改名泽，字济物。明弘治三年(1490)进士，官至太子少保、兵部尚书。著有《读易纷纷稿》《幸庵文稿》《读史目录》《八行图说》《重修兰州志》等300余卷。

弘治十三年(1500)，彭泽出任徽州知府，革除弊政，百废俱兴。修学宫，建紫阳书院，课读诸生，拔其优异者进入府学，有的高中进士。倡导文教，纂修《徽州府志》。本诗写于绩溪道中，山间溪谷旁一条羊肠小道蜿蜒曲折，秋日野外的寺庙旁树叶正红。早上鸡鸣声声，炊烟从茅屋中冉冉升起，徽州人多地少，哪怕是一个小土山也种上了树木，野外略微平整的地方都改造成了田地。诗人但愿年年风调雨顺，物产丰富，人民生活富足。

① 笋舆：竹轿子，“舆”泛指马车。

② 黄堂：古代太守衙门中的正堂，借指太守本人。

清溪涵月

祝允明

选自民国吴吉祜辑纂《丰南志》卷九《艺文志·诗》，1981年安徽省图书馆古籍部抄录安徽省博物馆藏稿本。

祝允明（1460—1526），字希哲，号枝山，长洲（今江苏吴县）人。明弘治五年（1492）举人，授广东兴宁知县，后任应天（今南京）府通判。擅诗文，尤工书法，与唐寅、文徵明、徐祯卿并称“吴中四才子”。

清溪涵月为西溪南八景之一。西溪南位于新安江支流丰乐水之南，又称丰南。丰乐水发源于黄山，溪水清澈，毫发可鉴。祝允明游历徽州歙县，居西溪南不远处之西山之麓，留书迹颇多，与西溪南吴氏相交，为撰《溪南八景诗》。此诗前两联写西溪南吴氏家族如村前的丰乐水源远流长，后两联赞颂丰乐水的清澈明亮、甘甜香美。

黄山高脉滥微觞，
一道风流[1]向草堂。
有本却如先泽远，
分清还看末流长。
金波冷浸罗纹丽，
玉髓虚凝宝鉴光。
记得唐贤佳句在，
千寻练带晚含香。[2]

① 风流：代丰乐水。上海博物馆藏《溪南八景图册》，“风”作“分”。
② 此句化自五代黄台《问政山留题》诗句：“千寻练带新安水，万仞花屏问政山。”

题天泉书院壁示诸同志

湛若水

逍遥访名山，早晚到天泉。

天泉夫何如，天一为之源。

天以一而清，泉以一而灵。

物以一而生，心以一而明。

明者天之德，三才[①]同一极。

自德还自昭，天然绝人力。

此泉君自酌，自酌还自得。

中味鲜能知，人莫不饮食。

① 三才：指天、地、人。《易经·说卦》："是以立天之道，曰阴与阳；立地之道，曰柔与刚；立人之道，曰仁与义。兼三才而两之，故《易》六画而成卦。"

选自湛若水《泉翁大全集》卷四十四，清道光七年(1827)刻本，钟彩钧、游胜达点校，中央研究院中国文哲研究所2017年版。

湛若水(1466—1560)，字元明，号甘泉，广东增城人。明弘治十八年(1505)进士，官至南京吏、礼、兵三部尚书。著有《泉翁大全文集》等。

天泉书院位于石桥岩左门，今齐云山天泉岩下。石桥岩又称岐山，天泉岩上泉水涓涓下流，四季不绝；下有清潭，水清而甘。石桥岩下为横江，经蓝渡、杨村、万安镇、潜阜、新潭、隆阜，至阳湖汇入浙江，又经篁墩、雄村至浦口，汇入新安江。湛若水师学陈白沙，成理学甘泉学说一派，与王守仁阳明学说并称"王湛"之学。在全国各地创办书院近40所，弟子多达数千人，宣扬"随处体认天理"之宗旨。明嘉靖十六年(1537)二月，由南京礼部尚书转吏部休假回京，途至徽州，登齐云山，创办甘泉书院，设坛讲学，四方贤士慕名而来。此诗通过对天岩泉水的哲理性叙述，昭示了"心以一而明"的思想，即摒除杂念，使心境虚静纯一，通明大道。

夜行拟宿水西寺

汪　本

选自许承尧《西干志》卷三，1981年安徽省图书馆古籍部抄录安徽省博物馆藏稿本。

汪本（1468—1510），字以正，歙县西沙溪人。十岁能诗，稍长，治博士家言，游学南京，名籍甚。明正德二年（1507）举人，越二年卒。著有《西岩遗稿》。

水西寺位于郡城外练江之西，又称河西寺。此诗写的是诗人月夜醉归，路过河西所闻所见。夜晚的练江，没有白日的喧闹声，篱落中传来犬吠声，江面上渔火点点。从河西沿丰乐河到西沙溪还有数里，月色昏暗，不能急行；并且所要经过的五里阑干下临深溪，并非酒醉的原因，实是路途危险。于是想若能遇到以前的寺庙住持，就借宿此地。

冉冉人垂寂，漫漫夜向长。
犬声出篱落，渔火点苍茫。
月暗归难疾，途危醉不妨。
如逢旧山主①，直欲借绳床②。

① 山主：寺院的住持。
② 绳床：一种可以折叠的轻便坐具。

齐云岩纵目

唐　寅

摇落郊园九月余，
秋山今日始登初。
霜林着色皆成画，
雁字排空半草书。①
曲蘖②才交情谊厚，
孔方兄③与往来疏。
塞翁得失浑无累，
胸次悠然觉静虚。

① 以上二句言：秋日，霜林尽染，五彩缤纷，随处皆成画图；大雁南归，人字列阵，犹如半空草书。
② 曲蘖：本意指酒母，此代酒。
③ 孔方兄：古代铜钱当中开成方孔，遂以“孔方兄”作为钱的代称。

选自明唐寅《唐伯虎外编》卷一，明万历年间刻本。

唐寅（1470—1524），字伯虎，号六如居士，吴县人。明弘治十一年（1498）解元，著名书画家、诗人。著有《唐伯虎先生集》《外编》《外编续刻》等。

齐云岩即齐云山，明嘉靖三十五年（1556）嘉靖帝因祈祷有应改名齐云山。其下为横江，经蓝渡、杨村、万安镇、潜阜、新潭、隆阜，至阳湖汇入渐江，又经篁墩、雄村至浦口，汇入新安江。弘治十二年（1499），唐寅与江阴徐经入京参加会试，因牵连徐经科场案下狱，罢黜为浙藩小吏。唐寅深以为耻，决不就职，又因夫妻失和而休妻，重重打击之下，远游闽、浙、湘、赣等地，于弘治十三年（1500）九月沿富春江经新安江来游齐云山，其间应道长汪泰元之请作《齐云岩紫霄宫玄帝碑铭》。此诗首联交代游齐云山的时间；颔联描写景物，一静一动，相映成趣；颈联感悟交友不在钱财的多寡；尾联直抒胸臆。从“塞翁得失浑无累，胸次悠然觉静虚”可知，唐寅的齐云山之游，使其豁然顿悟，摆脱了尘俗的羁绊，忘却了种种烦恼，尤其那种道教氛围对唐寅的人生思想有着重要的影响。

紫阳山中徐步

孙一元

选自孙一元《太白山人漫稿》卷二,《四库全书》本。

孙一元(1484—1520),字太初,自称关中(今陕西)人。好道教,辞家入太白山,因号太白山人。工诗,多与名流倡和。

孙一元来游黄山,从杭州经新安江到徽州,于郡城南门外登紫阳山,作此诗。此诗描写了诗人秋日独游紫阳山,木叶落尽,山体肃穆,有着无穷的乐趣。紫阳山下,鱼儿戏耍江面,岸树倒映,水天一色,仰天吟啸,登舟而去。表达了诗人超然世外的胸怀及独与天地往来的隐士风度。

穷壑卧孤松,寒风生杖屦[①]。

幽人独往来,鸟哢[②]自成句。

因山剩得秋,欣然有余趣。

片雨弄江光,孤云起汀树。

望中水似天,啸坐渔舟去。

① 杖屦:手杖与鞋子。

② 鸟哢:鸟鸣。

义林寺

胡　松

野寺丛林下，萦萦[1]一径荒。

苔痕移马色，竹影碎溪光[2]。

倚槛看花放，钩帘送鹤翔。

此怀良不浅，随意宿僧房。

选自嘉庆《绩溪县志》卷十一《艺文志》，（清）清恺编撰，徐子超等点校，黄山书社2010年版。

胡松（1490—1572），字茂卿，绩溪县城人。明正德九年（1514）进士，官至刑部尚书。著有《承庵文集》。

义林寺位于临溪，扬之河畔。茂密的丛林之中，古藤野树，一条小路，长满了野草，诗人造访寺庙，马蹄踩在长满青苔的小路上，留下了痕迹；清澈的河水中，竹影摇曳，留下斑驳的水色。靠在栏杆上看花儿开放，卷起门帘，目送仙鹤飞向远方。本诗通过描写义林寺的景色，抒发了诗人壮志未酬、建功立业的抱负与情怀。

① 萦萦：缠绕貌。

② 溪光：溪流的水色。

水西寺

方廷玺

选自许承尧《西干志》卷三，1981年安徽省图书馆古籍部抄录安徽省博物馆藏稿本。

方廷玺，字信之，歙县结林人。明正德十四年(1519)举人，授山阴知县。地近海，廷玺为立石闸，楗海口，并山为堤。著有《南岑稿》1卷。

水西寺即河西寺，位于练水之西，故称。此诗描写了披云峰下水西寺一带的景物，如耸出丛林的长庆寺塔，对岸依练水而筑的城墙，寺僧在瀑谷飞溅声中悟法，午后的香炉飘散着烟雾，使人感受到大自然的生机盎然而不失清幽空寂的景象。尾联从"唐钟"点明水西寺悠久的历史，又以与披云峰相连的紫阳山来增重水西寺的胜迹。

钟声初起角声残，

昏晓[①]乾坤有此山。

塔出丛林千树绕，

城依练水五云[②]环。

坐来瀑谷禅机静，

梦破炉烟午篆[③]闲。

试问唐钟今在否？

两峰十院共跻攀。

---

① 昏晓：晨昏、早晚。

② 五云：此指五色祥云。

③ 午篆：一种盘香。

同诸子自率溪浮舟游商山园

吴　锦

近浦喧笳琯[1]，洄川[2]泛冷舟。
采芳寻杜若，洗盏傍龙湫[3]。
水气侵衣润，云光拂席流。
前林郁苍翠，疑是入昆丘。

选自陈有守、汪淮、李敏合辑《徽郡诗》卷四，明嘉靖三十九年(1560)汪氏刻本。

吴锦，字有中，号六松，明嘉靖年间休宁县人。所作五言律诗有思致，著有《有中诗稿》。

商山位于休宁县城西南三十来里，发源于茶子岭的蓝水经浯田、苏田流经商山，至雁塘汇入率水。春日，诗人与诸子从率溪泛舟沿蓝水溯流而上至商山，离两水交汇不远的村庄里传来喧闹的笳管演奏声，这是村民在举行春社赛会。溪流盘旋，轻风吹动，阵阵春寒。在两岸上采集芳草，在瀑布下的潭边饮酒。水汽氤氲，侵入衣裳，天光云影，在席边小溪流动。继续向前溯流，林木苍翠，郁郁葱葱，仿佛进入了昆仑仙界。此诗通过对蓝水一带的景物描写，赞美家乡山水。

① 笳：北方民族的一种吹奏乐器，似笛，通常称“胡笳”。琯：同“管”，古代管乐器。
② 洄川：沿着川流逆行而上。
③ 龙湫：上有瀑布悬挂，下有深潭，谓之“龙湫”。

新安江丰乐河源头(黄山人字瀑)　邓根宝摄

新安江丰乐河源头(九龙瀑)　陈雪君摄

秋夕纹川泛舟对月

陈有守

选自陈有守、汪淮、李敏合辑《徽郡诗》卷四，明嘉靖三十九年(1560)汪氏刻本。

陈有守，字达甫，自号六水山人，明嘉靖年间休宁县东南隅人。府学诸生，性好游，史溯司马迁，文祖左丘明，诗宗大历，汪道昆推为祭酒。著有《陈山人集》，与汪淮、李敏合辑《徽郡诗》等。

纹川，又称纹溪、汶溪，有上、下之分。上纹溪发源于佛岭坳，经洪水、武桥、晓角，至上纹溪汇入发源于黟县漳岭的横江；下汶溪为横江上的一段，位于休宁县南一里之处，经富琅潭、古城岩到屯溪，汇入渐江，流经篁墩、雄村，至浦口，汇入新安江。中秋节之夜，纹溪洲渚，红蓼摇曳，圆月在清亮的歌声中冉冉升起，诗人泛舟酌酒赏月。溪流清明平静，天空倒映其间；月光如流水，倾洒四周山谷。那吟咏诗词的，满腹经纶，如袁宏在采石矶上吟诗；那由感而撰诗题词的，又如李白在宛溪赞美溪水的清纯。古往今来，江东之大江小溪流传着多少风骚韵事。

清歌招月出，泛酌蓼花洲。

宝鉴[1]三天现，金波万壑流。

袁宏[2]牛渚夜，李白宛溪[3]秋。

今古风骚韵，江东次第收。

---

① 宝鉴：镜子的美称，比喻月亮。

② 袁宏：约328—约376，字彦伯，东晋文学家、史学家，著《后汉纪》30卷，《竹林名士传》3卷等。《晋书》载："(袁宏)少孤贫，以运租自业。谢尚时镇牛渚，秋夜乘月，率尔与左右微服泛江。会宏在舫中讽咏，声既清会，辞又藻拔，遂驻听久之。遣问焉，答云：'是袁临汝郎诵诗。'即其咏史之作也。尚倾率有胜致，即迎升舟，与之谭论，申旦不寐，自此名誉日茂。"

③ 李白在宣城宛溪撰有《题宛溪馆》。

率滨亭宴集

江　瓘

程家亭子江之滨，
并辔来游属暮春。
细雨飞花移淑景①，
苍烟垂柳接平津。
主人好客敞清宴，
行酒狂歌动四邻。
散帙分题洽幽赏，
满庭凉月映松筠。

选自江瓘《江山人集》卷三，《四库全书》本。

江瓘（1503—1565），字民莹，号篁南山人，歙县南溪南（今属屯溪区）人。诸生，以病谢举业，专事吟咏，兼工医。著有《名医类案》《江山人集》等。

率滨亭位于休宁县率口，即今屯溪市内前园村，明弘治年间《休宁县志》载其为程居仁所建，其地处浙江之畔。率口程氏为晋新安太守程元谭之后，北宋时程敦福前来定居。明成化五年（1469），程希隆建率溪书院，延请名师教读子孙，为程氏家塾。此地人才济济，生于嘉靖十二年（1533）的数学家程大位即率口人。此诗首联描写暮春时节，诗人与同伴来游率滨亭；颔联描写景物，暮春时节，细雨飞花、苍烟垂柳，伤春之愁绪萦绕心头；颈联转到好客的主人在率滨亭开宴席，斗酒歌声惊动四邻；尾联写酒后分题撰诗，此际轻凉的月亮洒在松竹之上，摇映于庭院里，正是一幅清幽的图景。此诗通过对暮春景物的描写，赞美了率口程氏的豪爽与儒雅。

① 淑景：美景。

春日过富溪，程渐夫诸君留酌

江　瓘

选自江瓘《江山人集》卷二，《四库全书》本。

富溪村位于休宁县榆村乡，旧称富昨。发源于白际岭的藏溪河在富溪汇入发源于威风岭的佩琅溪，于阳湖下洽阳汇入渐江。程渐夫为休宁县富溪人，创办鉴塘精舍用以讲学，文风颇胜。此诗首联言富溪地理环境，与世隔绝；颔联言富溪就是那秦人避居的世外桃源，生活着如同谢灵运、谢惠连那样的家族名士；颈联交代诗人游玩正值多雨的寒食之日，花飞花谢，一派迷蒙，主人用甘美的山泉煮茶待客；尾联言诗人为富溪景色所迷恋，留连忘返，以衬托主人的儒雅好客。此诗通过对富溪景物人文的描写，赞美了程渐夫诸君不仅为尘外高士，还清雅好客。

千溪通岩屿，一径入云霞。

山谷逃秦地，池塘即谢家①。

花飞寒食②雨，客试玉泉③茶。

爱此淹晨暮，临流坐碧沙。

---

① 谢家：指晋太傅谢安家，亦常用以代称高门世族之家。

② 寒食：指寒食节，通常是在冬至后的第105日，其日期与清明节相近。

③ 玉泉：北京、杭州均有玉泉，这里代指好的泉水。

晚秋

李　梯

旧尊浮佳醑，新味荐莼丝[1]。
峰碧云生处，潭澄水落时。
石田禾刈早，霜径菊开迟。
啸傲东篱下，渊明实我师。

选自《祁诗合选》卷三《五言律诗》，叶露孜、叶彧平重编，皖黄内资字[2001]第2号。

李梯，字承云，祁门县李源人，思恩知府李汎之子。例贡生，活动于明正德年间。

李源位于祁门县凫峰镇凫溪边。凫溪为率水流经祁门县凫峰境内的水名。率水发源于六股尖，经流口至凫峰，汇入琅溪河，再入休宁县，经江潭、上溪口、月潭、枧忠、黎阳，至阳湖汇入渐江，流经篁墩、雄村，至浦口汇入新安江。诗人隐居凫溪边，秋天，喝着美酒，赏着野菜，门外云绕碧嶂，溪流清浅，田中割稻，路边赏菊，此种生活如同陶渊明归田隐居栗里，岂不乐哉！

① 荐：即荐新，指蔬果粮食刚成熟，要在先人神主前设供祭祀。莼丝：即莼菜。西晋张翰任官洛阳，当秋风乍起时，想起家乡吴中的莼菜、鲈鱼，叹道："人生贵适志，何能驾官数千里，以要名爵乎？"为思乡典故。

秋兴

李　梯

选自《祁诗合选》卷九《杂体·六言古》，叶露孜、叶彧平重编，皖黄内资字[2001]第2号。

诗人隐居在家乡凫溪边，与山水朝暮相对，欣赏着美妙绝伦的秋原山家图：翠峦碧潭相互映照，白鸥时起时飞，落叶飘飘悠悠。马儿歇息水边，行客草边探寻路径，而那高卧山中的隐士正懒懒地把柴门打开。

翠巘寒潭掩映，

白凫坠叶争飞。

歇马客寻草径，

卧云人启荆扉[1]。

① 荆扉：用荊条编成的柴门。

浦口曲

程　诰

家临五溪水，
浣纱歙浦口。
恐有寄来书，
君行见郎否。

选自程诰《霞城集》卷二十三，《四库全书》本。

程诰，字自邑，号泭溪，歙县临河人。从李献吉受诗，有"布衣诗人"之誉。遍游海内名山都邑，所至辄纪以诗。著有《霞城集》24卷。

浦口为练江与渐江交汇入新安江之处。此诗描写思妇住在徽州府城、歙县县城及其周围一带，其地有丰乐、富资、练江、布射、扬之五条溪流，可却要跑到十里之外的浦口去浣纱。因为在这里，除了溯练江而上可达府城外，如沿另一支流渐江可至雄村、篁墩及休宁县、黟县等地，能碰到更多商旅行人来打听郎君的去向。徽州明清时期经商在外者多，有"十三四岁，往外一丢""一生夫妻三年半，十年夫妻九年空"之语，这首诗即描写了徽州商妇对远行丈夫的深切思念之情。

登南源山望长垓[1]

程　诰

仄磴[2]回峰外，
孤村曲涧西。[3]
瑶花非世有，
琳馆[4]与云齐。
猿捷时相引，
莺慵暖不啼。[5]
秦人逢易识，
当是武陵溪。

选自程诰《霞城集》卷十一，《四库全书》本。

南源山下长陔村之溪流发源于长陔岭，经长标、胡埠口、璜田、巨川，至街口汇入新安江。溪流两岸崇山峻岭，茂林修竹，河谷纵深多陡坡，有“街口进街源，只见青山不见田”之谚。此诗前四句描写诗人登南源山望长陔时所见景象，村落在回旋的山峰之外，其西曲水流淌，村中有罕见花草，又有建于山顶的寺庙。接着通过对猿猴相引与莺鸟不啼一动一静的描写，感到大自然的亲和。最后两句指出此地人们淳朴，是世人隐居的桃源。

① 垓：今作“陔”。
② 仄磴：逼窄的石阶。
③ 以上二句言：诗人登上南源山，向长陔村落方向望去，只见回旋的山峰之外，一条逼窄的石板路与村庄相通，在村庄的西边有一条曲折的小溪。
④ 琳馆：仙宫，此为宫殿、道院的美称。按：长陔旧有会胜寺，唐敕建，平地突起一山，高数十仞，广数亩，寺踞其上，名钟一，击声彻山谷。新中国成立前尚存，后废。
⑤ 以上二句言：当诗人下山之时，敏捷的猿猴不时地在前面引导带路，而慵懒的莺儿则掩蔽于树丛中无声无息。

板桥留别杨氏兄弟

王　寅

君家谷口开何代，

万叠山连白岳西。①

鸡犬相闻同入隐，

桑麻一望各分栖。

百盘涧水云常护，

十里松阴路欲迷。

临别仙桃闻有坞，

难忘携酒再攀跻。

选自王寅《十岳山人集》卷四，明万历十六年(1588)刻本，《四库全书存目丛书》收入集部第79册。

王寅(1506—1588)，字仲房，号十岳山人，歙县王村人。学诗于李梦阳，又受拳技于少林寺僧。曾入胡宗宪幕。著《十岳山人集》，编《新都秀运集》等。

板桥村，原属婺源县，今属休宁县渭桥乡。四山环抱，一水潺潺，循山麓绕居人门巷而东，中多瑶草，四时葱倩不绝，故又名芳溪。发源于浙源山之浙源水至上溪口汇入率水，复经月潭、瑶溪、高枧、黎阳，至阳湖汇入新安江支流渐江。古时为溪口与黟县渔亭两水陆码头的陆路通道，往来商旅不绝。为杨姓聚居地，科宦显赫。此诗以颂扬板桥为桃源起首，山脉绵延，直连白岳。接着以“鸡犬”“桑麻”动静结合，表达乡村里的平静生活。又用“百盘”“十里”一联来言其地在云水深处，藏在深林之间，与世隔绝。尾联意犹未尽，依依难别，相约再游，与诗题照应。

① 以上二句言：西乡杨氏家族隐居的板桥村是在哪年开辟的？万山重叠，直与地处县北的齐云山相接连。

春社后一日访古衿兄弟洋湖泛舟

王　寅

选自王寅《十岳山人诗集》卷四，明万历十六年（1588）刻本，《四库全书存目丛书》收入集部第79册。

洋湖即阳湖，位于屯溪浙江之畔。王寅撰有《过汪古衿湖上草堂》，从诗句"环垣只松竹，半榻有图书。昔是幽禽岸，今为处士庐"可知，汪古衿实为隐士。春社为传统民俗节日，在立春之后的第五个戊日，此日有祭拜社神、饮社酒、看社戏等活动。此诗以"岑参兄弟"来赞颂古衿兄弟潜心攻读、啸傲山林，且诗作雄奇瑰丽，有着浪漫主义色彩；又以"渼陂风烟"赞美洋湖风光。

湖上人家具小舟，
我来即喜泛中流。
岑参[1]兄弟今始识，
渼陂[2]风烟谁谓优？
浊酒社余留醉客，
鳜鱼春暖待垂钩。
夕阳一树桃花岸，
相狎随行双白鸥[3]。

---

① 岑参：唐代诗人，唐天宝三年（744）进士，曾官嘉州刺史，世称"岑嘉州"。幼孤，家境贫穷，从兄受学。所作诗歌意境新奇，气势磅礴，词采瑰丽，具有浪漫主义特色。

② 渼陂：古代湖名，在今陕西省户县西。汇终南山诸水西北流入涝水。水色空旷，山峰倒映。

③ 相狎：彼此亲近。白鸥：即白色的水鸟，比喻没有心机，互相信任。

修城谣

王　寅

歙邑附郡，古未有城，迩因倭夷流犯境上，邑令史君始筑城。以速成多圮，邑令熊君复修之。倭夷浸消，邻寇间起，邑民幸得恃城为安矣！乃为民作《修城谣》。史君名桂芳，熊君名秉元，皆豫章[①]人。

荥阳令[②]，立学校；

汝阴令[③]，锄奸暴。

我令少年，先此二要。

美政次集，民诵丛兴。

新城告圮，忧心如焚。

连云续壁，求为完城。

二雉盛民，寇警可守。

前有史父，后有熊母。

众所歌舞，天福尔厚。

① 豫章：代江西省。汉代豫章郡辖境大致为后之江西省，按：史桂芳为江西鄱阳人，熊秉元为江西丰城人，故云。

② 荥阳令：宋李昉《太平御览》卷七十五《荥阳令歌》：《殷氏世传》曰："殷褒，为荥阳令，广筑学馆，会集朋徒，民知礼让，乃歌之云：'荥阳令，有异政。修立学校人易性，令我子弟耻讼争。'"

③ 汝阴令：宋李昉《太平御览》卷二百六十八：《会稽典录》曰："徐弘，字圣通，为汝阴令，县俗刚强，大姓兼并。弘到官，诛剪奸桀，豪右敛手，商旅路宿，道不拾遗。童歌之曰：'徐圣通，政无双。平刑罚，奸宄空。'"

选自王寅《十岳山人诗集》卷一，明万历十六年(1588)刻本，《四库全书存目丛书》收入集部第79册。

歙县县治位于问政山下，新安江支流练江绕其下。歙县自隋末迁衙门于问政山下，为郡城附郭，一直未筑城。明嘉靖三十三年(1554)，倭寇数十人从浙江淳安突入歙县境内，歙县知县史桂芳亲率壮士在方村进行抵御。倭寇见有准备，转道绩溪。因闻倭寇入境，歙县士民争先避入府城，甚至相互蹂踩以死，于是史桂芳慨然募筑歙城，一年竣工。其后，县城因快速完工而多圮毁，后任知县熊秉元召集修复，求为坚固。此诗将熊秉元与史桂芳二县令比作汉循吏荥阳县令殷褒、汝阴县令徐弘，称史桂芳为史父，熊秉元为熊母，加以歌颂。

老竹岭

王　寅

选自王寅《十岳山人诗集》卷二，明万历十六年（1588）刻本，《四库全书存目丛书》收入集部第79册。

老竹岭位于两山回合之间，岭东之水流入太湖，岭西之水流入新安江，为新安江支流昌源水发源之一。昌源水自东向西流经老竹铺、三阳、杞梓里、唐里、石潭、昌溪、定潭，至深渡汇入新安江。老竹岭旧为徽杭要道，山势陡峭，蜿蜒一线，借人力凿治，为"一夫当关，万夫莫开"之地。此诗写的是明嘉靖三十三年（1554）倭寇犯入歙县境内，老竹岭虽有村社子弟据守，却被倭寇攻入之事。感叹老竹岭虽然地势险要，但由于守御非其人，照样会被敌寇侵入。表达了对倭寇入侵行为的愤怒，情感激励，鼓舞人心。

老竹岭，高插天，

缥缈浮云连。①

青峰丹嶂绕矛戟，

石凿鸟道羊肠悬。②

道上苍藤不挂之峭壁，

口下白日不照之寒泉。③

此岭之险乃如此，

不异蜀道难攀缘。④

昨朝忽传海寇至，

儿戏长躯太容易。⑤

① 以上三句言：老竹岭山势高雄，直插天空，与那缥缈的白云相连。

② 以上二句言：老竹岭就像矛戟一样高耸云霄，底下众多山峰罗列围绕，人们从崖石间凿出的羊肠小道好像悬挂在空中。

③ 以上二句言：老竹岭的道路一边是陡峭的石壁，上面连苍藤也不能生长；另外一边是深不见底的悬崖，崖下的泉水终日见不到太阳。

④ 以上二句言：老竹岭是如此的险要，与蜀道之难以攀爬毫无区别。

⑤ 以上二句言：昨天突然传闻日本海寇到了歙县地界，虽然个子矮小如同孩儿，却能很轻易地将身材高大的人打败。

断发朱衣五十人，

推倒藩垣作平地。①

一夫当关，万夫莫开，

从古已然，今独何哉？②

其险可恃，守御或非才。③

良家子弟奋咆吼，

村社黄旗各称首。④

分兵争逐陈网罗，

乘间残生一宵走。⑤

三年海上俱战场，

蔓延又见山中殃。⑥

么魔岂真不可当？

① 以上二句言：这些海寇剪着短发，穿着朱红色的外衣，仅有五十个人，却将郡县守卫者击败赶走，进入境域，毫无阻拦，如同平地。

② 以上二句言：老竹岭这地方一人守着关隘，上万人也攻打不进来，自古以来皆是如此，这次怎么竟让海寇大摇大摆地进了关？

③ 以上二句言：老竹岭的险要是可以依赖的，然而专靠地势，而守御者没有指挥的才能，如何能行？

④ 以上二句言：当良家子弟听到海寇入关的消息，都奋勇地咆哮吼叫，表示非要驱除出去不可，于是各村各社竖起黄旗，各自为首，前往征讨。

⑤ 以上二句言：各村社的子弟们沿着各自的路线前往驱逐，并布下天罗地网。然而海寇乘着间隙残害生灵，在一个晚上逃走了。

⑥ 以上二句言：从嘉靖三十一年开始，海寇初犯漳州、泉州，至今已有三年，现在海寇又蔓延到歙县万山之中，让百姓遭受灾殃！

尔曹尔曹恣猖狂。[①]

休云腐儒满岩廊，

亦有虎视与鹰扬。[②]

螳螂虀粉谁哀伤，

尔曹敢比匈奴强。[③]

牧马渐自远边疆，

我明历数歌正昌。[④]

购得宝剑双龙藏，

时时斗次腾晶光。[⑤]

无由出匣献天王，

直欲斩枯海，

肯使只舰还东方。[⑥]

---

① 以上二句言：这是些什么样的妖魔，难道真的不可以抵挡吗？你们这些妖魔，你们这些妖魔，在我们九州的地域内恣意地猖狂。

② 以上二句言：不要以为朝廷里满是迂腐的儒生，也不缺乏那威武的将帅，他们正准备大显身手，一决雌雄。

③ 以上二句言：你们这些妖魔，不过是螳螂挡臂，到时定让你们粉身碎骨，哀伤不已！以前匈奴前来侵犯，都被打败，你们这些人能比匈奴还强大吗？

④ 以上二句言：匈奴放牧离疆界越来越远，不敢有所触犯，我大明王朝现在正是繁荣昌盛之际。

⑤ 以上二句言：用重金买得双龙宝剑藏在身上，宝剑的光芒时时射向天空中的斗宿。

⑥ 以上三句言：我这宝剑啊！只是没有从匣中拿出献给当今天子，如果可行的话，直将海中的盗寇斩杀，尸身堆满，使得海水变枯，让海寇的船舰滚回东方的日本国。

大屏山

胡宗宪

春晴无日不登山，

曲径崎岖费跻攀[1]。

馥馥[2]岩花迎我笑，

欣欣[3]壁草为谁颜。

金山半出青霄上，

乳水中流白石间。

落日空烟清兴杳，

沉吟此地不知还。

选自嘉庆《绩溪县志》卷十一《艺文志》，（清）清恺编撰，徐子超等点校，黄山书社2010年版。

胡宗宪（1512—1565），字汝贞，号梅林，龙川人。明嘉靖十七年（1538）进士，官至太子太保、兵部尚书。辑著《筹海图编》，另著有《三巡奏议》《督抚奏议》《忠敬堂汇录》等。

大屏山位于绩溪县城东面，扬之河畔。本诗描写了诗人登临大屏山时的时间与过程。岩花、碧草、青山、涧水构成了一幅行春图，面对家乡秀丽的景色，不由生出隐逸之心，放情山水，吟诗作赋。

① 跻攀：攀登。
② 馥馥：形容香气很浓。
③ 欣欣：草木茂盛貌。

岩溪筏游

方弘静

选自方弘静《素园存稿》卷二,《四库全书》本。

方弘静(1517—1611),字定之,号采山,歙县岩寺(今属徽州区)人。明嘉靖二十九年(1550)进士,授东平知州,官至南京户部右侍郎。著有《素园存稿》18卷、《千一录》。

岩溪指丰乐河在岩寺一段的流域。岩寺之东为水口,有凤山,形如飞凤舒翼,丰乐水东注,借此回澜。凤山水口溪流湍急,风水不利,里人筑桥、塔、台、榭以为砥柱,谓神皋塔如簪笔,凤山台如横砚,桥平如纸张,而凤山则如列几。桥建于明嘉靖十五年(1536),为里人佘文义所建,称"佘翁桥"。此诗言在春日上巳节时,诗人与当地群贤在凤山下丰乐河里聚会放筏游乐的情景,由佘翁桥起义赞扬里中贤者。山水清淑,良辰佳节,更有里贤,可谓人生乐事。

青阳舒淑景,

百卉纷以蕃。[①]

东皋[②]何丽佳,

飞甍[③]带长川。

先圣美里仁,

况乃偕群贤。[④]

令节[⑤]值熙时,

异彼永和年[⑥]。

倚槛泛中流,

① 以上二句言:春天舒展开了美丽的画卷,各种花卉纷纷盛开。

② 东皋:水边向阳的高地。此代凤山。

③ 飞甍:佘翁桥初建时桥中建有楼榭,飞檐翘角,耸立于溪流之上。此代佘翁桥。

④ 以上二句言:孔子曾说过:"里仁为美。"岩寺就是这样一个有仁德的好地方,何况今天与众多的德才兼备者在一起,更是人生美事。

⑤ 令节:此代农历三月三日上巳节。

⑥ 永和年:指东晋永和九年(353)上巳节时著名的兰亭会。

水哉清且涟。[1]

磷磷信见底，

皦若明镜牵。

层峤峻可攀，

翩然据其巅。

天都去尺五[2]，

思抚洪厓[3]肩。

谡谡松下风，

蔼蔼原上烟。

剧谈竟日夕，

理畅真自全。

嘉会讵云易，

染翰志斯篇。

---

① 以上四句言：在这春光明媚的上巳节里，诗人与群贤并没有像王羲之撰写的《兰亭序》所说的那样，曲水流觞，诗酒唱酬，而是倚靠着竹筏上的栅栏在丰乐水中泛游，溪水清澈，微波荡漾，悠闲自得。

② 天都：黄山天都峰，代黄山。尺五：一尺五寸，形容距离很近。

③ 洪厓：亦作洪崖，传说为黄帝大臣伶伦的仙号。

新安江支流丰乐河(徽州区岩寺)　徽州区委宣传部提供

里中祀张睢阳，岁七月二十五日夜以荷叶灯赛神，两市辉连如元夕，不知其所始也，小诗纪事

方弘静

选自方弘静《素园存稿》卷六，《四库全书》本。

岩镇旧时每年七月二十五晚祭祀张巡，用荷叶灯进行赛神。丰乐河两岸灯火通明，景观如元宵节。按：张巡（708—757），邓州南阳人。唐朝名将，安史之乱，起兵守雍丘，抵抗叛军。其后，因叛军南侵江淮屏障睢阳，张巡与许远在内无粮草、外无援兵之下，死守睢阳，有效地遏制了叛军南犯之势，保障了唐朝东南安全。卒后，尊称为通真三太子。因张巡与许远有保境安民之功，各地建庙祭祀，以求风调雨顺。清代佘华瑞《岩镇志草》亨集载岩寺在南宋时期就建有双烈庙，用以赛神。此诗描写了岩寺赛神壮观的场面。

英灵世不忘，俎豆[1]俗相将。

市散横塘叶[2]，灯交列宿[3]光。

江淮存旧烈，耆老赛新凉。[4]

缅忆髫年日，肩随十里香。[5]

① 俎豆：俎和豆，为古代祭祀、宴会时盛肉类等食品的两种器皿。此代奉祀。

② 横塘叶：水塘中的荷叶。

③ 列宿：天上的星宿。此代荷叶灯多，如天上的星星。

④ 以上二句言：张巡因坚守睢阳保障江淮的安全而英勇牺牲，千百年后，村中年高德尊者每逢天气初凉的新秋就会忙着组织赛神祭祀活动。

⑤ 以上二句言：诗人回忆起年幼赛神之时，追随着游神的队伍，在袅袅香烟之中走上十多里路。

吴仲实泛舟放筏溪上七律二首

沈明臣

歙西之溪南，乃山水佳处。自古无舟楫之游，而舟楫之游，乃从吴君仲实[1]始。事详汪司马《水嬉记》[2]中。今年万历乙酉[3]春，予与郭次父客其地，于正月廿有七日，仲实复为是游。舟坐者八九人，筏而幕坐者六七人，乐部前导，逆挽上前，溪十数里，乐任人为，酒行无算。日暮未还，烛已跋，于是沈生赋诗二章，用以纪胜。而次父同声，实为佳唱。是日也，乃仲实长生之辰，其子润卿治具，二美四难，具有之矣，愧无右军[4]之笔以垂会稽之名耳！

选自沈明臣《丰对楼诗选》卷二十，《四库全书存目丛书》收入集部第144册。

沈明臣(1518—1596)，字嘉则，号句章山人，鄞县(今浙江宁波)人。与王叔承、王稚登同称万历年间“三大布衣诗人”。著有《丰对楼诗选》43卷。

西溪南旧属歙县西乡，其地位于丰乐水之南，故又称丰南。丰乐水为新安江支流，南流至徽州府城外太平桥汇入练江，经渔梁入浦口，融入新安江。明万历十三年(1585)正月二十七日，沈明臣与白榆社诗友苏州郭次父游丰南，吴虎臣之侄吴仲实为准备竹筏及其用品作水上游，一路箫歌，欢饮畅叙，恰巧此日为吴仲实生辰，仲实之子为办酒食。可谓良辰美景，赏心乐事，四美并具；贤主嘉宾，二难不缺。

一

风气山川闭，风流君独开。

《水嬉》传胜赏，宅泛待今来。[5]

---

① 吴仲实：名时芳，字仲实，布衣诗人吴守淮侄。太学生，任鹤庆府通判。

② 汪司马：汪道昆，字伯玉，歙县千秋里松明山(今属徽州区)人。官至兵部左侍郎，兵部在《周官》为司马之属，故称。所著《太函集》卷七十四《水嬉记》载万历五年(1577)九、十月间，吴仲实邀汪道昆等人放筏丰乐，进行水嬉。其时，歌声度野，金鼓震天，观望者猬集，酒行无算，灯火相继。

③ 万历乙酉：即万历十三年(1585)。

④ 右军：王羲之，字逸少，官至会稽内史，领右将军，故称。为东晋著名书法家，有“书圣”之称。永和九年(353)与众多贤才修禊会稽山阴之兰亭，所撰《兰亭集序》，具有极高的艺术价值和历史地位。

⑤ 以上二句言：汪道昆所撰的《水嬉记》中有着许多美景胜事，今日诗人将以船为家，泛舟丰乐水上，尽兴游玩。

预祓前朝禊，先流上巳[1]杯。

碧天青嶂里，黄帝有高台[2]。

二

逆上白云溪，牵花百丈[3]低。

杯盘春水上，箫鼓夕阳西。

金谷[4]人何似，兰亭会可齐？

赠贻无芍药，《溱洧》[5]不教题。

① 上巳：古时以阴历三月上旬的巳日为上巳节，人们在水边游玩采兰，清洁身体，用以驱除邪气。魏晋以后，固定以每年农历的三月初三为上巳节。此日，人们在水边以曲水流杯进行宴饮。

② 高台：指黄山黄帝炼丹台。

③ 百丈：牵船的篾缆。

④ 金谷：原指晋代石崇所筑的金谷园。此借仕宦文人游宴的场所。

⑤《溱洧》：为《国风·郑风》中的一首诗，写郑国三月上巳节青年男女在溱水和洧水岸边游春的诗歌。

上滩行

沈明臣

新安新安江水连，

三百六十滩在天，

新都[1]缥缈高若悬。

上滩三老[2]分青钱，

雇值百丈牵紫烟。

狼牙虎踞刀剑[3]全，

巨者利齿小亦拳，

雪浪溅人雷迸船。

篙师着篙篙欲千，

一尺一步寸莫前。

白日欲黑眼欲穿，

选自沈明臣《丰对楼诗选》卷八，《四库全书存目丛书》收入集部第144册。

新安江中一滩又一滩，一滩比一滩高，共有三百六十滩，滩石林立，步步难行。尤其秋冬季节，从钱塘江溯流而上，更是进十步退九步，纤夫嘶哑着口号，以几人之力拉着舟船前行。沈明臣为胡宗宪幕僚，与汪道昆交好，为白榆社成员之一，时常从浙江到徽州，历经新安江多次。此诗即沈明臣从新安江到徽州时所作，描写了新安江落差之大，滩石之多，如狼牙虎踞，如刀如剑，如利齿如拳头，溪流从滩石上往下冲，激起巨大的漩涡，稍不细心，就将船儿打翻，可见上滩之艰难。

① 新都：新都郡，徽州的前身。这里代指徽州。
② 三老：船上的舵工。唐杜甫《拨闷》："长年三老遥怜汝，捩舵开头捷有神。"明末清初仇兆鳌《杜诗详注》："蔡注：'峡中以篙师为长年，舵工为三老。'邵注：'三老，捩船者；长年，开头者。'"
③ 狼牙、虎踞、刀剑：形容滩石危险的形状。

啼猿断壁闻哀弦。[1]

谁家独住青嶂边，

十月花开红可怜，

一声鸡叫层云颠。[2]

① 以上三句言：眼看白日将尽，天黑看不清水面，船儿更不能走。此际，行客真是望眼欲穿，而两旁山峰传来猿啼声声，如同悲凉的弦乐。

② 以上三句言：到了天明，忽然看见人家居住在青翠的山谷里，初冬十月还开着可爱的红花，在那白云飘浮的地方传来鸡鸣之声，原来是到了徽州！

登岩镇中天积翠阁远眺浮屠

田艺蘅

积翠[1]瑶天十二楼，

峥嵘岩镇即蓬丘[2]。

山人海上来玄鹤，

玉帝云中驾赤虬。

三阁[3]似珠联北极[4]，

双溪[5]如练绕南州。

驰神不觉登临久，

恍挟飞仙汗漫游。[6]

选自田艺蘅《香宇集》卷十九《己未稿》，北京图书馆藏明嘉靖年间刻本。

田艺蘅(1524—?)，字子艺，钱塘(今浙江杭州)人。约明万历七年(1579)以岁贡生为歙县训导，时年已56。著有《品嵓子小传》《留青日札》《大明同文集》等。

歙县岩镇(今属徽州区)地处新安江支流丰乐河畔，凤山为水口，为整治风水，于脊上筑凤山台，台上建三榭，中奉北极紫微玉虚帝君，里人郑佐题"中天积翠"。凤山台之左建三元阁，高与榭齐；台之右为后土祠。又于凤山台之北建七级浮屠雁塔，高耸秀拔，以为障空补缺。明嘉靖三十八年(1559)春正月，田艺蘅从钱塘来齐云山祈福，路经岩镇，登凤山台中天积翠阁远眺神皋塔。前四句描写凤山台上的中天积翠阁如蓬莱仙岛，仙人玉帝时常降临。接着两句描写中天积翠阁所处地理位置，近与三元阁相连，其外有双溪环绕。最后两句感慨登临此地，不由得沉醉其间。

① 积翠：翠色重叠，形容草木繁茂。

② 蓬丘：古代汉族神话传说中的地名。出自汉东方朔撰的《十洲记》，是虚构的仙境之地。

③ 三阁：指代三元阁。

④ 北极：中天积翠阁内奉北极紫微玉帝君，此代中天积翠阁。

⑤ 双溪：丰乐溪出黄山云门峰，合浮溪、曹溪、阮溪、容溪、汪溪、潨溪、笙溪、琴溪诸溪流经岩镇，另有发源于金竺之颖溪，西北折至西南入茆田，经丛睦，东流过狮山，绕岩镇南山之麓，北折，经通济桥出洪桥，入丰乐溪。

⑥ 以上二句言：在中天积翠阁放眼四望，心神为之痴迷，时间溜走，却感觉不到，如被飞仙挟携着到处游玩。

晚泊九里潭

方承训

潭遐九里滩声远，
道迩三墩茅舍邻。
暮薄昏鸦林改色，
更长杜宇[1]唤归春。
枝卑噪乱惊投水，
月落啼残惨动人。
忽梦拈书除纲裹，
雨鸣蓬响觉侵晨。

选自方承训《复初集》卷十四，《四库全书》本。

方承训，号郏邮，歙县瀹潭人，生活于明嘉靖至万历年间，以儒入贾，好诗，所至大江南北皆有创作。著有《复初集》。

九里潭位于新安江边，今属歙县深渡镇凤池村，因潭长九里，故名。从九里潭溯流舟行至绵潭、漳潭、浦口，经练江可至徽州府城；其陆路从棉溪过三墩桥，沿大阜、瞻淇、渔梁到徽州府城。方承训经商在外，因挨年摊派赋役解粮之事，溯新安江舟行回家时所作。虽路近家门，却毫无喜悦之情，反因差事临头而感到百般无奈。诗中写到：晚上舟船所泊之处，因潭长九里而远离喧哗的滩声，此处陆行至徽州府城，离棉溪三墩桥不远，江边近处即有茅舍。傍晚，乌鸦归巢，栖息林中，天色也很快黯淡下来；杜宇的啼叫声在夜色里显得更为凄厉久长，那是在呼唤春天的归来。江风吹拂着岸边低垂的枝叶，成群的鱼儿受到惊吓而乱窜，在江面上跳着水；月亮落山，乌鸦发出凄惨的啼叫声，直让人心颤动。忽然梦见自己拿着书信，上面写着免除征粮的差役，还没来得及高兴，就被雨点打在船篷上发出的声响给吵醒，睁眼一看，已是早晨。诗中所用“昏鸦”“杜宇”“噪乱”“啼残”“雨鸣”等词语，颇为凄凉。

① 杜宇：俗称杜鹃，就是布谷鸟。相传这种鸟是上古时代蜀地的一个帝王变的，名叫杜宇。

过白石岭遇雨

方承训

役促舟停白石村，
石光烂烂虎盘尊。
兴缨徙倚题初得，
雨溢滂沱势覆盆。
瀑布千山悬涧落，
流虹百浦佐江昏。
晴天驶变成云黑，
恍觉诗神速雨翻。

选自方承训《复初集》卷十四，《四库全书》本。

白石岭位于新安江边，今属歙县武阳乡，因岭石光亮洁白，故名。新安江沿岸白石岭至街口在明嘉靖年间属三十都，方承训的家乡瀹潭属三十五都，其时孝女乡由三十都、三十一都、三十五都、三十六都组成，可见方承训是承差征收孝女乡农户粮食而过白石岭。此诗描写征粮舟行新安江遇雨的情景。滂沱大雨如覆盆，顿时，新安江两岸群峰涧水如瀑布飞奔而下，夹着泥水的洪流将清澈的江面变得浑浊。诗人本想题诗白石村景，忽被突发其来的暴雨转移视线，诗思潮涌，速然成句。诗中写到：因差役征粮将舟船停靠在白石村，那洁白闪亮的岩石高出岭表，如巨虎盘踞。我当差更换成儒衣冠，首次出来征粮到白石村，不免徘徊着想题写一些感想；此时，雨点猛然下落，势如倾盆。新安江两岸群山涧水汹涌，如瀑布悬挂；上百条夹杂着泥沙的溪涧如流动的长虹涌向新安江，清澈的江面顿时变得浑浊。刚刚还是大晴天，突然就乌天黑地，恍然觉得刚想题诗，诗神就火速地召来了雨神，翻天覆地、痛快淋漓地下了一场暴雨，以成就诗篇。

元日游梓潼山次苏文定公韵

陈应期

选自嘉庆《绩溪县志》卷十一《艺文志》,(清)清恺编撰,徐子超等点校,黄山书社 2010 年版。

陈应期,明代绩溪县教谕。

梓潼山,一名梓潼屏,原名楼台山,明万历十年(1582)建"梓潼真君庙",改今名。位于绩溪城东扬之河东岸,海拔 380 米。明弘治年间《徽州府志》记载:"状若楼台,上有白石耸立如人,又有梓潼庙,故名。"庙早圮,清初复建文昌祠、魁星楼于半山之白石坪,今圮。此诗描写了作者春节之日登临梓潼山的所见所感,表达了建功立业的愿望。诗人年少时放逸不羁,像半个遁世隐居的人,在冷寂的衙署中独自吟诗,晴窗之下读书就是清贫又何妨。溪水在树丛中流过,发出汩汩的声音;群峰之上,云彩像鱼鳞一样层层排列。诗人清晨登上昆仑楼,见一夜之间山岭上梅花盛开,报道春天的讯息。

自少清狂半逸民,

接䍦[①]长倒醉花神。

闲吟冷署犹疑隐,

读《易》晴窗不厌贫。

绕树溪声流汩汩,

乱山云影簇鳞鳞。

昆仑楼[②]外来青蚤,

一夜梅开岭上春。

---

① 接䍦:白帽也,䍦,同"篱"。

② 昆仑楼:即昆仑十二楼,明万历十年(1582),鄣山诗社汪士达、汪士仁、冯士钦、胡桂芳、胡化中、胡廷勋、胡廷廉、唐正音、高有位、郑汝砺、郑汝梅、张应寿等12人建真君庙于梓潼山麓,庙后筑楼,名昆仑十二楼,后圮。

大屏山行

陈应期

长阳子夜吹寒灰，
融融日色春欲回。
笋舆徐出东郊外，
散行踏破苍莓苔。
子来亭下清乳流，
石子滩头立白鸥。
斜穿竹径过村坞，
遥望屏山云满楼。
抠衣上土何崔嵬[1]，
石亭小憩方徘徊。
空山宁问东道主，
汝藩伯仲胡为来。
相携转展巉崖磴，
载酒已到高阳台。
两阶夹树千株桃，

选自嘉庆《绩溪县志》卷十一《艺文志》，(清)清恺编撰，徐子超等点校，黄山书社2010年版。

大屏山，位于绩溪城东扬之河东岸，山峰广列如屏，海拔463米。半山有观音庙，50年代初毁。西麓东山书院，新中国成立初期圮。大屏山东起石照山，石照山南连石屋山、唐金山。本诗描写了诗人游览大屏山的所见所感。冬日气候阴寒，趁着天气逐渐变暖，春天即将到来之际，乘轿缓行于东郊之外，清流、白鸥、竹径、云彩构成一幅美妙的图卷。大家相互搀扶，拿着酒，沿着山崖的石阶登上了高台，石阶的两边是茂密的桃树、松树等，山风劲吹，松涛阵阵。风和日暖，有数朵梅花已绽放枝头。诗人借景抒情，感叹关羽的悲剧人生，顾影自怜，虽年近半百却除了发发牢骚之外别无他法，还是借酒消愁吧。

① 崔嵬：高耸貌；高大貌。

松梢几阵涛声高。
和风扇暖晴岚晓，
数朵梅花开未了。
芳菲烂漫应有时，
花神订我三春期。
看花欲醉深山中，
一杯先酹美髯公。
匹夫撑拄半壁汉，
千秋泪洒悲英雄。
余也五须亦近之，
半世牢骚两鬓丝。
人生成败难逆数，
且把清尊破愁府。
闲谭今古酒数行，
大风陡起云飞舞。
万谷撼动山木摇，
飒然情景非今朝。
狂夫之志常嚣嚣，
吴歈[1]一曲同归樵。

① 吴歈：指春秋时期吴国的歌。

四望楼纪游四首

汪道昆

春夜同程司徒观灯

盈盈卿月[1]逐车来，

冉冉官梅傍阁开。

欻忽烛龙回陆海，

分明结蜃出楼台。

巡檐[2]细数银花树，

列炬平分竹叶杯[3]。

槛外彩云低不度，

俄看双凤下蓬莱。

① 卿月：此指月亮的美称。
② 巡檐：在檐前来回地查看。
③ 竹叶杯：杯中斟着如同竹叶般浅绿色的酒。

选自汪道昆《太函集》卷一百十八，胡益民、余国庆点校，黄山书社2004年版。

汪道昆（1526—1593），字伯玉，号太函，歙县千秋里松明山（今属徽州区）人。明嘉靖二十六年（1547）进士，官至兵部左侍郎。文学成就上与王世贞并称"汪王"。著有《太函集》120卷、《南溟副墨》24卷等。

四望楼位于歙县西乡丰乐水边潭渡村，主人黄正祖热情好客，客至，必馆于此。汪道昆时常寓居四望楼，有时一宿十多日。从潭渡溯丰乐水而上，可达汪道昆家乡松明山及黄山䍐中。四方名流拜访汪道昆者，亦常过四望楼。名将戚继光、状元秦鸣雷、文学家龙膺、徽州知府董石等，皆曾为四望楼宾客。

程司徒即程嗣功（1525—1588），歙县槐塘人，明嘉靖二十六年（1547）进士，授武康知县，官至户部右侍郎。潭渡在元宵节有游烛龙赛社的风俗，用以祈祷风调雨顺。烛龙以灯笼为龙身，五个一排，凡有百排。两条烛龙在村中绕圈之后，相遇于孝子祠前，进行表演。此时，鼓吹喧天，爆火轰鸣。此诗描写舞烛龙的盛况。

夏日同戚少保纳凉

千年河朔[1]兴谁同，十日平原[2]酒不空。

岸帻[3]当楼延爽气，披襟入坐拥雄风。

凉生冰雪神人境，目极烟霞帝子宫。

握手相看俱白发，逢人莫漫赋《彤弓》[4]。

戚少保即戚继光(1528—1588)，字元敬，号南塘，晚号孟诸，山东登州人。明代著名抗倭将领、军事家。明嘉靖四十一年(1562)，"倭寇"占据横屿岛，福建沿海相继沦陷。汪道昆赴浙请援，浙江总督胡宗宪派总兵戚继光率兵8000人增援。汪道昆主划策，戚继光主鏖战，两人在合作中结下了深厚的友谊。万历十三年(1585)，戚继光因被给事中张希皋弹劾而遭到罢免。八月，戚继光访汪道昆于歙县。两人过歙县县城汪道昆寓所太函山，又至汪道昆故乡千秋里豪饮，共建肇林禅院，其间曾在潭渡四望楼消暑纳凉。此诗即作于此际，表达了相逢的喜悦之情。

中秋速董府君对月

铜鞮[5]处处踏歌新，天末凉风到白苹。

禾黍行边车五马[6]，河山望里月重轮[7]。

南楼地主依元亮[8]，东海波臣纵季真[9]。

中夜乘槎[10]秋水落，金波袅袅石粼粼。

董府君即徽州知府董石，麻城人。明万历十六年(1588)由秋浦同知就近任徽州府知府，十月履职。万历十九年(1591)上京入计，为人所弹劾，万历二十年(1592)被罢官。汪道昆撰文为之抱不平。在徽州时，与汪道昆相与往来，万历十八年(1590)十一月，董石到潭渡，过唐孝子黄芮庐墓处，有所感慨，于是让汪道昆撰写《有唐黄孝子庐墓墓域碑》，刻石立碑，以为教化。今碑存潭渡黄宾虹故居。四望楼匾额即董石所书。此诗为董石在徽州府任期内，汪道昆邀请其至四望楼赏月所作。前四句赞美知府董石有善政，徽州府到处是新气象；后四句写自己不过是被朝廷遗忘者，依傍着四望楼主人，就是有志向也不能实现，用以激催董石前来赏月。

① 河朔：河朔饮。指夏日避暑饮或酣饮。三国魏曹丕《典论》："大驾都许，使光禄大夫刘松北镇袁绍军，与绍子弟日共宴饮，常以三伏之际，昼夜酣饮，极醉，至于无知，云以避一时之暑。故河朔有避暑饮。"

② 平原：指平原君赵胜，为战国四公子之一。

③ 岸帻(zé)：推起头巾，露出前额。形容态度洒脱。

④ 彤弓：为《诗经·小雅》中的一首诗，宴会上所唱，描述天子赏赐诸侯彤弓，并设宴招待的情景。此际，汪道昆闲赋在家，戚继光又被罢免，两人皆不再获得天子的宴赏，亦不得唱《彤弓》之诗。

⑤ 铜鞮：在今湖北襄阳，代襄阳。此代徽州府境域。

⑥ 五马：汉代太守乘坐的车用五匹马驾辕，后借指太守的车驾。此代徽州知府董石。

⑦ 重轮：指月亮周围的光线经云层冰晶折射而形成的光圈，古人认为这是祥瑞之象。此指董石为一郡父母官，有善政，天象呈瑞。

⑧ 元亮：陶渊明，又名潜，字元亮，东晋南朝宋诗人、辞赋家。曾任彭泽令，后因不为五斗米而折腰，隐居不仕。代四望楼主人黄正祖。

⑨ 季真：战国时稷下人。《庄子·则阳》载其学说以道本自然，人力莫为干预。此代汪道昆。

⑩ 乘槎(chá)：乘坐竹、木筏。

冬日陪董府君对雪

群玉山[①]头雪渐深，

相将乘兴入山阴[②]。

当筵敢负梁园[③]赋，

比屋争传郢客[④]吟。

一任花神良夜散，

莫教菜色苦寒侵。

郊关不用呼篝火，

树杪河干月未沈。

董府君即徽州知府董石。徽州在丛山之中，山多地少，丰收年份，粮食亦不够食用，何况歉收之年！董石管辖一府六县，责任重大。俗话说："瑞雪兆丰年。"冬日一场大雪，给董石带来了无比的喜悦，与汪道昆相将到郊区潭渡四望楼看雪。前四句言雪后的山头如神仙所居，一路行去，好像在山阴道中，应接不暇；而此际，人们吟诗作赋以歌颂丰年。后四句言诗人与董石直到夜晚还在观赏雪景，希望雪花继续飘洒，保证丰收。晚上积雪已经很厚了，从郊外回府城的路上，因白雪的反射，相当明亮，不需要篝火照明。此诗表达了诗人对丰收的憧憬与欣喜之情。

① 群玉山：传说为西王母所住之处。此代大雪覆盖着的山峰。

② 山阴：即山阴道，为浙江绍兴附近的古代官道。山水清奇，历代文人多有吟咏，东晋王献之称："山阴道上行，山川自相映发，使人应接不暇。"此代歙西潭渡一带山川秀丽，如入画图。

③ 梁园：在今河南商丘县东，汉梁孝王刘武所筑，为游赏与延宾之所。

④ 郢客：比喻格调高雅的诗文。语出宋玉《对楚王问》："客有歌于郢中者，其始曰《下里巴人》，国中属而和者数千人；其为《阳阿》《薤露》，国中属而和者数百人；其为《阳春》《白雪》，国中属而和者不过数十人；引商刻羽，杂以流徵，国中属而和者，不过数人而已。是其曲弥高，其和弥寡。"

万年桥

汪道昆

选自汪道昆《太函集》卷一百十五，胡益民、余国庆点校，黄山书社2004年版。

万年桥位于徽州府城北门外的扬之河上。以“民物阜康，万年永固”命名为“万年”。发源于绩溪的扬之河纳歙北布射水、富资水绕城东北而流，与源出黄山之丰乐水相汇，入练江，下浦口，与浙江合流为新安江。万年桥古为徽州府通往太平、省城安庆要道，亦为城北百姓往来交通便道。旧有木桥，每遇洪水则冲毁，甚不方便。明隆庆五年(1571)，已建成九门十垛，因资金困难，至万历元年(1573)，徽州知府崔孔昕、歙县知县姚学闵再行倡建，于万历六年(1578)建成。百姓为了表彰知府的功绩，于桥头建亭奉祀着崔孔昕。此诗即撰于落成之际。前四句赞扬了徽州知府崔孔昕筑建石桥有大功劳，接着两句言石桥气势雄伟，最后两句言桥成后，在亭内摆酒庆贺，并以亭作祠奉祀崔孔昕。此诗歌颂了知府崔孔昕关心百姓，解决困难，为民建桥，以通往来。

使君[1]遗泽五溪东，

驱石桥成利涉同。

地踞金汤三辅[2]郡，

天回砥柱万年功。

参差石势疑乌鹊，

缥缈江流见白虹。

亭上至今留醉处，

莲花面面似山公[3]。

---

① 使君：指徽州知府崔孔昕。

② 三辅：泛指京城附近地区。徽州府于明代隶属南直隶，故称。

③ 山公：山简，时人称山公，字季伦，东晋“竹林七贤”之一山涛幼子。性嗜酒，镇守襄阳，常游高阳池，饮辄大醉。此代知府崔孔昕在桥城之时，因高兴而酩酊大醉。

屯溪放舟过孙从周别业

汪道昆

十里樯乌[①]万竹林，
扁舟乘兴入山阴。
经秋夹岸芙蓉老，
落日孤村薜荔深。
倾盖[②]谁堪忘去住，
投簪[③]吾已任浮沈。
狂来却笑南阳卧[④]，
莫谩当杯《梁甫吟》。

选自汪道昆《太函集》卷一百一十三，胡益民、余国庆点校，黄山书社2004年版。

明嘉靖四十五年(1566)六月，汪道昆在福建巡抚任上因受弹劾而被罢归，至隆庆四年(1570)二月始起复郧阳巡抚。其在歙县乡居近四年，创建丰干诗社。隆庆三年(1569)六月一日，汪道昆与吴虎臣、汪仲淹、汪仲嘉等人登锡山，然后从尤溪乘舟过南溪南，于江民璞家吃中餐，其时，民璞之弟江瓘已故去五年。午后，乘舟沿流东下，至孙从周别业。孙从周种竹四十亩，竹中建草堂以居。次日，沿流东下十里，至王村，寻王寅不遇。复乘舟而下，于雄村渐江边停舟，登城阳山，拜谒许宣平祠。

① 樯乌：原指桅杆上的乌形风向仪，此代舟船行驶。
② 倾盖：此指初次相逢，一见如故。
③ 投簪：丢掉用来固定冠子的簪子，比喻弃官。
④ 南阳卧：三国时期蜀国丞相诸葛亮躬耕南阳，号称卧龙。此为诗人自比于诸葛亮，等待东山再起。

石屋山

汪道昆

选自嘉庆《绩溪县志》卷十一《艺文志》，(清)清恺编撰，徐子超等点校，黄山书社2010年版。

石屋山位于绩溪县城东，扬之河畔，海拔475米，顶有石穹窿如台、如屋，故名。前山有泉水，山谷中有流云洞。此诗通过描写登临石屋山的所见所感，表达了诗人寄情山野、著书作文、享受隐逸生活的愿望。

石壁高无际，悬崖有小居。

烟霞迷曲磴，风雨避精庐[①]。

野老从分席，山灵待著书。

楚宫[②]遥一望，赋客[③]近何如？

---

① 精庐：佛寺；僧舍。

② 楚宫：代指屈原。

③ 赋客：古代对辞赋作者的尊称。

雨后游祥云洞呈汪履卿

祝世禄

有客乘春春日午，

步入洞天谁洞主？

能红能白花半酣，

如兕[1]如虬石欲舞。

虚壁长屯五色云，

悬崖仄挂千年树。

夜来霹雳动龙湫[2]，

为作前村一犁雨。

选自嘉庆《绩溪县志》卷十一《艺文志》，(清)清恺编撰，徐子超等点校，黄山书社2010年版。

祝世禄(1539—1610)，字延之，号无功。江西德兴人，明万历十七年(1589)进士，授休宁知县，历尚宝司卿。工诗，善草书。著有《环碧斋诗集》3卷、《环碧斋尺牍》3卷、《环碧斋小言》等。

祥云洞位于绩溪县西部12公里处，今华阳镇九里坑，为绩溪古华阳十景之一，历史上以"祥云洞天"著称。祥云洞分上、下两洞，上洞奥旷如厦，可容百人，螺旋而上，顶有牖；下洞略小，山脚复有小洞，人匍行可入，曲折深邃。洞中钟乳林立，石幔、石乳、石笋琳琅满目，如覆钟，似佛手，像群兽，鬼斧神工；洞内还有一高达58米的瀑布，远望似天上银河，近看如莲花万朵，祥云洞以奇、险、秀、丽而著称。洞前原有庙宇、石坊，今圮，庙改民居。祥云洞之水汇入大源河。本诗主要描绘了祥云洞云蒸霞蔚、鬼斧神工一般的自然景色，抒发了诗人对自然的热爱以及对民生的关注。

① 兕：古代的一种酒器。

② 龙湫：上有悬瀑，下有深潭，谓之龙湫。

新安江支流登源河(绩溪县龙川)　潘成摄

仰山谒志公偕潘景升赋

程可中

选自程文举编《仰山乘》卷四，明万历二十九年（1601）刻本。

程可中，字仲权，明万历年间休宁县汉口人。善诗工书，著有《汉上诗集》10卷、《文集》22卷。

仰山位于休宁县南八十里穷源深谷间，中有平衍百亩，群峰环拱，状若莲花，亦称莲花山。其水经显亭、上湾、藏溪、堨头、观音桥、双溪口，与连岭水汇，过小姑潭入率水。仰山为佛教名山，梁武帝时，传说高僧宝志公在此开山，与少林、曹溪齐名，在徽州与黄山、白岳鼎立。唐乾符六年（879），高僧慧寂重兴道场。明隆庆三年（1569），汉口程、毕、吴三姓重建仰山寺，皇太后赐渗金佛一尊。寺内有张僧繇为宝志公所绘画像，并有梁武帝御笔新题。殿堂巍巍，亭台楼阁十余处，开辟出狮崖、龙井等景点四十余处，摩崖诗词百余首，并纂修《仰山乘》，号称新安第一寺。此诗首六句言仰山出名很早，与黄山、大鄣鼎立，可是《图经》却没有记载。接着言仰山景物，山峰高峻，形如莲花，瀑布飞悬，溪流清浅，其下村庄百余座，向来就有神物潜藏，况且刚建成佛殿。最后六句劝告人们不必去追寻远方的胜景，在仰山各种景象都有，豺虎以幽壑为宅，在佛教的熏陶之下并不出来伤害人，而深潭中的潜龙在灾旱之时又能带来甘雨。

域内举名山，灵秀多晚见。

《图经》一何略，攀跻迹亦鲜。

黄山及大鄣，鼎立岂云谫。

万仞青芙容，两曜半岩闪。

悬泉泻银汉，星桥度清浅。

塘落百余区，俛从履綦转。

夙安神物潜，况得佛事葳。

奚待穷十洲[1]，即此已成缅。

绝径翳篠箭，幽壑宅豺虎。

下有潜龙泓，颇能施甘注。

① 十洲：道教所称的大海中神仙居住的十处名山胜境，此代仙境。

三月三日同丰干诸君放筏作

方于鲁

芳辰届元巳[1]，祓濯丰之湄。

迟日澹微波，轻飔一涣之。

曰余从我公，薄言生光仪。

羽觞[2]浮甘醴，安用歠其醨[3]。

风湍有清音，安用竹与丝。

荧荧水沙碧，蔼蔼芳杜滋。

林莽郁萦纡，修岸何逶迤。

附松羡延萝，选石远危矶。

兴瞩神情惬，机忘禽鱼依。

无感昔人游，风流亮在兹。

选自《方建元集·五言古诗》卷一，明万历年间刻本。

方于鲁(1541—1608)，歙县岩寺(今属徽州区)人。善制墨，与程大约、罗龙文、休宁邵格之并称"明代制墨四大家"。著有《佳日楼集》。

农历三月三日上巳节为民间古老传统节日。此日，人们皆至水边祭祀，其后成为水边饮宴、郊外游春的节日。此诗写了作者在上巳节跟从汪道昆放筏游丰乐河所见所感：春日微风和煦，水碧如酒，湍响如乐，沙清草滋，山林萦纡，河岸修长，况且，相陪贵人，如藤萝依附松树，远离危险，怎不欣欣然有无穷乐趣！全诗通过景物描写，感慨陪同贵人游玩的风流乐趣。

① 元巳：农历三月的第一个巳日，即上巳节。
② 羽觞：古代的一种酒器，作鸟雀状，左右形如两翼。一说插鸟羽于觞，促人速饮。
③ 歠：吞食；醨：薄酒。"歠其醨"这里作"饮酒"解。

游龙井

鲍应鳌

飞沫峰头滴翠屏，
一逢幽雅一登亭。
尘空实鼎千年古，
石绕藤萝午日阴。
疋练光分湖上碧，
片云巧作岭头青。
觞流曲水清佳兴，
落木疏篁见远汀。

选自鲍应鳌《瑞芝山房集》卷十三，明崇祯三年(1630)何应瑞、贾大瑞刻本。

鲍应鳌，字山甫，号中素，歙县鲍屯人。明万历二十三年(1595)进士，官至尚宝卿，擢太仆。著有《臣谥汇考》《瑞芝山房集》。

龙井山一名鹤顶山，上建有禹王庙、文昌阁等建筑，为徽州郡治水口山。渔梁坝横亘其下，澎湃之声不绝于耳。此诗前三联描写了游龙井山所见景色：湍溅丛竹，坝亘千年，岩藤蔽日，疋练横江，高峰入云，后一联表达了作者兴致盎然、闲适自得的心情。

披云亭

潘之恒

碎月环桥夹彩虹，

云披水镜画图中。

城新不见推陶雅，

亭古还谁数魏公？

选自许承尧《西干志》卷三，1981年安徽省图书馆古籍部抄录安徽省博物馆藏稿本。

潘之恒(1556—1622)，字景升，歙县岩镇(今属徽州区)人。工诗善书，恣情山水，海内名流无不与之交欢。著有《黄海志》《亘史》《鸾啸集》《涉江诗选》等。

披云亭位于披云峰顶，峰下即为练江。唐贞元末年(804)，歙县张友正居披云峰下，负名德，能文章，宣歙副使魏宏简重其才，为建披云亭。此诗为潘之恒在披云亭观景有感而发。前两句写太平桥倒映在波光粼粼的碎月滩里，那十六个桥洞就像一个个圆环，而桥面就像上、下两道彩虹；天上的云影覆盖在镜面一样的水中，犹如一幅画。后两句感慨今人早已忘却古人的功劳：唐代末年群雄割据，歙州刺史陶雅为保障一州，筑起坚固的城墙，可现在有谁会说起陶雅筑城墙的功劳？在披云亭上看见如此美妙的风光，又有谁能记得当初是魏公选址筹建的呢？

岑山

龙　膺

选自民国《歙县志》卷十六《诗赋》，民国二十六年(1937)石印本。

龙膺(1560—1622)，湖广武陵人。明万历八年(1580)进士，授徽州府推官，在徽州凡六年，后任南京太常寺正卿。著有《龙膺集》，戏剧《金门记》《蓝桥记》等。

岑山位于歙县南十五里，屹立于新安江支流渐江中流。五代吴天祐八年(911)建周流寺。元代学者郑玉建读书楼以居，更名小焦山。其为徽州著名佛教圣地，进香者络绎不绝，盛况可与普陀山南海匹敌，故称小南海。龙膺在徽州与汪道昆亦师亦友，汪道昆倡立白榆社，推龙膺为宰公。白榆社经常举行集会，如登黄山、游白岳、集西溪南曲水园等。此诗描写了诗人在暑天从渐江顺流而下，见岑山四面临水，泊舟游览，景致清幽，清风习习，深为留恋，于是作诗邀请好友到岑山游玩，并以“观澜堪适兴，陟巘好投簪”来表达诗人对岑山强烈的喜爱与留恋。

东下沧波迥，扁舟系碧岑。

中流鱼鸟近，四面水云深。

据石消烦暑，沿洄涤素襟。①

潭将天合色，岸与树分阴。

散步风初动，高歌月欲临。

莎汀②孤雁落，松径一蝉吟。

疋练澄偏静，疏帆远若沉。

槎浮牛渚上，钓在越江浔。③

晒网依沙碛，扬舲过竹林。

---

① 以上二句言：在这里，倚靠着浓荫下清凉的石头可消除烦闷的暑热，沿着江岸漫步徘徊，让那清澈的溪流洗涤出恬淡的襟怀。

② 莎汀：长着莎草的小洲。

③ 以上二句言：岑山犹如一头牛静静地卧在水中，像采石矶上面建着佛寺。溪流澄碧见底，在此垂竿，有如唐代诗人任翻《越江渔父》中所写的“棹入花时浪，灯留雨夜船。越江深见底，谁识此心坚”。牛渚：即牛渚矶，又名采石矶，在今安徽省当涂县西北，旧为佛教圣地。

无诗传范晔[1]，有檄草陈琳[2]。

沆瀣应难见，虚空不易寻。

观澜堪适兴，陟巘好投簪。

元酒[3]谁能酌，悠然契我心。

---

① 范晔：字蔚宗，南朝宋人。才华横溢，所著《后汉书》与《史记》《汉书》《三国志》并称“前四史”。其好友陆凯在江南时，见有驿使将往长安，遂折梅托驿使捎给范晔，附小诗作书信，传为美谈。其诗云：“折花逢驿使，寄与陇头人。江南无所有，聊赠一枝春。”

② 陈琳：字仲璋，东汉末年文学家，为“建安七子”之一。擅撰写章表书檄，风格雄放，文气贯注，笔力强劲。东汉建安五年（200）爆发官渡之战，此时陈琳为袁绍效力，作《为袁绍檄豫州文》，痛斥曹操。据说曹操当时正苦头风，病发在床。卧读此文，竟惊出冷汗，翕然而起，头风顿愈。

③ 元酒：古代祭祀时当酒用的水。

郡城杂诗（十首选一）

程嘉燧

选自程嘉燧《松圆浪淘集》卷三，明崇祯年间刻本。

程嘉燧（1565—1644），字孟阳，号偈庵、松圆，歙县长翰山（今属徽州区）人，寓居嘉定（今属上海）。工诗文，著有《松圆浪淘集》《松圆偈庵集》《松圆阁法帖》等10余种。

郡城即徽州府城，城外扬之、富资、丰乐三河相汇太平桥下练江，经渔梁、紫阳桥下浦口，入新安江。明万历二十一年（1593）秋，程嘉燧由余杭归歙县治葬地，时常至郡城与方伯雨诸君游。万历二十二年（1594）春暮复回余杭，至十一月回乡返葬，除夕，泊舟严滩下。万历二十三年（1595）正月葬毕，返吴。此诗即作于万历二十一年（1593）或万历二十二年（1594）的十一月份，写的是渔梁坝一带的风物。落日行舟，渔梁湍声，青峦映溪，城墙林亭，如一幅画呈现在眼前。虽已近腊月寒冬，但溪山之乐，友谊之情，一切都是那么温暖宜人。

禹庙渔梁口，浮舟落日过。
瀑声冲峻壁，溪影漾层阿。①
楼堞青山郭，津亭锦树波。
越乡风土异，腊近尚暄和。

① 以上二句言：渔梁坝上水流湍急，冲击着峻峭的山壁，声如瀑布。溪水清澈，山峦倒映在波光摇曳的水流中。

落石台

吴　兆

峰头一石落，石迹宛然存。
重叠回滩响，幽深上藓痕。
澄波涵寺影，断壁露松根。
黯黯①斜阳里，人归隔水村。

选自《新安二布衣诗》卷三，清康熙四十三年(1704)汪洪度等刻本。

吴兆，字非熊，明末休宁县鉴潭人。杰出诗人、戏曲家，同歙县程嘉燧被钱谦益推举为“布衣之冠”，王士祯选编、汪洪度刻《新安二布衣诗》。

落石台位于休宁县西南三里，因崖崩陨落而成大石台，旧名断石山。横江经其下，台前夹溪汇流，袁宏道诗句“双溪分燕尾”，即其形势。由落石台沿磴而上，多寺庙道院，有员峤亭、无念阁、漱石轩，隔溪望城郭，恍如图画，为近城最胜景。此诗通过对落石台景物的描写，抒发了作者对山水的喜爱之情，以至傍晚时分，因依恋流连而不舍离开。

① 黯黯：光线昏暗。

泊新安江

唐仲贤

选自《严州诗词》，政协建德市委员会编，天津古籍出版社2011年版。

唐仲贤，松江华亭（今上海）人。明万历三十八年（1610）任严州府同知，续修郡志。

此诗叙写停泊新安江上所见景象，体现了诗人的闲适情怀。

信道新安水，常看彻底清。

山回流欲断，烟霁石逾明。

岩树蒸云湿，沙鸥浴日晴。

停舟无限意，何日盥尘缨？

桃源[1]道中

谢肇淛

春风篱落[2]酒旗闲，

流水桃花映碧山[3]。

寄语渔郎莫深去，

洞中未必胜人间。

选自《黟县四志》卷十五《杂志·诗录》，民国十二年(1923)刻本。

谢肇淛(1567—1624)，字在杭，号武林、小草斋主人，晚号山水劳人。福建长乐人，生于钱塘(今浙江杭州)。明代博物学家、诗人。

黟县渔亭和碧阳两镇之间的“桃花源十里长廊”集萃了山水美景，特别是“流水桃花映碧山”的漳水沿岸春光更是引人入胜，于是诗人“寄语渔郎莫深去”，只是因为桃源洞中的景地未必胜过眼前的妙境。

① 桃源：位于安徽黟县渔亭和碧阳两镇之间10公里段，其一线山水境域有“桃花源十里长廊”之称。

② 篱落：即篱笆。此代用竹篱围成的酒肆。

③ 碧山：山名，北接盂山、拜年山，南望霭峰、石墨岭。《徽州府志》载：“碧山在县西北八里，高百仞，其南有霭峰对峙，为县主山。”

新安江十首

袁宏道

选自《严州诗词》，政协建德市委员会编，天津古籍出版社2011年版。

袁宏道（1568—1610），字中郎，又字无学，号石公，湖广公安（今属湖北公安）人。与其兄袁宗道、弟袁中道并有才名，史称公安三袁，其文学流派世称"公安派"或"公安体"。

本诗一组十首，从多角度叙写新安江上所见所闻、所思所想，体现了对新安江舟上生活的丰富体验和认知，具有较高的审美和认识价值。

一

一里垂千折，一山近万盘。
草髡和尚岭，石腐秀才滩。
入峡逢天小，投厓叹鸟滩。
轻舟薄似纸，未惯也心寒。

二

咫尺愁溪尽，萦回觉路疑。
小舟尖似履，细缆密如丝。
下水贪奇峻，归舟叹崄巇。
相逢不用羡，亦有放流时。

三

怪石穿江出，江清石亦寒。
或从舟底见，或作假山看。
聚客多茶店，逢[1]人上米滩。
溪流虽较险，下水也平安。

① 袁宏道《解脱集》卷二《新安江十首》"逢"作"徽"。

四

浪恶石尤恶，肤青骨亦青。
玄岩听鬼语，野烧炙龙醒。
树古疑唐族，碑欹或宋铭。
可知太白老，浪说有猩猩。

五

市郭全然少，崖村大底同。
溪云千片黑，山火一丝红。
暴雨蒸沙气，高岩返去风。
骤来应骤解，昨夜月如弓。

六

山都吟复笑，猩语是邪非。
易黑江湖面，纯青客旅衣。
草根鱼子长，沙末燕儿飞。
家信云捎去，郎归计日归。

七

云细蒸山出，溪澄见底空。
买盐多归女，没水尽儿童。
江有往来浪[1]，神无南北风。

---

① 袁宏道《解脱集》卷二《新安江十首》“浪”作“赛”。

暴流皆石齿，得失在头工。

八

草丰不辨树，山隐却如烟。

客舫因滩浅，牵夫傍兕眠。

谁家朝奉去，几得少年还。

历尽江儿水，赢来合子钱。[1]

九

浪子由来苦，行人大抵劳。

山云低压帽，溪雨恶侵袍。

欲得恣心意，除非伐顶毛。

将鸥与鹜比，毕竟是谁高？

十

凉风沁石骨，快雨过山头。

筏上行沙鼠，云中啸老猴[2]。

天长鸭绿水，斛许翰青舟。

万里游垂尽，六休休未休[3]？

---

① 袁宏道《解脱集》卷二《新安江十首》"谁家朝奉去，几得少年还。历尽江儿水，赢来合子钱"作"家世风涛上，生涯茶卤边。历尽川湖水，归来尚少年"。

② 袁宏道《解脱集》卷二《新安江十首》"老猴"作"野猴"。

③ 袁宏道《解脱集》卷二《新安江十首》"六休休未休"作"六休体未休"。

松萝道中

汪廷讷

十里松萝径，行行路转赊。
山深环屋宇，茶谈当桑麻。
林外天如水，峰头花是霞。
幽寻棋兴发，携客就田家。

选自汪廷讷《坐隐先生全集》卷五，明万历三十七年(1609)汪氏环翠堂刻本，《四库全书存目丛书》收入集部第188册。

汪廷讷(1573—1619)，字昌期，号坐隐先生，明休宁县汪村人。官至盐运使。博学善文，擅长诗词戏剧，尤精棋艺。著有《坐隐先生全集》3种18卷等。

松萝山位于休宁县城东北十三里，山半石壁悬空，峰峦攒簇，松萝交映，蜿蜒数里，如列屏障。山巅旧时产茶，为天下之最。松萝山之水于万安镇富来桥汇入横江，经潜阜、新潭、隆阜，在阳湖汇入浙江，至歙县浦口汇入新安江。汪廷讷在松萝山麓构筑以坐隐园为中心的环翠堂花园。日夕与文人诗酒酬唱，抚琴对弈，或邀游松萝山。此诗首联通过对松萝道中景物的描写，赞美了松萝山的幽僻深邃；颔联写重峦叠翠的松萝山中居住着人家，出门就是田地，坐在屋内品茶聊天，就可看见庄稼的长势；颈联写松萝山的高峻；而尾联“幽寻棋兴发，携客就田家”为点睛之笔，意为松萝山中深藏着躬耕田亩的高人隐士。

五日观龙舟

汪廷讷

五日风波静，歌声动地来。
扬鳞冲浪去，鼓鬣涌涛回。
蒲绿侵沙出，榴红照水开。
彩丝缠角黍，好吊楚江哀。

选自汪廷讷《坐隐先生全集》卷五，明万历三十七年(1609)汪氏环翠堂刻本，《四库全书存目丛书》收入集部第188册。

徽州的端午节，除了饮雄黄酒，吃端午粽、茶叶蛋、腌鸭蛋外，家家大扫除，门上插艾蒿、水菖蒲，贴钟馗像符等。最为热闹的当是新安江及其支流上，趁着端午水涨，锣鼓震天，进行龙舟赛会。此诗叙写家乡横江上农历五月初五端午节赛龙舟的情景。风平浪静，天气晴好，突然锣鼓喧天，歌声震动，这是人们在江中举行龙舟赛会。溪边菖蒲分外碧绿，石榴花倒映在水中，人们把缠有彩丝的粽子抛进水里，用以凭吊屈原。

新安江中有怀玄度伯昭诸子

李流芳

对酒半轮月，随舟两岸山。
碧潭寒见底，怪石巧当湾。
自觉胜情惬，谁言客路艰。
别归临岁晏，只怆故人颜。

选自《严州诗词》，政协建德市委员会编，天津古籍出版社2011年版。

李流芳（1575—1629），字长蘅，号檀园，先世为西溪南人，寓居嘉定。明万历三十四年（1606）举人。工书法，精绘事，工诗，与程嘉燧、唐时升、娄坚之合称“嘉定四子”。著有《檀园集》。

本诗叙写新安江舟中之情景，因对江景充满喜爱而并未感到一路艰难，反倒是加深了怀念友人的情愫。

新安江支流扬之河(绩溪县城)　洪长利摄

自齐云乘筏至落石台留宿

李流芳

选自李流芳《檀园集》卷一《五言古》，清康熙二十八年(1689)刻本。

明万历四十二年(1614)九月，李流芳回新安扫墓，游白岳，沿横江而下，留宿于离休宁县城三里处的落石台寺庙。一路行来，饱受溪山之乐趣。此诗前四句写游白岳后意犹未尽，于是乘筏溪行；接着六句写沿途溪中风景与悠闲的心情；接着写落石台的景物，流连忘返，以至夜宿此地。此诗通过对齐云山脚下沿溪至落石台一带景物的描写，表达了诗人对山水的热爱之情。

五里十亭子，下山忘险艰。

爱此溪山晴，故作乘筏还。

寒沙[1]束回湍，下见文石斑。

旭日来映之，浮动水石间。

吾徒二三子，坐稳舆何闲。

方过蓝渡桥[2]，复见落石湾[3]。

落石势已奇，况此清流环。

松萝挂绝壁，古色照我颜。

前林正丹黄，烟郭粘远山。

我欲留此石，一杯酬潺湲[4]。

襆被叩上方，待月同跻攀。

---

① 寒沙：寒冷季节的沙滩。

② 蓝渡桥：位于休宁县城西蓝渡村，又名别驾桥。始建于明弘治十年(1497)，为县城与西乡交通要道。

③ 落石湾：落石台附近水域，位于休宁县城南汶溪，南岸有崖崩落而成大石台于水中，名落石台。溪滨岩壁削立，其间旧有寺院，毁于清代。

④ 潺湲：水缓缓流动的样子。

赠别吴正子

李流芳

华屏山[①]头月初上，

喜子能来共村醘。

河西桥外雪片飞，

愁子冲寒匹马归。

忆昨丰干初见子，

向我喃喃情不已。

欲扶风雅回波澜，

不为区区念桑梓。

君不见丰溪村中十万家，

朱门粱肉纷如麻。

吴生闭门守四壁，

百战万卷徒相夸。

囊空不肯留一钱，

好客时时沽十千。

选自李流芳《檀园集》卷二，明崇祯二年(1629)李氏刻本，《钦定四库全书》收入集部第96册。

李流芳祖父李文邦任成山卫指挥使，从歙县丰南迁居嘉定县南翔镇。明万历四十二年(1614)九月，李流芳从余杭经陆路到徽州，年底从新安江坐船转回嘉定。这首诗就是李流芳从屯溪坐船到浦口，然后溯练江，在问政山麓与朋友告别时所作。此诗描写了李流芳朋友西溪南吴正子在傍晚时分从家里赶来与李流芳饯别，夜晚分手回去时，已是大雪纷飞，河西桥外沿丰乐水而行为五里阑干，其路左为高山悬崖，时有滚石；路右为深壑积水，单枪匹马，让李流芳十分担忧。次日，李流芳舟行至严陵钓台，仍然难以遣怀，不由回忆初见时吴正子流露出的眷念与深情，而吴正子守贫苦读、气概豪迈的品格颇让李流芳青眼相看。

① 华屏山：即问政山，出自黄台“万仞华屏问政山”诗句，故名。

腰间湛卢[1]脱手赠，

匣里自保朱丝弦[2]。

我今别子行复东，

扁舟直下随飞鸿。

新安江清钓台矗，

此时念子心忡忡。

吁嗟乎！

吾侪意气岂轻掷？

一腔虽丹双眼白。

君看世路皆悠悠，

别后头颅好珍惜。[3]

① 湛卢：指湛泸剑，是春秋时期铸剑名匠欧冶子所铸名剑之一，这里泛指宝剑。

② 朱丝弦：用熟丝制成琴弦，此代琴瑟，表明吴正子情调高雅。

③ 以上四句言：诗人素来不轻易与人结交，虽然满腔热血，但对平常人多是以白眼相看，而对吴正子却是另眼相待。岁月悠长，相别之后，希望吴正子要好好地保重身体。

新安商山响雪阁

钱谦益

绮窗阿阁赤山湄，

想像凭阑①点笔时。

帘卷春波尘寂寂，

歌传石濑②响迟迟。

清斋每忆桃花米③，

素扇争题杨柳词。

日夕汀洲聊骋望，

澧兰沅芷④正相思。

选自钱谦益《牧斋初集》卷十八《东山诗集一》，明崇祯年间瞿式耜刻本。

钱谦益（1582—1664），字受之，号牧斋，学者称“虞山先生”。明万历三十八年（1610）进士第三名，探花，官至礼侍郎。著有《牧斋诗抄》《初学集》《有学集》《投笔集》等。

商山位于休宁县城西三十来里，地处蓝水流域，于雁塘汇入率水。商山在历史上人文丰厚，有“歙县两溪南，抵不上休宁一商山”之称。吴其贞《书画记》载：“忆昔我徽之盛，莫如休、歙二县，而雅俗之分在于古玩之有无，故不惜重值争而收入。时四方货玩者闻风奔至，行商于外者搜寻而归，因此所得甚多。其风始开于汪司马兄弟，行于溪南吴氏，丛睦坊汪氏，继之余乡商山吴氏，休邑朱氏，居安黄氏，榆村程氏，所得皆为海内名器。”歙县岩镇汪汝谦有“黄衫豪客”之称，曾于崇祯十二年（1639）秋天携带“秦淮八艳”之一的柳如是游新安商山。崇祯十四年（1641），在汪汝谦的玉成之下，柳如是嫁给了钱谦益。此年春天，钱谦益与柳如是相别，来游齐云山、黄山，并专程至商山，在柳如是所憩息的响雪阁写下这首思念新婚夫人的爱情诗。此诗通过想象爱人在响雪阁的所见所闻、所作所为，表达了诗人对爱人的深切思念之情。

① 凭阑：即凭栏，指身倚栏杆。

② 石濑：水流过石头激成的急流。

③ 桃花米：产于徽州的一种优良稻米，谷粒微红，南朝刘宋时期曾经充作贡米，也是地方官吏作俸秩之粮。

④ 澧兰沅芷：本指生在沅澧两岸的兰草、芷草，此以屈原《九歌·湘夫人》中的“沅有芷兮澧有兰，思公子兮未敢言”，比喻诗人如同湘君一样企盼爱人的降临。

舟行至街口

傅　岩

选自傅岩《歙纪》卷四《诗》，陈春秀点校本，黄山书社2007年版。

傅岩，字野倩，号辛楣，浙江义乌人。明崇祯七年(1634)进士，授徽州府歙县知县。在歙县五年，多有政绩。

街口位于新安江边，与浙江睦州淳安县交界，旧有巡检司，用以盘查过往行人。此诗叙写了歙县县令傅岩到街口视察时的所见所感。街口屋宇门户临流而建，高耸江边；险要的关隘雄踞两山之间。因与睦州交界，出入关口舟船众多，嘈杂声中舟船不断地移动，水浪乱溅；江边青草繁茂，倒映溪流。江潭鱼虾成群，阳光照射，影映潭石；江边树上鸟雀鸣叫。一切都是那么生机勃勃。傅岩为官清廉，治理得法，街口来往客船虽然繁多，巡检司稽查工作却有条不紊，很快得到巡检司盘查放行；然而不远处的睦州，同样多的舟船，却要停滞十多天，多费上千金才能放行，客旅不仅误时又费钱。两相比较，可以得知傅岩为政处理事务的风格。诗人通过对街口景物的描写，表达了作为父母官，不仅胸襟要豁达，并且要像及时雨一样解决百姓的难题。

比屋沿流耸，
雄关扼巘临。
人声连浪杂，
草色带江深。
潭聚鱼龙影，
树邀鸟雀音。
细湍能啮石，
绝壁亦施林。
岸断波分浦，
云飞水度阴。
回看苍树合，
前指白沙侵。
乱岛通帆曲，
低舂截渡沉。
周回封郡气，

清澈见臣心。①

商旅俱求楫，

溪山尽入琴。②

儿堪驯数雉，

滩欲下双禽。

碣外州为睦，

壕边流出任。

客舟恒十日，

苦瓠直千金。③

喜雨由来旧，

占风匪自今。

因之观事理，

聊得豁尘襟④。

① 以上二句言：徽州歙县境域气象与别处不同，溪流清澈，可照见本地官员廉洁之心。

② 以上二句言：商旅忙着赶路，不受干扰，是因为这里得到了官员的有效治理。琴：代县令以礼民乐教化。典出《吕氏春秋·察贤》："宓子贱治单父，弹鸣琴，身不下堂，而单父治。"即言孔子学生宓子贱为单父县令，鸣琴而治。

③ 以上四句言：界碑之外属睦州，壕沟边流响出南蛮的乐声。那里因边境检查的拖拉，客行舟船往往要停宿十来日，可怜每只船就要多花费上千金。瓠：瓠瓜，此代舟船。《庄子·逍遥游》："今子有五石之瓠，何不虑以为大樽而浮乎江湖？"

④ 尘襟：世俗的胸襟。

渔梁观涨有感

秦祖襄

选自许承尧《西干志》卷五，1981年安徽省图书馆古籍部抄录安徽省博物馆藏稿本。

秦祖襄(1613—1661)，字汝翼，号复斋，浙江慈溪人。明崇祯十六年(1643)进士，崇祯十七年(1644)四月，由福王朱由崧授为工部主事，出守徽州。次年五月，清军攻陷南京，徽州府同知林贞叛变，于是挂冠归乡。

渔梁位于徽州府城南门外，唐代以木栅水，宋代始筑石坝。此地，龙井山断截练江，山下石坝横亘。秦祖襄于南明弘光年间任徽州知府，此时明朝已灭亡，李自成起义军虽被明军打压，然而清军横扫南下，朝中大臣钩心斗角，南明无时不在风雨飘摇之中。此诗是在弘光二年(1645)的春天所作，前四句描写渔梁一带众水汇聚，紫阳高耸，龙井山与石坝岿然鼎立，河岸岩石交错，保护着险固的城池。颈联以春涨秋涛比喻南明政府危机四伏，非一时可以解决。尾联写了南明江山只剩下东南一带，百姓生活已经很艰难，诗人急切盼望出现一个像渔梁这样中流砥柱的伟人，以免国家被洪水猛兽所摧毁。此诗表达了诗人的忧国忧民之情。

川从六邑汇渔梁，
天柱高标见紫阳①。
鳌背横斜支铁干，
犬牙参错护金汤。②
即今春涨桃花阔③，
况复秋涛瓠子长。
民力东南频告匮，
何时砥直奠怀襄。④

① 紫阳：紫阳山。
② 以上二句言：龙井山犹如鳌背横截练江，石坝横亘其下，如同铁干支撑，任洪水汹涌冲击，丝毫不动摇。两岸崖石参差，护卫着险固的城池。
③ 桃花阔：指桃花季节，水涨河面变得宽阔。
④ 以上二句言：南明仅剩东南一隅，百姓财力不时宣告匮乏，清军猛烈地攻城略地，战争不断，南明官员钩心斗角，各自为政，什么时候才能出现一个能扭转乾坤的人立于洪水猛兽之间，以挽狂澜？

浔阳[1]夜月

余　心

百尺龙潭水接天，

云收雾卷暮岩[2]前。

坐久不知山月起，

忽惊潭影弄婵娟[3]。

选自民国十二年(1923)《黟县四志》卷十五《杂志·诗录》。

余心，字曰丹，明代黟县人。师从李希士，著有《乐余集》。

黟县浔阳台前的百尺龙潭是漳水流经此地而形成的一处深水潭。此诗描写了浔阳钓台的月下夜景。“坐久不知山月起”一句，表达了诗人的喜爱之情。

① 浔阳：指浔阳古钓台，黟县古遗迹。位于黟县西递至渔亭镇道旁的桃源村附近，新安江上游漳水在钓台前流过。

② 岩：黟县浔阳钓台隔河对岸的崖岩，上面刻有繁写楷体“浔阳台”三个大字。

③ 婵娟：形容月色明媚或指明月，此处指倒映在龙潭上的清辉月亮。

纪邑中风土之水

黄士琪

选自嘉庆《黟县志》卷十六《艺文·诗》,(清)吴甸华修,程汝翼、俞正燮纂。

黄士琪,明代人,生平不详。

此诗以白描手法描写黟县境内的水系河流,尤其是对实乃浙江源头之一的"黟水清而漪"大加赞美,见到"汇环浔阳下,鱼醉赤为群"这般水景岂不令人驻足探胜?

黟水清而漪,是流皆成纹。

汇环浔阳[1]下,鱼醉赤[2]为群。

实乃浙之源,路史亦有云。

水道郦元《注》,派别几曾分。

《舆图[3]》失所考,胡为戾[4]其文。

郡乘[5]殊不昧,尚其尊所闻。

---

① 浔阳:指古钓台。

② 赤:指漳水中栖息的赤鱼身。

③ 舆图:地图。

④ 戾:罪过,乖张。

⑤ 郡乘:代指府志或州志。

屯溪至鱼亭

黄宗炎

竹筏清溪[1]逆水牵[2]，

鱼游常在镜中天。

夜深孤雁惊船尾，

日落双猿抱树巅。

九里十滩尤懊恼，

一程五舍尚迂延。

胡麻赤米[3]村村种，

翻羡山间垦石田。

选自嘉庆《黟县志》卷十六《艺文》。

黄宗炎(1616—1686)，字晦木，学者称“鹧鸪先生”，浙江余姚人，与其兄黄宗羲、弟黄宗会合称“浙东三黄”。著有《二晦集》《山栖集》等。

此诗描写了诗人从屯溪到鱼亭的水路交通线上，沿着横江乘竹筏划过九里十滩逆水上行时所见江中及两岸美景，字里行间表露出乐赏与歆羡的情愫。

---

① 清溪：清澈的溪水，这里指横江。

② 逆水牵：逆水上行时，需要纤夫牵筏而行。

③ 胡麻赤米：胡麻是一种油料作物。胡麻适宜在凉爽、湿润的气候中生长。赤米，亦称红米，是一种营养价值很高的粗粮，微微有酸味，味淡。红米的外皮呈紫红色，其内心却是红色。

绩溪道中

王 绩

羸马缘溪湾复湾，

乾坤别自一区寰[1]。

林深村落多依水，

地少人耕半是山。

磴道[2]险如过栈道，

丛关高似度函关[3]。

观风欲问苍生事，

旋采童谣取次删。

选自嘉庆《绩溪县志》卷十一《艺文志》，(清)清恺编撰，徐子超等点校，黄山书社2010年版。

王绩，明代人，生平无考。

此诗描写了诗人进入绩溪时的所见所闻。诗人骑着瘦马沿着溪边的道路向绩溪进发，转了一个弯又一个弯。绩溪的村落都沿着溪水而建，林木森森；由于少平地而田稀少，农人耕种一大半是山地。道路险峻，登山的石径如同栈道一般；过丛山关好像攀函谷关一样。通过对绩溪特有的山水景色、民俗风情的描写，表达了诗人对人民生活的关注。

① 区寰：境域。

② 磴道：登山的石径。

③ 函关：即函谷关简称。

扬之水

周士先

冥鸿[1]霄路[2]翔，沧江复东注。

天风吹波涛，月明秋欲曙。

选自嘉庆《绩溪县志》卷十一《艺文志》，(清)清恺编撰，徐子超等点校，黄山书社2010年版。

周士先，明代绩溪县城西人，著有《明医摘粹》。与唐正音、戴伟、程校、程桥、胡训、冯湛、周觉先、汪文豹等相唱和，结龙都诗社，著有《大鄣山人诗稿》7卷、《德园诗集》等。

扬之河是新安江的支流之一。诗人通过对鸿雁、江水、云涛、明月等景色的描写，为我们展现了一幅绩溪山水秋景图，抒发了诗人对家乡山水的热爱之情。

① 冥鸿：高飞的鸿雁。

② 霄路：云中之路。

杭州上水路程歌十首

佚　名

选自《史林》2005年第4期王振忠撰《新安江的路程歌及其相关歌谣》。

此十首诗描写了从新安江街口溯流而上，经米滩、正口、深渡、绵潭、南源口至浦口，转入浙江，复溯流经雄村、小南海、烟村、王村，至南溪南的沿途景物风情。

一

街口西来近八郎，淳安古歙各分疆。

山多田少民勤俭，岭顶层层种黍粱。①

二

米滩牵钻令人愁，横石如棋结坞头。

坐对山茶坪下望，小沟新月挂银钩。②

① 以上四句言：街口又称界口，为浙江省淳安与安徽省歙县的分界，旧时置有街口巡检司。向西行五里，为八郎庙，其神主为越国公汪华的第八子汪俊。进入街口，两岸青山高耸，梯田层层而上，种植着玉米、高粱等农作物，百姓勤劳辛苦。此诗描写了从南溪南、篁墩至街口浙江、新安江水路沿途的景色风情。

② 以上四句言：从八郎庙西行五里为尾滩，俗呼汝滩、米滩，又五里至牵钻滩，舟上米滩、牵钻滩，进寸退尺，一步一顿，滩声汹怒，胆怯者往往从街口陆行到深渡。又五里至横石滩，又称天进滩，滩中石横如棋子，曲折迂回，相去不远，不啻数十里路程。又五里至结坞头。五里至山茶坪，此地又称三汊源滩，水势稍缓，一般在此泊舟夜宿。此地与小沟相距五里。

三

大川境口蓼花汀，白石翻翻傍岸红。

深渡碧渡鱼可数，寒潭九里午风清。[①]

四

篷寨绵潭载酒过，庄潭藏壁读书多。

问奇晚泊薛坑口，长夜犹闻扣角歌。[②]

五

冒滩清浅忧云多，闷坐舱中唤奈何。

半夜瀹潭星灿烂，晚来洪水雨滂沱。[③]

---

① 以上四句言：从小沟到大川五里，大川对河为境口，今称正口，此地岸边平地上长满了蓼花，迎风飘拂。又五里至白石岭，此地岭上白石烂烂，映衬着红砂岩的水岸。十里至深渡，碧水悠悠，鳞介游泳，清晰可见。五里至九里潭，潭长九里，清晨，雾纱披峰，炊烟袅林，山峰如仙女秀立，江流如素练飘舞；夜晚，渔火满江，灯火满山，星火满天，连缀成闪光金链。

② 以上四句言：从九里潭至篷寨五里，篷寨，又称盘寨、防寨，历史上曾驻兵于此，故名。又行五里至绵潭，俗有"唱不完的绵潭戏"之称；五里至庄潭，今称漳潭，俗有"打不完的漳潭鱼"之称；五里至薛坑口，又称雪坑口，旧时为重要的码头，来往货商颇多，深夜犹有牛车拉货。扣角歌：叩击牛角而歌唱。

③ 以上四句言：从薛坑口五里至冒滩，又称沫滩、妹滩，河道礁石裸露，斜向排列，犹如战阵，舟道斜迤，行船不便。明代瀹源商人方南滨召工开凿，历三年疏通航道，惠及后人。今建水电站。又五里至瀹潭，又称药潭，与漳潭、绵潭合称"三潭"，为著名的枇杷产地。

六

南源梅口水潺潺，宜雨宜晴六月天。

午梦醒来新雨歇，夕阳浦口听鸣蝉。①

七

梁下康庄本府基，浮屠半断近河西。

义成欲问雄村路，芳草萋萋树色迷。②

八

岑山渡口结林头，南海鲇鱼水面浮。

指点潘村烟树里，秋风黄叶一天秋。③

---

① 以上四句言：瀹潭五里至南源口，又称郎源口、琅源口，古有集市，颇为繁荣。又行三里到梅口，先至小梅口，梅坑之水由此入新安江；西行为大梅口。复行三里到浦口，为支流渐江与练江相汇之处，是重要的水上码头。

② 以上四句言：从浦口沿练江到梁下七里，梁下即渔梁，在徽州府城外二里，与河西隔岸相望，长庆寺塔耸出丛林。义成在浦口、将军山下、朱家村之间，从浦口沿渐江经义城到雄村十里，前路不远，那芳草茂盛、桃花连坝的地方就是雄村。

③ 以上四句言：岑山渡口与结林头对河相望。结林头，又称结林培、柘林培，旧河道因地壳运动隆起小山坡，且多柘树而名。按："结"为"柘"之乡音谐声。岑山渡渐江中有小岑山，四面环水，俗称小南海，如同鲇鱼浮在水面。从此处向前望，潘村藏在烟树丛中，秋日，霜打后的树叶缤纷多彩，与村舍的粉墙黛瓦相映衬，十分美丽。

九

烟村渡口小孤东，水曲王村断处通。

几辈同舟先去矣，夜来具膳阿谁充。[①]

十

春雨梧村水满坡，富墩渡畔荷锄归。

溪南三月桃花倍，网得相鱼[②]味正肥。[③]

① 以上四句言：烟村渡口在小孤的东面，传说古代村居附近采石点密布，有"黄山七十二峰，烟村三十六洞"之谚，工棚炊烟终年缭绕于村之上空，又以村畔渐江烟波浩渺，遂以烟村为名。沿渐江曲流而行到王村。王村又称泽村，因谐音又称旸村，江中有裸露石岩三处，名曰"三跳石"。此地为歙南水陆交通要冲，多有外出商旅回乡者。

② 相鱼：江南一带方言，意为观鱼。此代鳜鱼。

③ 以上四句言：王村对河的梧村平衍疏旷，春雨后水涨陂岸。经富墩渡，可见岸边荷锄农人归家。南溪南的三月，沿岸桃花盛开，诗云"桃花流水鳜鱼肥"。渐江里的鳜鱼正是肥嫩之时。

徽州下水路程歌三首

佚　名

选自《史林》2005年第4期王振忠撰《新安江的路程歌及其相关歌谣》。

此三首诗写了自徽州府休宁县率口沿浙江而下，经雄村、小南海至浦口入新安江，复沿新安江而下，经南源口、绵潭、深渡、汝滩至街口的沿途景物风情。

一

磬鸣何处寺，猿啸满山松。
水碓凭船架，无人也自舂。①

二

日暮渔樵散，争归渡口喧。
家家鸡与犬，检点入衡门。②

三

奇峰追怪石，一气两江通。
到此分疆界，山川自不同。③

---

① 以上四句言：从休宁县率口乘舟出发，五里至尤溪，五里至溪东，三里至南溪南，二里至对河篁墩，十里至杨村，十里至岑山渡。浙江中有小岑山，俗称小南海，寺庙香火颇盛，钟声悠扬。十里到浦口，与练江相汇入新安江。如沿练江溯流到渔梁，进徽州府城。从率口到浦口，两岸松林猿猴啼啸，浙江中船碓在溪流冲激下旋转。

② 以上四句言：从南源口沿新安江而下，十里至瀹潭，五里至薛坑口，五里至庄潭，五里至绵潭，五时至篷寨，五里至九里潭，五里至深渡。一路行来，傍晚时分，渔夫、樵夫皆急着归家，匆忙地走上渡船，鸡犬也被各家呼叫着回舍。

③ 以上四句言：从深渡至白石岭十里；又五里至正口，对河为大川口；又五里至小沟，今称小川；五里至米滩；五里至八郎庙；五里至街口。顺新安江而下，两岸高峰耸立，怪石奇特，到了街口，为浙江与安徽分界之处，山川不同，风气亦不同。

清

新安江支流富资河(歙县许村)　许琦摄

石淙舟集图

许　楚

选自许楚《青岩集》卷二，清康熙五十四年(1715)许象缙刻本。

许楚(1605—1676)，字芳城，号青岩，歙县潭渡后许(今后浒)人。年少时即加入复社，主盟张溥赞其"淹通经史，力振古风"。著有《青岩集》等。

石淙位于徽州府城练江对岸，离去太平十寺西岸数十步。泉从裂石而出，冬夏潺湲不绝，上镌"石淙"两字。清康熙二年(1663)六月十六日，新安画派开宗大师僧渐江从庐山归来，过西溪南，吴不炎兄弟留居十余日，然后相偕从丰乐河放筏至西干，并携有吴氏先世所藏《右军迟汝帖》真迹及宋元逸品书画凡数十种。其时，许楚正休夏五明寺，僧渐江侄子江注呼舟买酒，在石淙荫凉处焚香喝茶，品观书画。家在徽州府城的诗人程守亦从练江南岸渡舟过来。评赏之余，佐以饮酒，吴不炎命小史唱曲，江注以长笛相和。夕阳之下，书香翰墨、山光物态、丝竹清音呈现于眼前，渐江不禁解衣脱帽，绘《石淙舟集图》，大家各赋诗一首。本诗即作于此际，再现当时情景。

山谷日当午，

理棹[1]就芳树。

既遘[2]景物幽，

畅与嘉客聚。

习习来凉飔[3]，

重阴幕广阜。

遵渚[4]探悬泉，

溜急响回互[5]。

石发动潜鳞，

金波荡轻鹭。

清鉴别奇观，

赏论咸未恕。

少文语可参，

① 理棹：划船。
② 遘：遇见。
③ 凉飔：凉风。
④ 遵渚：沿着水中的小块陆地。
⑤ 溜急：石淙水流湍急。回互：往复，此指流水声响不停歇。

景元妙皆具。

苹末[1]起《阳阿》[2]，

坐有周郎顾[3]。

挥杯尽野饮，

据研各能赋。

高霞蔚层城，

七宝[4]栈仙路。

为乐诚未央，

浣纱[5]乱烟渡。

愿得休公[6]图，

千载炫毫素。

---

① 苹末：苹的叶尖。风起则苹叶动，代微风。

②《阳阿》：古代歌曲名，其难度为春秋时期中等水平，能为较多人所接受。

③ 周郎顾：《三国志·吴志·周瑜传》载，周瑜自小精晓音乐，即使酒过三巡，曲子弹错，都能知道，并且每次听出后，必定回头看演奏者一眼，于是有人编歌谣："曲有误，周郎顾。"后为精于音乐者善辨音律的典故。

④ 七宝：佛教语，七种珍宝，泛指多种宝物。此代美丽的景观。

⑤ 浣纱：即浣纱埠，位于渔梁坝龙井山之北。相传李白到歙州访许宣平，站在浣纱埠上，见一老翁，问道："宣平家住何处？"老翁指着前面的竹篙对道："门前一竿竹，便是许翁家。"李白当时不能解，遂失之交臂。而老翁即许宣平。

⑥ 休公：即汤惠休，南朝宋诗人。早年为僧，以善写诗被徐湛之赏识，孝武帝命其还俗，官至扬州从事史。后因汤惠休为僧善诗之故，以"休公"作诗僧之典。此代僧渐江。

西干游眺

张光祁

城西幽胜地，碧岸漾湖光。
岩壑分红刹，楼台带绿杨。
卷帘高嶂出，放艇夏云凉。
迟客清歌发，衔杯送夕阳。

选自汪士鋐辑《新都风雅三种》，清康熙年间刻本。

张光祁(1607—1651)，字云仲，号省庵，歙县黄备人。清顺治四年(1647)进士，授河南南阳府邓州知州。生前著作极多，散佚无存，汪士鋐《新都风雅三种》存其诗11首。

西干为练江之西面，多指太平桥至紫阳山麓一带，最为胜景，前往游观者颇多。张光祁为诸生读书时，经常前往游玩。前四句描写西干景色：岸边碧绿的柳树倒映于练江之中，微风下荡漾着波光；披云山麓的谷中，红色的寺庙分布其间，楼台边栽种着绿色的杨柳。后四句转至暑日放舟练江，河风送凉，诗人与好友宴饮于夕阳之下。

渔梁观水

张光祁

暴涨乘春急，奔涛下石梁[1]。
中流谁砥柱，极目望苍茫。
石齿[2]篙师熟，轻帆估客防。
山城资设险，六水[3]恃金汤。

选自汪士鋐辑《新都风雅三种》，清康熙年间刻本。

此诗描写了春季洪水暴发，渔梁涨水的情景。前四句写春日大雨倾盆，扬之、富资、丰乐、布射各支流洪水滔滔汇入练江，波涛滚滚，汹涌澎湃，从渔梁坝上奔腾而过；汹涌的波涛之下，石齿嶙嶙，稍不小心，就会覆舟，于是诗人发出“中流谁砥柱”的感慨。后四句写撑船的篙师因熟悉情况，镇定地航行；起伏的波涛推涌着轻巧的帆船，商贾提心吊胆地坐在船中，时刻提防着船儿被洪水冲翻；徽州城墙循山而筑，地势险要，以抵御外来侵略。在山水暴涨之际，险固的城池保护着百姓的安危。通过篙师往来于洪涛之中的镇定与险固的城池保障百姓安居乐业来点出“篙师”与“城池”才是中流砥柱。

① 石梁：渔梁石坝。
② 石齿：齿状的石头，这里指滩石间的水流。
③ 六水：又称六县之水，因徽州府辖歙县、休宁、婺源、祁门、黟县、绩溪六县，而府城外即练江，故称。

黟山竹枝词三首

施　源

选自嘉庆《黟县志》卷十六《艺文志》。

施源，吴县人。举人，清乾隆五十一年（1786）任黟县知县，乾隆五十六年（1791）以忧去。

本组诗以竹枝词的形式描写了新安江上游黟县宏村南湖和西溪河、城北戊己桥跨漳河及渔亭横江的明丽水景，给人带来美的享受。

一

两村[①]对面夹清溪[②]，溪引南湖[③]截作堤。

细雨噞喁[④]鱼聚沫，桃花如锦水玻璃[⑤]。

二

北门桥是古长生，凿石何时雁齿横。

徒见枯李临水跨，章溪雨涨断人行。

三

舍南舍北水弯环，饮处思源识本山。

三百滩头到东浙[⑥]，溪流知去不知还。

---

① 两村：指黟县宏村与际村。
② 清溪：指西溪河。
③ 南湖：黟县宏村南的人工湖。
④ 噞喁：鱼口向上，露出水面。
⑤ 玻璃：水面如平面玻璃似的。
⑥ 浙：浙江省。

春日泛筏桃源[1]

黄元治

已乘轻筏泛春波，复爱晴沙踏绿莎。

溪路稍深喧水碓，山云初散落樵歌[2]。

心期惟许耽邱壑，世事无端羡笠蓑[3]。

石山[4]开尊[5]微取醉，飞花拂面午风和。

选自《黟县四志》卷十五《杂志·诗录》，民国十二年（1923）刻本。

黄元治，号樵谷钝夫，黟县黄村人。累官大理寺卿、西安太守、刑部左侍郎。著有《黔中杂记》《燕晋游草》《黄山草》《春秋三传异同考》等。

此诗以轻快的笔触写出诗人乘着竹筏划行在桃源一带的漳水春波之上，伴着和煦春风，抱取微醉酒意，可谓悠然快哉！

① 桃源：指黟县漳河流域石山至渔亭10公里段的“桃花源十里长廊”。

② 樵歌：樵夫砍樵时唱的歌儿。

③ 笠蓑：暗指头戴斗笠、身穿蓑衣、在河中打鱼的人。

④ 石山：山名、村名，位于黟县碧阳镇境内，为漳河流域上游起点。

⑤ 尊：通“樽”，指酒杯。

游浔阳台

黄元治

选自《黟县四志》卷十五《杂志·诗录》，民国十二年(1923)刻本。

此诗以特写镜头的笔法写出黟县浔阳台处“天影澄潭冷，崖阴老树斑”的妙景，更有一份将垂丝渔竿搁在钓台一边的闲适心情，原来他并非专注没有桃花随漳河水漂去的惆怅，而是在意“时有白云还”清朗妙景下悠游观赏得到满足的快慰与酣畅！

一片浔阳石，容谁把钓闲？

渔杆不在手，村酒且醺颜。

天影澄潭[1]冷，崖[2]阴老树斑[3]。

无花随水去，时有白云还。

① 澄潭：指浔阳钓台前那个澄澈深积碧水的龙潭。

② 崖：指黟县浔阳钓台隔河对岸的崖岩，上面刻有繁写楷体“浔阳台”三个大字。

③ 斑：斑斓。

寻李白钓台[1]

孙光启

画里溪山半着烟，

深林日落倍苍然。

沿流试问桃花水[2]，

石上[3]垂杆有谪仙。

选自《黟县四志》卷十五《杂志·诗录》，民国十二年(1923)刻本。

孙光启，字石麟，号渔山，黟县古筑人。性豪宕嗜游，为文有奇气，游历颇广，所至皆有诗歌。友人汪有光掇拾其散逸者为《渔山诗选》。

此诗通过寻游黟县李白钓台的由头，写到古钓台前流过的漳河“沿流试问桃花水”，表达了作者一种借助垂杆钓鱼而睹物思人、追慕前贤的诗情与逸兴。

① 李白钓台：即浔阳钓台，亦称浔阳台。

② 桃花水：指漳水，又指取用“桃花源”洞门额邑人汪联松题书的刻石楹联句子“白云芳草疑无路，流水桃花别有天”。

③ 石上：太白(李白)钓台石块之上。

桃源洞

程　霖

选自《黟县四志》卷十五《杂志·诗录》,民国十二年(1923)刻本。

程霖,字石肤,黟县人。清康熙四十七年(1708)恩贡。

此诗将"无定烟岚时变态,多灵草木尽生寒。桃开洞口霞飞水,梨放枝头雪拥栏"的黟县桃源洞的春景尽现笔尖,特别是写到两岸千竿翠竹拥围着一条清溪——即流经该地的漳水,传达出浓浓的诗情画意。

清溪一曲竹千竿,
栈道[1]遥同蜀道难。
无定烟岚时变态,
多灵草木尽生寒。
桃开洞口[2]霞飞水,
梨放枝头雪拥栏[3]。
隔岸渔歌声唱晚,
归云片片夕阳残。

---

① 栈道:原桃源洞口旁侧通往黟县县城方向的临河岩崖栈道。
② 桃开洞口:桃树开放在桃源洞口。
③ 栏:栈道外沿的护栏。

春日张灯水嬉

张习孔

澄江[1]联画舸，灯火斗晴晖。
照夜珠成幄，凌波雪作围。
鱼龙时幻见，星斗尽空飞。
香雾春城动，笙歌竞棹归。

选自张习孔《诒清堂文集》卷九《五言律》，北京图书馆藏清康熙年间刻本。

张习孔，字念难，号黄岳，歙县柔岭下人。清顺治六年(1649)进士，历任刑部郎中、山东提学道佥事。工诗词、古文，好为杂记。著有《云谷卧游集》《续集》《贻清堂集》《补遗》等。

张习孔致政后，优游林泉，与许楚、江德新、程守、施闰章、梅清、王梅士、吴右舟、朱眉方等名流以及曹鼎望、蔺一元等郡县官员交往颇多。此诗描写了春日夜晚，诗人与好友在练江张灯水嬉的情景。帐幕中灯火通明，如夜明珠发出的光芒；透过水面，能隐约看见鱼虾在游动；仰望天空，满天星斗在空中飞翔。晨雾朦胧，春风吹拂，花香在城内外浮动；游人唱着歌，划着画船归去。本诗通过描写春夜画船所见景色，表达了诗人张灯水嬉的欢乐之情，以至凌晨始归。

① 澄江：澄清、碧绿的江面，这里指练江。

新安江支流练江(歙县县城)　吴丰霖摄

送汪于鼎、文治归春草阁

吴嘉纪

归轩向何处，万松郁清光。
君家万松前，一阁临池塘。
云水四时涨，荡漾如舟航。
空山昼无人，风细水花香。
随意自来去，双双紫鸳鸯。

选自民国《歙县志》卷十六《诗赋》，民国二十六年（1937）石印本。

吴嘉纪（1618—1684），字宾贤，号野人，今江苏省东台市丰镇人。出身盐民，明末诸生，入清不仕。工于诗，深得周亮工、王士禛赏识。著有《陋轩诗集》。

汪于鼎，名洪度；文治，名洋度。兄弟二人为汪道昆之曾孙，歙县千秋里（今属徽州区）人。家有春草阁、杏花春雨楼，为读书治学之所。千秋里位于新安江支流丰乐河畔。此诗前八句描写了春草阁的景色：万棵茂盛的松树闪烁着清亮的光芒，春草阁就在池塘边上，丰乐溪的水汽渐渐上腾，如云般吞没了远近山峦，那春草阁浮在云雾之上，就像小舟荡漾在波涛之中。山中白日不见人影，十分幽静，风儿轻轻吹拂，池塘中的荷花发出淡淡的幽香。最后两句“随意自来去，双双紫鸳鸯”，表达了诗人对汪于鼎、文治兄弟友爱、飘然出尘的羡慕之情。

练江舟泛同汤玄翼、渐江

程　守

昨夜寻山到讲筵，
吟哦又得坐苍烟。
社如康乐终难入①，
舟是林宗可并仙②。
碧酒横江看柳浪，
青鞋踏雨惜榆钱。③
辋川④不独诗中画，
案设翻经也为禅。

① 康乐：指谢灵运。谢灵运（385—433），小名客，人称谢客，东晋名将谢玄之孙，袭封康乐公，为文学史山水诗派的开创者。此句意为面对大好山水，诗人自惭不能像谢灵运那样用美好的诗句描绘出来。

② 林宗（128—169）：郭泰，字林宗，东汉末学者。此句意为诗人与汤燕生、渐江同舟共泛，就像郭泰与李膺并立舟中，被誉为神仙。

③ 以上二句言：初春，江水碧绿，如同清澄的美酒，两岸柳条飘拂，倒映溪流，仿佛随波流动；人们穿着草鞋行走在雨中，那如铜钱般的嫩绿榆叶是多么令人怜爱。

④ 辋川：王维，字摩诘，号摩诘居士，唐代著名诗人、画家，参禅悟理。后在长安东南蓝田县辋川营造别墅，过着半官半隐的生活。此用王维代僧渐江。

选自汪世清、汪聪编纂《渐江资料集·题画诗》，安徽人民出版社1984年版。

程守（1619—1689），字非二，号蚀庵，府城人，寄籍钱塘（杭州旧县），明末诸生。诗境劖刻，生性淡泊，操守坚正。明亡隐居，一意为诗。著有《汰锦词》《省静堂集》。

汤玄翼（1616—1692），名燕生，字玄翼，号岩夫，太平人，侨寓芜湖。工书善画，所作诗每有兴亡之感，有诗史之称。与歙县僧渐江、许楚、程守、王泰征等人交游。僧渐江归山后，前来会葬，撰诔文，累峰石成塔，并种梅花数十本。此诗写了诗人与汤燕生、僧渐江于初春之际在练江泛舟的情景。前四句写作者到五明寺与好友相会，听讲经书，吟咏诗句，然后同至练江泛舟。颈联写练江景色，碧酒横江，柳条拂岸，蒙蒙细雨，榆钱叶嫩绿可爱。尾联将僧渐江比作唐代诗人王维加以赞美，言其所作，画中有诗意，且能翻悟禅理、明心见性。

过翚岭

施闰章

选自嘉庆《绩溪县志》卷十一《艺文志》,(清)清恺编撰,徐子超等点校,黄山书社2010年版。

施润章(1619—1683),字尚白,一字屺云,号愚山,媲萝居士、蠖斋。安徽宣城双溪人,清初文学家。尤工于诗,与同邑高咏等唱和,时号“宣城体”,著述有《学馀堂文集》《双溪诗文集》《愚山诗文集》等十余种。

本诗以诗人过翚岭的所见所感为主线,描绘了翚岭的险峻与绩溪的风土民情。翚岭高峻,翻越山岭的小道犹如鸟道在半山中盘旋而上,此地虽然土地贫瘠却风俗淳美。

崇冈郁峻嶒[1],鸟道绕山腹。

仰探白日短,俯瞰阴霞伏。

鱼贯度行人,疲马艰踯躅[2]。

春晴多好风,吹我岩壑绿。

农耕岭上云,妇饭溪中犊。

羁心[3]旷登陟,瘠土见风俗。

华阳灵迹[4]闷[5],杖策寻石屋。

---

① 峻嶒:陡峭不平貌。

② 踯躅:徘徊不进貌。

③ 羁心:指旅思。

④ 灵迹:指神灵的遗迹;圣贤的事迹。

⑤ 闷:这里指幽深。

绩溪道中

李之栋

行尽江南弯复弯，
扶舆别见一区间。
羊肠以上皆能水，
雉堞①之中竟有山。
野地何妨千日醉，
愁城②不放四时闲。
三峨③胜概知如许，
对此宁无损故颜。

选自嘉庆《绩溪县志》卷十一《艺文志》，(清)清恺编撰，徐子超等点校，黄山书社2010年版。

李之栋，四川铜梁东郭乡人(今重庆铜梁)。清顺治八年(1651)四川乡试解元，顺治十五至十八年(1658—1661)任绩溪知县。

本诗描写诗人赴绩溪之任时的所见所感。赴绩溪之任，跋山涉水，过了一弯又一弯，羊肠小道盘旋而上，山间有山泉潺潺而流；山中有城，城中有山。荒僻之地不妨拿出美酒痛饮，农民辛勤耕作，我却在借酒消愁。本诗通过描绘绩溪大好山水，表达了诗人决心不辜负这一方百姓的抱负。

① 雉堞：城墙。
② 愁城：指借酒消愁。
③ 三峨：指四川峨眉山的大峨、中峨、小峨三峰，故称。

登白云楼又用“齐”字留别新安诸子

梅　清

昨日登临练水西，
今朝南阁[1]更招携。
樽当惜别频相引，
屐为探幽到亦齐。
岁晚寒声孤雁去，
吟成羁思夕阳低。
天都[2]有约难长负，
昂首春云定不迷。

选自梅清《天延阁后集》卷四《丁巳》，清康熙年间刻本。

梅清(1623—1697)，字渊公，号瞿山，安徽宣城人。清顺治十一年(1654)举人，考授内阁中书，善诗工书。著有《天延阁集》《瞿山诗略》等。

白云楼即白云禅院，位于渔梁练江边。清康熙十六年(1677)，梅清经绩溪县新岭到歙县，与程非二、吴甹公、江允凝、程山尊、程正路等人交游。岁末，梅清欲归宣城，新安诸友为饯别于白云禅院，分韵吟诗，梅清已用“齐”韵撰写律诗，意犹未尽，复用此韵再作。此诗前四句写诗人返乡之前，新安友人为之饯行，观景宴饮，依依惜别；后四句感怀岁末天寒羁留他乡，未免思归，遂与友人相约同游黄山。表达了诗人与新安友人的深厚情感。

① 南阁：指练江之南白云禅院。
② 天都：天都峰，这里代指黄山。

紫霞山试茶诗为栗亭赋

袁启旭

阮公溪畔是仙家，

山上旗枪①带石霞。②

谷雨过时堪小摘，

洞云深处有灵芽。

烹来活火三春候，

坐傍浓阴一树花。

莫道卢仝③偏好事，

天香未许世人夸。

---

① 旗枪：茶树上生长的茶芽刚刚舒展成叶的称旗，尚未舒展的称枪。

② 以上二句言：紫霞山位于阮溪之畔，那是仙人居住的地方，山上茶叶舒展开嫩绿的叶芽，映衬着如同彩霞般绚丽的紫色山体。

③ 卢仝：795—835，自号玉川子。工诗精文，不愿仕进，好茶成癖，所作《走笔谢孟谏议寄新茶》诗脍炙人口，其中“一碗喉吻润，两碗破孤闷。三碗搜枯肠，惟有文字五千卷。四碗发轻汗，平生不平事，尽向毛孔散。五碗肌骨清，六碗通仙灵。七碗吃不得，唯觉两腋习习清风生”，更是传唱不衰，直与陆羽齐名，被人尊称为“茶仙”。著有《茶谱》。

选自袁启旭《中江纪年诗集》卷三，清光绪十七年（1891）紫兰书屋重刻活字印本。

袁启旭，字士旦，号中江，清康熙年间宣城人。以不羁之才攻科举，久而未遇，乃浪迹远游，放情山水，磊块不平之气寓之于诗。著有《中江纪年诗集》。

紫霞山位于潜口村西，下临阮溪，有“五百里黄山第一峰”之称。山顶产茶，不多，其味绝胜松萝。阮溪发源于黄山兴领（古名上升岭，因阮公于此上升而名），流经潜口，至雅口桥与浮溪汇合，然后至洽舍与漕溪汇合，注入丰乐河。丰乐河流经岩寺，至徽州府城外太平桥汇入练江，经渔梁，下浦口，汇入新安江。栗亭为汪士鋐之字，潜口人，工诗。康熙二十五年（1686）春末，袁启旭自宣城经太平，过黄山，到歙县，与汪士鋐多有往来。本诗即作于此年。前四句描写紫霞山茶叶生长的环境与采茶的季节，后四句通过煮茗品尝，赞美紫霞山茶实为“天香”，非人间所有。

天门楠树歌

汪　楫

选自嘉庆《休宁县志》卷二十三，清道光三年(1823)刻本。

汪楫(1626—1689)，字舟次，号悔斋，休宁县西门人，寄籍江都。以岁贡生署江苏赣榆训导。清康熙十八年(1679)，召试博学鸿词，授翰林院检讨，纂修《明史》。康熙二十二年(1683)春，充册封琉球国正使。著有《悔斋集》8种19卷等。

楠树在齐云山东天门，倚崖而生，拔壑参天，婆娑碧荫，如幄如云。首夏，花香弥漫于崖谷间。盛夏，游人柱杖其下，清凉袭腋。据说江南仅此一株，其后枯萎，雕为神像。此诗前四句写楠树的奇异形状，接着写楠树三年内两次被天雷所击。虽历经磨难，楠树终不为所屈，顽强地生长着，苍枝横披，独立天门。赞颂了天门楠树历遭磨难，坚强不屈，依然茂盛的生命力。

天门楠树真瑰奇，

夭矫蹲伏龙虎姿。

行人入山未见树，

横空已有阴纷披。

异种应为鬼神护，

老干偏受雷霆欺。

火轮坠天石壁紫，

三年两度搜蛟螭[1]。

黄冠[2]瞪目救不得，

手撞钟鼓口嗢咿。

飞鸾召鹤事慌惚，

造化若使巫为医。

苔藓驳落转光泽，

瘢痕皱裂成苍皮。

身遭困折终不屈，

① 蛟螭：蛟龙。此指楠树虬干如蛟龙。

② 黄冠：指齐云山道士。

柔条横入青松枝。

我闻此树江南止一本，

培植灌溉知何时？

独立天门结光怪，

似恐户牖为人窥。

呜呼！盘根错节天知之，

永与白岳同兴衰。

桃花涧

汪　楫

选自嘉庆《休宁县志》卷二十三，清道光三年(1823)刻本。

桃花涧，一名桃源，即齐云山洞天福地。志书载明代嘉靖、隆庆年间，有数百岁人居此，坐卧一石床，无姓名，不立文字，人称“邋遢仙”。后化去，有人从峨眉山来，说是经常遇见。李日华《味水轩日记》载：万历三十八年(1610)九月，李日华游白岳，于十六日在天门外石室中看到张邋遢，时已一百二三十岁。此诗通过对邋遢仙隐居生活的叙述，表达了桃花涧是隐士的理想居处。

峨眉人不返，惟有石床存。

大隐无文字，虚名聚子孙。

薜衣[1]埋虎迹，蜡屐入苔痕。

何必桃花水，千山翠绕门。

① 薜衣：即薜荔衣，用薜荔的叶子制成的衣裳，借称隐士的服装。

古城溪涨观捕鱼有感

赵吉士

万山昨夜奔新雨，连天走谷无行路。
我从鹅峰过水南[①]，寺僧摇手戒无渡。
渔家意得荡波涛，绿蓑青笠开轻篙。
回旋不避阳侯[②]怒，设网提纲纵横操。
贪心乃冀一罟集，秃尾槎头[③]出复入。
小舠大舸横截流，鼋鼍[④]骇散蛟龙泣。
鱼兮鱼兮奈尔何？扬鬐不得宁洪波。
朱门会食恣厌饫，金刀细脍香调和。
五侯之鲭[⑤]天下无，岂知道路多饿夫。

① 原注："山有鹅峰，水涨为必由之路。"
② 阳侯：古代传说中的波涛之神。此代波涛。
③ 秃尾：鲟鱼、鳙鱼等的俗称。槎头：又称槎头鳊，即鳊鱼。
④ 鼋鼍：指大鳖和猪婆龙（扬子鳄）。
⑤ 五侯之鲭：汉代娄护合王氏五侯家珍膳而烹饪的杂烩。五侯：汉成帝母舅王谭、王根、王立、王商、王逢时同日封侯，号五侯。鲭：肉和鱼的杂烩。

选自《万青阁全集》之《万青阁自订诗·七言古》，清康熙年间刻本，《四库全书存目丛书》收入集部第220册。

赵吉士（1628—1706），字天羽，号恒夫，休宁县旧墅人。清顺治八年（1651）举人，官至户部给事中。博洽经史，能文工诗，著述颇多，纂修康熙《徽州府志》，著有《寄园寄所寄》《万青阁自订全集》等。

古城岩位于休宁县城东十里，原称万岁山，北宋宣和年间因避禁苑山名而改为万安山。隋大业末年，汪华将郡治从黟县移于此地，筑有城池，故称古城。发源于黟县漳岭的横江流经山下。清顺治四年（1647）季夏，狮山坍塌，巨石滚落，震厉之声闻于远近，石形如印，浮于水面，因名印石。截流成潭，游鱼群聚，深不掩鳞，大船小舟捕鱼者甚多。顺治十年（1653），赵吉士筑寺庙于上，招僧看管，禁止网钓，为放生池。游人观览者颇多，投以鱼食，鼓波争吞，成为胜景。此诗前四句写雨后溪涨，渡头无人；接着写渔家大船小舟横截潭上，将河鱼一网打尽；最后四句感慨朱门生活奢侈，毫不顾惜路有饿夫。

过桃源寄讯渐江上人

汪士鋐

选自民国《歙县志》卷十六《艺文志·诗赋》,民国二十六年(1937)石印本。

汪士鋐(1632—1706),原名征远,字扶晨,号梅旅,歙县潜口(今属徽州区)人。晚年徜徉林泉,以诗文自适。著有《黄山志续集》《新都风雅集》《栗亭诗集》《四顾山房集》等。

桃源位于黄山风景区桃花峰下,溪中多巨石,洪涛直泻,浪花飞溅。其水经汤泉溪入逍遥溪,穿汤口镇,至休宁县汇入夹源,然后由休宁县城汇入新安江支流横江,至屯溪黎阳与率水汇入渐江,经篁墩、雄村,至浦口汇入新安江。清顺治二年(1645),僧渐江远游武夷山,皈依古航禅师,后归黄山,往来于云谷寺、慈光寺之间。每寻幽胜,或长日静坐空潭,或月夜独啸危岫,倦归则闭门苦吟,或数日不出。汪士鋐家住潜口,游黄山者多憩息于此,渐江往来黄山,与汪士鋐有着深厚的友情。此诗即写僧渐江让汪士鋐到黄山桃源来相聚。汪士鋐来后,却未见到僧渐江,想起以前两人憩息桃源狎浪楼一起谈佛的情景。回忆之中,突然见到峰头有僧人到来,原是僧渐江被云谷风景所迷恋,让人带书请汪士鋐前往夜谈。然而诗人却痴迷于桃源"松风生晚凉,月明照瑶席"之境,亦不愿离去,遂作此诗,以为问讯。此诗表达了僧渐江与汪士鋐性耽山水、随性而行的意趣。

期我桃源来,更踏桃源陌。

不见武陵人,潭声挂飞白[①]。

憩息狎浪楼,谈玄忆畴昔[②]。

坐见峰头僧,冉冉下空碧。

开师霞际书,谓躭云谷适。

劝我云谷游,清宵话泉石。

松风生晚凉,月明照瑶席[③]。

聊托孤飞云,一讯安禅客[④]。

① 飞白:白色的瀑布。
② 畴昔:往昔。
③ 瑶席:瑶草编成的席子,美称供坐卧之用的席子。
④ 禅客:俗家参禅者,这里指渐江和尚。

浔阳钓台[1]

江既入

几年吏隐[2]小桃源，

石壁犹传胜迹[3]存。

隔代桑麻藏晋魏[4]，

上方钟磬[5]唤晨昏。

苔云挂壁长封径，

涧水流红独款门。

知是武陵[6]浑未让，

渔郎几许误仙村。

选自《黟县四志》卷十五《杂志·诗录》，民国十二年(1923)刻本。

江既入，字扩我，江西贵溪人。清顺治十八年(1661)，由举人赴黟县担任知县。

此诗状写古黟浔阳钓台及其附近的自然景物与人文胜迹，点出了一涧漂流着春日落地的红艳桃花花瓣的漳河水，更见生发了一通“知是武陵浑未让，渔郎几许误仙村”的感慨，令人产生了诗情体会上的很大共鸣。

① 浔阳钓台：亦称浔阳台，在今黟县南漳水之畔。
② 吏隐：指官吏隐居，即笔者自己隐居在小桃源。
③ 胜迹：指黟县浔阳钓台隔河对岸的崖岩处所刻“浔阳台”三个大字。
④ 晋魏：暗指陶渊明在《桃花源记》里所谓的魏晋朝代。
⑤ 钟磬：指山上浔阳书院里观音殿传出来的声音。
⑥ 武陵：指陶渊明在《桃花源记》里写到的武陵人。

新安江支流练江(歙县渔梁坝)　潘成摄

新安江行

钱纫惠

选自《严州诗词》，政协建德市委员会编，天津古籍出版社2011年版。

钱纫惠，女，吴县（今江苏苏州）人。

本诗叙写舟行新安江所见之美好景象，“筏移疑入镜，碓落自春云”一句，富于想象，意象生动。

乘潮渡渔捕，沓嶂夹江渍。

一瞰绿波影，能令纤芥分。

筏移疑入镜，碓[1]落自春云。

听尽潺湲水，滩高易夕曛[2]。

---

① 碓：舂米的工具。

② 夕曛：落日的余晖。

还古集讲偕诸同志溪上晚步

施　璜

讲《易》求仁乐未休，
晚来还共步溪头。
三三两两无纤累，
翼翼钦钦得密修。
野树千重青嶂沓，
清波一片白云留。①
自强不息如川逝，
学《易》方能寡悔尤②。

选自施璜辑《还古书院志》卷十六《艺文三》，清道光二十三年(1843)刻本。

施璜(？—1706)，字虹玉，号诚斋，休宁县黎阳人。早年弃科举，致力于理学。曾主讲于紫阳、还古诸书院。著有《紫阳书院志》《还古书院志》等。

还古书院位于古城万安山麓，书院前即为横江。书院始创于明万历二十年(1592)，休宁知县祝世禄、邑人邵庶倡建，为讲学之所。此诗首联言诗人讲论《易经》，追究仁爱，其快乐没有休止，傍晚还与诸生们一同在溪头散步；颔联讲诸生们三两成群，没有丝毫俗世的累赘，严肃谨慎、乐于进取，进修得很快；颈联以景喻人，将树木比作人才，将清澈的溪流比作纯洁的心灵；尾联勉励学子在学习上应如同流水一样自强不息，就像孔子所说的，学习《易经》可以使人明白事理，减少怨恨。

---

① 以上二句言：放眼望去，层峦叠嶂，树木千重，溪流清澈，白云倒映其中。

② 此句言：学习《易经》，懂得事理，就可以减少怨恨。语出孔子《论语·述而篇》，子曰："加我数年，五十以学《易》，可以无大过矣。"

追念西干旧居

汪　薇

选自许承尧辑《西干志》卷一，1981年安徽省图书馆古籍部抄录安徽省博物馆藏稿本。

汪薇（1645—1717），字思白，号棣园、辱斋，别号溪翁，徽州府城人。康熙二十四年（1685）进士，官至福建按察司佥事，提督学政。著有《堪舆悯俗》《诗伦》《经概》。

汪薇读书时曾居西干，中年出仕，致政回乡，时常至西干游览。此诗首联描写诗人旧居的地理环境；颔联描写诗人从旧居所见江岸情景，红妆画舫，绿柳骏马；颈联转写诗人对西干景物的喜爱，以至“兴来纵眺人多怪，到处长吟我自颠”；尾联描写诗人年老时对西干风景依然不能忘却之情。此诗通过“追念”曾经留恋的西干风物，表达了对西干风景的喜爱之情至老不渝。

披云峰照卧床前，
窗对浮图古寺边。
沙上红妆诸舫集，
柳阴金埒[1]一堤连。
兴来纵眺人多怪，
到处长吟我自颠。
最爱石桥看落照，
有余形胜老还怜。[2]

① 金埒：名贵的马匹。
② 以上二句言：今虽不居西干，但最爱的还是在西干的太平桥上看落日与绚烂的晚霞，西干胜景太美好，即使年老，也依然觉得可爱。

次街口

汪洪度

万山落飞瀑，竞向清溪会。
潆洄穿松杉，葱蒨纷映带。①
积石竦剑铓，百里无静濑。
篙师惯歌啸，险绝了不碍。②
攒霄排岩峦，幽异此中最。
转惜崄巇中，苍黄出烟霭。
渔火半明灭，海月上山背。
家乡送别人，已隔青峰外。

选自民国《歙县志》卷十六《诗赋》，民国二十六年(1937)石印本。

汪洪度(1646—1722)，字于鼎，号息庐，又号黄萝，歙县千秋里(今徽州区松明山)人，汪道昆曾孙。擅诗文，工书画，纂修康熙《歙县志》主编山水部分，著有《息庐集》《新安女史征》《黄山领要录》等。

街口位于新安江水道上，与浙江交界。汪洪度小时随母居扬州，母病亡后，随父汪子喻读书黄山炼丹峰，与方以智、吴嘉纪、屈大均友善，时常往来金陵、扬州之间。本诗为汪洪度从徽州经新安江外出在街口停宿时所作。诗人告别亲友，百里到街口，一路行来，被山水风光所吸引，可在夜幕降临时，内心忽然生出“家乡送别人，已隔青峰外”的愁绪。此诗通过对新安江景物的描写，表达了对亲友的思念之情。

① 以上四句言：诗人告别亲友，百里到街口，一路行来，两岸山势高耸，溪涧奔流而下，如同飞瀑争着落向清溪。溪流蜿蜒曲回，穿过松杉林，林木青翠，倒映水中，湖光山色，相互映衬。

② 以上四句言：江水里岩石磊磊，如刀似剑，溪流从石缝穿过，激起汹涌的波浪。百里之内，溪流湍急，而撑船的篙师早掌握了路数，不时长啸，虽险绝无比，亦不妨碍前行。

绩溪杂感七首

高孝本

选自嘉庆《绩溪县志》卷十一《艺文志》,(清)清恺编撰,徐子超等点校,黄山书社2010年版。

高孝本(1649—1729),字大立,号青华,晚号固哉叟,浙江嘉兴新丰镇高家埭人。康熙三十年(1691)进士及第,康熙四十至四十二年(1701—1703)期间任绩溪知县。著有《固哉叟诗稿》《乡塾谈古》《记游》《愚夫论》2卷等。

此组杂诗以绩溪山水人文民俗为主要内容,表达了对政治清明、百姓安居乐业的愿望。

此诗以灵山、乳水、翠水、驿路、印潭等景为主要内容,描述绩溪山水景色,借"石印回澜"之景,告诫官吏要顺民意,做贤官。

一

渺渺望灵山[①],绝顶一簇树。

塔影烟中见,钟声云外度。

乳水与翠水,山下水交注。

南入新安江,浩浩朝宗去。

县界接临溪,驿骑分雄路。

筏苦上滩篙,驴怯过岭步。

跋涉虽况瘁,颇得山水趣。

印潭[②]在路左,有石沙环护。

吏贤石始见,劝戒若有故。

未及停辔观,传闻定多误。[③]

会待神君来,亲见印文露。

---

① 灵山:位于绩溪县城西南2公里,海拔397米。山顶平衍,古建有庵堂,庵西有石洞。庵旁,明建玄武庙,清雍正间建佛楼和地藏殿,均早圮。

② 印潭:灵山西麓扬子河心,有石印潭。潭中巨石方如印,有纹痕。河水流此绕石回澜。有古谚:"印纹露,邑宰显。"

③ 此句后有原注:"前岁人言,沙开石露,邀予往观,予辞之。"

接踵鲁与卓，流沙不复聚。

二

胜绝苍龙洞，洞口苍龙攫。
远见鳞鬣张，近闻风雨作。
山巅龙所宅，飞泉相喷薄。
三折始到洞，千尺空中落。
垂作水晶帘，直下挂岩脚。
散为万珠玑，蚊人戏相掠。
雷轰耳畔惊，虹飞眼底拓。
造化所推排，神仙共栖托。
我欲洗尘缨[①]，问龙乞一勺。

苍龙瀑布位于扬溪镇，镇西南有苍龙洞，洞涌清泉，瀑泻如帘，下注龙湫，汇入扬之河。

三

翚岭[②]路漫长，蜿蜒行百折。
新岭[③]崎岖上，磴道更峭绝。
过岭气候殊，迥若南北截。

此诗主要描绘了绩溪岭南与岭北的气候差异：岭南才下零星的雪珠，岭北都已经积雪很厚了；岭北才开始收割，岭南的农事就已经结束了。

① 尘缨：比喻尘俗之事。
② 翚岭：古道，南起县城西门，过来苏桥、大徽村（今高迁村）地段（越翚岭、镇头、浩寨、分界山接旌德道），全长36公里，青石板路，宽2—2.5米。古为徽、宣、池通道，亦是绩溪县境岭南、岭北通衢。
③ 新岭：驿道，南起徽宁驿道雄路铺，经孔灵、祥云铺九里坑（新岭、镇头官铺桥接翚岭驿道），全长15公里，石板路，宽2—2.5米。明迄民国为商旅要径。新岭道较为低缓，绩城与岭北、旌德往来的骡马、轿舆亦西行九华里至祥云铺转走新岭道。

岭南微霰零，岭北积深雪。

北才腰镰始，南已农事辍。

遥遥望大会，山半云明灭。

烟火数百家，正当岩岫①缺。

试看山萦纡，定知气蟠结。

隐隐鸡犬闻，宁与仙源②别。

四

诸生③时相见，雍容习威仪。

衣冠最朴素，恭谨拙言辞。

此实学道器④，亦鲜友与师。

米盐诸琐屑，事事亲操持。

耰锄⑤或德色⑥，真意毋乃衰。

杞梓固不乏，所恐稂莠⑦滋。

走也虽固陋，颇欲振衰颓。

每望家孟荀，亦思人皋夔⑧。

忝此一日长，远大以相期。

此诗通过对绩溪学子衣着、仪态、生活、学习等方面的描绘，表达了诗人对绩溪生员的赞赏及期望。

---

① 岩岫：峰峦。

② 仙源：这里指陶渊明笔下的桃花源。

③ 诸生：明、清两代称已入学的生员。

④ 道器：语本《易·繫辞上》："形而上者谓之道，形而下者谓之器。"道是无形的，含有规律和准则的意义；器是有形的，指具体事物或名物制度。

⑤ 耰锄：亦作"锄耰"，指耕种。

⑥ 德色：自以为对别人有恩德而流露出来的神色。

⑦ 稂莠：泛指对禾苗有害的杂草。常比喻害群之人。

⑧ 皋夔：皋陶和夔的并称。传说皋陶是虞舜时刑官，夔是虞舜时乐官，后常借指贤臣。

五

广袤无百里，风岭相连属。

人言山最瘠，土不盈一掬。

种植非所宜，遂令茂草鞠[1]。

四顾皆童山[2]，对之但蒿目。

天地利自然，雨露所长育。

大者松与杉，用可栋梁卜。

椅桐及梓漆，拱把成最速。

阳坡宜栽茶，阴崖宜种竹。

果能勤栽培，岂必土膏沃。

蕃庑[3]会有时，山虞[4]亟相勖[5]。

此诗描写绩溪的自然环境，境内多山，土地贫瘠，可耕地少，长宽不到百里，但若因地制宜地栽种松树、杉树、梧桐树、漆树、茶树及竹等，假以时日，山林定然茂密。

六

迤东三百重，朝暮芬烟霭。

山荒无村落，草深路细碎。

有客曾为言，朱提[6]产其内。

开采利实多，奈何任芜秽。

掉头谨谢客，尔计太冒昧，

此诗描写了开采绩溪山中银矿虽能带来利润，但却会污染周边的环境。

① 鞠：抚育、抚养。

② 童山：不生草木的山。

③ 蕃庑：茂盛。

④ 山虞：《周礼》地官的属官，掌管山林的政令。这里借指掌管山林的官署。

⑤ 相勖：勉励。

⑥ 朱提：位于今云南省昭通县境内，盛产白银，世称朱提银，这里用作银的代称。

胜朝[1]神庙时，矿使岁几辈。

所获仅锱铢[2]，工役费百倍。

盗风从此滋，所以事中废。

往辙已可鉴，妄动后必悔。

为语好事人，言利慎毋再。

七

吾宗自高曾，多以吏治显。

宦游随先公，经术曾窥管。

谬分百里符，冰蘖[3]自黾勉。

稍稍计兴除，夙志尚未展。

岂意遭网罗，恻怆六翮翦。

惭甚诸父老，相见脸必泫。

额手苍昊[4]慈，愿岁篝车满。

身贱狎樵牧，住久习鸡犬。

聊陈所见闻，用以识绩绻。

此诗描写诗人为官宦之家，在数百里之外做官，虽然寒苦而自勉有操守。但愿苍天有眼，垂爱百姓，风调雨顺，物阜年丰，表达了诗人对绩溪的深厚感情。

① 胜朝：已灭亡的前一朝代。
② 锱铢：旧制锱为一两的四分之一，铢为一两的二十四分之一。比喻极其微小的数量。
③ 冰蘖：比喻寒苦而有操守。
④ 苍昊：苍天。

河西

张　潮

河西多胜迹，处处是幽探。
有寺皆临水，无山不染岚。[1]
径穿桃李槛，石构佛仙龛。
应接真无暇，忘归恋久谈。

选自许承尧辑《西干志》卷一，1981年安徽省图书馆古籍部抄录安徽省博物馆藏稿本。

张潮（1650—？），字山来，号心斋，歙县柔岭下人。清康熙初年以岁贡生，官翰林院孔目。著有《四书会意解》《心斋杂组》《心斋诗钞》《奚囊寸锦》《幽梦影》等，另编有《虞初新志》《昭代丛书》《檀几丛书》。

河西即练江之西，自唐代于披云峰山麓建寺庙以来，为徽州一大名胜之地。此为张潮游河西寺所作，前三联描写河西风光，尾联点出对河西风景的喜爱与留恋。

① 以上四句言：练江之西名胜古迹繁多，到处都可探寻幽境。披云峰山麓的十座寺庙临水而建，那几折山峰常年飘绕着云雾。

淋沥山

张叔珽

选自《黟县志》，黟县地方志编纂委员会编，光明日报出版社1989年版。

张叔珽，字方客，号鹄严，通城人。岁贡生，康熙五十一年(1712)任徽州府同知。

黟县淋沥山不仅是一处山岳景胜地，还是一处古战场。此诗从自然与人文结合的角度写出该山的奇胜，也写出作者凭吊的心情。必须要指出的是，“悬流万仞落水痕”所写的泉流正是下注武陵溪的源头之水！

四面巉崖[1]势独尊，

悬流[2]万仞落水痕。

天开石洞[3]云常卷，

雨洒金灯[4]夜不昏。

踞险岂能容啸聚[5]，

探奇犹可藉攀援。

闻多胜迹[6]藤萝外，

我欲乘闲试一扪。

---

① 巉崖：象鼻崖处的巉岩陡崖。

② 悬流：垂珠洞前的飞流泉水。

③ 石洞：指垂珠洞。

④ 金灯：入夜或见金灯如流星千百，此景叫作金灯夜现。

⑤ 啸聚：聚啸山林，喻指汉末陈仆、祖山，集领二万户，兵屯其山，踞险起义。

⑥ 胜迹：指淋沥山上的香炉峰、象鼻崖、垂珠洞、仙人棋盘石诸景以及淋沥书院、淋沥庵、古战场遗址等。

新安江舟行

程瑞祊

乱山横处一溪斜，
几点浮鸥向浅沙。
岭断岚生云作雨，
石蹲风激浪成花。
钟鸣谷口寻初地，
日落峰头露晚霞。
曲曲江流还百里，
板桥疏柳是吾家。

选自《槐江诗钞》卷四，清乾隆二年(1737)刻本。

程瑞祊(?—1719)，字姬田，号槐江，休宁率口人。年少为名诸生，于经史百氏靡不淹贯，为文兀傲有奇气，诗则浑成大雅。著有《麟经集义》《飘风过耳集》《槐江诗钞》《槐江杂著》《黄山纪游》等。

此诗为程瑞祊出游从新安江返家过街口后所作。前四句描写新安江及沿岸景色：新安江两岸山峦错杂纵横，溪流从山间曲折而出，江水清澈见底，沙明水净，远处江面上几只白鸥向着浅水滩方向悠闲地游去；云岚从峰头慢慢生起，渐渐地岭半以上皆被雾气笼罩，淅淅沥沥地化作雨点飘洒，水流冲过蹲踞的石头，江风吹动，浪花汹涌。后四句写岸边山谷里钟声阵阵，人们循声而找寻寺庙所在；雨后天晴，峰头日落，晚霞绚丽；天色渐黑，江随山转，曲曲叠叠，离家尚有百里水程，那木桥疏柳之处，就是诗人的家。近乡情怯，跃然笔下。

新安江入口(歙县浦口)　潘成摄

登禹王阁两首

靳治荆

选自许承尧辑《西干志》卷五，1981年安徽省图书馆古籍部抄录安徽省博物馆藏稿本。

靳治荆，字熊封，号书樵，镶黄旗汉军，靳辅从子，出王士禛门下，奉天人。康熙二十一年（1682）进士，任歙县知县，官至吉安府知府。修康熙《歙县志》，著《金陵览古诗》《思旧录》等，其诗集不存。

禹王阁位于徽州府城南门外龙井山，山下即渔梁坝。此诗为靳治荆任歙县县令第三年时所作。靳治荆任歙县县令，时刚弱冠，意气风发，与名流曹贞吉、梅清、施闰章、吴绮、袁启旭、程守、汪沅、汪炜等人相与唱和往来。在县衙建问政山堂、凝清书屋，聘请吴苑等人纂修《歙县志》，志书告成，特地请吴逸绘《古歙山川图》24幅，为珍贵的文献资料。

第一首前三联写登禹王阁，因境地开阔，风光无限；尾联点出对异乡风景的喜爱，将异乡当作家乡。第二首前两联写雨后登禹王阁风景更美；后两联指出诗人痴恋禹王阁，不仅是因为此地风光好，且离县衙近便，公务繁忙不能远游，“酒杯持未了，尘事又丛生”之际，此地当是最佳选择。

一

禹庙[1]渔梁上，平临春色赊。

雨添新涨水，风送欲残花。

地敞山争出，楼高日未斜。

淹留此三载，何处是吾家。

二

雨后山如沐，钟声报晓晴。

断云天际薄，高树槛前清。

懒足从吾好，狂恋任世名。

酒杯持未了，尘事又丛生。

① 禹庙：即禹王庙，位于渔梁坝之上的龙井山。

咏隆堨

靳治荆

隆堨依时浚，凌家世代传。

桔槔[①]间外舍，水泽满千田。

秧插频加粪，禾收早易钱。

先人遗此业，无用叹凶年。

选自清凌应秋《沙溪集略》卷二《水利·隆堨》，安徽省图书馆存传抄本。

隆堨位于练江的支流富资河上，为富堨村与沙溪村之间。唐代，歙县沙溪凌姓相形势，于富资河中筑堨，引水入渠，灌田五百余亩。此诗通过对沙溪凌姓依时疏浚河道，修理隆堨，灌溉稻田，以卜丰收之事，赞美了沙溪凌姓先人筑隆堨的功劳。

① 桔槔：俗称“吊杆”“称杆”，是一种原始的汲水工具。

过清涟庵

汪　绎

选自嘉庆《黟县志》卷十六《艺文志》。

汪绎，字玉轮，号东山，休宁西门人。清康熙三十六年(1697)进状元，官翰林修撰。假归，特命家居食俸，校刊《全唐诗》。书法遒劲，诗文澹雅。著有《秋影楼集》。

该诗以一名旅人的身份写出经过黟县清涟庵时所见“人家依水浒，溪鸟聚沙汀”的景况，颇具令人流连的笔力！

欲趁斜阳返，清涟[1]且暂停。

人家依水浒[2]，溪[3]鸟聚沙汀。

柳散禅门碧，松连石壁青。

临风堪寄啸，清磬[4]过南屏。

---

① 清涟：指清涟庵。

② 水浒：水边。

③ 溪：指武陵溪。

④ 清磬：清远的钟磬声。

阮公泉

汪　沅

仙人洗药处，惟见碧流泉。
乱石下奔涧，诸峰高插天。
桑麻迷晋代，鸡犬避秦年。
旧《记》[1]桃花路，寻源尚杳然。

① 旧《记》：指陶渊明《桃花源记》。

选自汪士鋐辑《新都风雅三种》，清康熙年间刻本；又见民国《歙县志》卷一《舆地志·山川》，民国二十六年(1937)石印本。

汪沅(1662—1690)，字右湘，号砚村，又号秋水，别号梅麓，歙县潜口(今属徽州区)人。工诗，年二十九以疾卒。有《砚村集》《水香园遗诗》等行世。

阮公泉位于潜口紫霞山，现为潜口民宅饮水井。紫霞山下临阮溪，溪发源于黄山上升峰，经汤口镇冈村至杨村乡入徽州区境内，至雅口桥与浮溪汇合，流入新安江支流丰乐河，入练江，于浦口汇入新安江。上升峰常为云所拥，浮浮沉沉无定形，远望势若上举，故名。传说阮仙翁在上升峰升天，又名阮峰。汪沅别业水香园即在紫霞山麓，清初施润章、梅清、靳治荆等人皆有题记。阮溪又称潜溪，或称为陶潜后人曾隐居于此，或称此地峰峦叠嶂，溪流潜藏于此。古时多植桃树，春天桃花十里，游者颇多。此诗前四句写了阮公泉为仙人洗药之地，乱石奔涧，诸峰插天，只见碧绿的一泉清流，仙人已不知何处去；后四句由阮公泉转到紫霞山，称此地为世人遗忘的世外桃源。

鱼亭驿晚步

朱　绣

选自嘉庆《黟县志》卷十六《艺文志》。

朱绣，字彩章，清初休宁人，寓居濡须。善绘花卉，得南田生法。好游览，所至佳山水辄有图。尝独游黄山，挟册踞莲花峰顶，作《黄山全图》，亦韵事也。

此诗描写了作者晚步鱼亭驿时所见轻舟放行浦溪（漳河）烟波之上的沿途景物，特别是那句“鸥鱼目不惊”写活了水上妙景，让人印象深刻！

落日烟波好，苍凉溪[1]上行。

平芜飞鸟没，远浦下舟轻。

竹石时相约，鸥鱼目不惊。

山僧归路晚，杖履复纵横。

① 溪：指漳河。

送人回新安

朱　绣

鸟道挂帆边，清秋欲放船。
小心风水路，纵酒别离筵。
山仄[1]收残照，江虚受远天。
故园方有约，红树但经年。

选自嘉庆《黟县志》卷十六《艺文志》。

此诗描写了作者于清秋时节送乡友坐船走水路回新安的情景，尤其诗句“山仄收残照，江虚受远天”道尽山水风光的旷远和惜别友朋的难分心情。

① 仄：逼仄。

紫阳山谒朱子祠

沈德潜

选自沈德潜《归愚诗钞》卷七，清乾隆刻本。

沈德潜（1673—1769），字碻士，号归愚，长洲（今苏州）人。清代诗人。乾隆四年（1739）进士，官至礼部尚书。著有《沈归愚诗文全集》，编有《古诗源》《唐诗别裁》《明诗别裁》《清诗别裁》等。

紫阳山位于徽州府城外练江南岸，自明以来，建有紫阳书院。清乾隆十五年（1750）正月，78岁的沈德潜同周迁村经新安江水道前来游黄山，二月入歙县界，寓渔梁古寺，登紫阳山拜朱子像。此诗首句言朱子读书紫阳山有误。朱子之父朱松为郡学诸生，时常到紫阳山游玩，后官福建，思之不忘，遂以"紫阳书堂"刻其印章。其后，朱子为纪念父亲，又以"紫阳书堂"为厅堂之名，悬匾其上。此诗通过对朱子平生的叙述，赞扬了朱子那种"用之则行，舍之则藏"的儒家精神，并激励自己：虽已年老，还应该学习朱子理学，得以融会贯通。表达了作者对朱子的崇敬之情。

昔年子朱子，

读书紫阳峰。

肩承程周①绪，

孔孟②日再中。

致君本诚正，

乐道随穷通。③

邪正不两立，

宵小群相攻。④

占"遁"守恬退，

行藏断诸衷。⑤

① 程周：程颢、程颐和周敦颐的合称。

② 孔孟：孔子与孟子的合称。

③ 以上二句言：朱子奉诏给宋宁宗进讲，真诚地希望能够匡正国君的德性来限制君权的滥用，不久，即被罢去待制兼侍讲的职务。然而朱子不管身处困厄还是显达，都乐于坚守信仰。

④ 以上二句言：南宋庆元年间，"党禁"开始，理学遭到残酷迫害，朱子被迫家居，其门人或流放，或坐牢，皆遭受严重打击。

⑤ 以上二句言：朱子遇到劫难，曾作辩诬书稿准备上奏，后以占卦定吉凶，因得"遁"卦，于是焚毁书稿，自号"遁翁"，上书以疾病乞休。孔子曾说过："用之则行，舍之则藏。"既然不被朝廷所用，那就藏身做学问。

至今小山名，

仰止[1]如华嵩。

我来讲学地，

瞻拜摅虔目。

自惭读公书，

理境犹未融。

研摩干禄学，

缺略反己功。[2]

行当励耄年，

还思鼓衰慵[3]。

① 仰止：仰慕。止：语气助词。

② 以上二句言：诗人认为自己一心研究揣摩仕进的学问，而缺少对自己内心进行严格检查。干禄：追名逐利。

③ 衰慵：衰老、慵懒。

自梁下至潜口作

沈德潜

选自沈德潜《归愚诗钞》卷七，清乾隆年间刻本。

梁下，即渔梁，位于徽州府城外练江边，为徽州重要的码头，来往客商云集。乾隆十五年(1750)二月，沈德潜来游黄山，即寓居梁下。次日，起程游黄山，从梁下出发，过太平桥，沿丰乐河，至雅口桥，溯阮溪而行，共三十里到潜口。春光明媚，景色迷人。此诗通过对春日旅途景物的描写：篱笆内外，鸡犬悠闲；茅草屋顶，炊烟袅袅；初春雨后，田肥土沃，农人荷锄，辛勤耕耘，点出“三农有好怀，相见开欢颜”是因为“具言岁时和，兼言长官贤”，歌颂了太平盛世的祥和气象。来到潜口，放眼望去，桃花密布坡谷，如波涛翻滚。地名潜口与田园诗人陶潜相同，有引退修身之意。从此行去，山路崎岖陡峭，与黄山还相隔着上千座峰峦。

东风扫积阴，天许游名山。

轻身上篮舆[1]，屈折寻溪湾。

村村放桃花，含笑何嫣然。

篱落散鸡犬，蔀屋[2]动炊烟。

是时土膏润，举趾来中田。

三农有好怀，相见开欢颜。

语言未尽通，指趣依约间。

具言岁时和，兼逢长官贤。

睹此风俗淳，愈念民依艰。

行行赴潜口，处处翻涛澜。

地与人名符，退藏义所安。

前途失平坦，遥指千烟鬟[3]。

① 篮舆：古代供人乘坐的交通工具，形制不一，一般以人力抬着行走，类似后世的轿子。

② 蔀屋：指用草席盖顶之屋。

③ 烟鬟：指妇女的鬟发，亦形容鬟发美丽。此代烟雾缭绕的峰峦。

自潜口行三十里宿山家

沈德潜

一路滩声迎，一路滩声送。
纡回入乱山，崎岖步难纵。
岚岭四围合，罅隙疑引缝。
境转心目开，仍见天宇空。
平畴花竹间，人家业耕种。
涨满筏急流，溪喧碓常动。
前行日下春[1]，四野烟光重。
野猿发哀吟，惊禽起奇哢。
桥断涉水行，融和已消冻。
行行投山家，萝屋傍岩洞。[2]
遇我如故人，摘蔬馈清供。
静坐忆所经，一灯恍如梦。

选自沈德潜《归愚诗钞》卷七，清乾隆年间刻本。

乾隆十五年(1750)二月，沈德潜来游黄山，早上从梁下出发至潜口。然后五里至佛子岭，又五里至杨干，其下濛水萦绕；又十里至容溪，溯溪而上，经车门滩、七里亭，过长潭，至洽舍，计程十里。按：濛溪发源于大坞岭，经四村、汪村、呈坎、杨干至石川入丰乐河；容溪发源于大堆尖，经小容、长潭、车门滩、上容溪附近汇入丰乐河。一路行来，湍流激石，径岭蜿蜒，山回路转，天清地宽，平畴人家，野花竹树，急流竹筏，水碓轰鸣，日落西山，禽兽归巢，无不入于耳目。而投宿山家，如遇故人，亦无不舒畅，于是灯下作诗以为记。此诗通过对旅途景色的描写，表达了诗人对大好河山的热爱。

---

① 下春：代日落。典出《淮南子·天文训》："(日)至于渊虞，是谓高春。至于连石，是谓下春。"高诱注："连石，西北山，言将欲冥，下象息春，故曰下春。"

② 以上二句言：走着走着，已是日落西山，就投宿在山村人家。在这荒村之中，屋宇傍着岩洞而建，萝蔓覆盖着屋顶。

绍村

程　庭

选自程庭《若庵集》卷五《春帆纪程》，北京大学图书馆藏清康熙年间刻本。

程庭(1678—?)，字且硕，岑山渡人。其祖父侨居扬州，于是隶籍。诗有温庭筠、李商隐之风调，色彩绮丽，笔调柔婉。著有《若庵集》。

绍村今属歙县森村乡，纳胡川、薛源、方家坞、佑源四水，在雄村乡胡上村附近汇入新安江支流渐江。程庭生于扬州，直到康熙五十七年(1718)41岁时，始归新安祭扫。于二月初三从扬州出发，十五日至歙县岑山渡，二十四日拜会绍兴张氏亲友，并拜三姑母墓。其表侄张权与好读书，耽身丘壑，种梅于溪涧左右，又遍种桃李杏梨、辛夷玉兰之属以映带。程庭去时，正是群英绚丽，红紫芳菲，夜集孺兄慎德堂宴饮，不觉酩酊大醉。此诗开篇“绕谷篮舆到处停”一句，点出风景奇异，不由得时时停下观看。接着对景物进行描写，通天山径，碧池卵石，藤缠青松，岩岫云岚，山居人家，莺啼花开，无不摄人心目。最末一句“烂醉高吟就景亭”不仅与开篇句前后呼应，且暗寓贤主难得，表达了诗人对绍村春日景色及好客亲友深深的热爱，以至于沉醉。

绕谷篮舆到处停，
嶙峋有径上青冥[1]。
石生碧沼成瑶璐，
松袅苍萝结茯苓。
山厂[2]好招云入户，
人家都倚翠为屏。
春来一桁莺花丽，
烂醉高吟就景亭。

① 青冥：形容青苍幽远，此代山势高耸，与青天相接。
② 山厂：明代官府设置的采伐和贮存柴炭的机构，这里泛指村居建筑。

练溪泛舟

程　庭

匝匼[1]重峦处处幽，

人家都住碧溪头。

深深老屋藏高柳，

漠漠平沙散野鸥。

樵语出林空谷响，

渔歌入浦晓烟浮。

琴樽适兴随春泛，

不让山阴道[2]上游。

选自程庭《若庵集》卷五《春帆纪程》，北京大学图书馆藏清康熙年间刻本。

练溪，形容溪水洁净如练，此指岑山渡村外的渐江。康熙五十七年(1718)二月，程庭归新安祭扫，于二十九日坐轿到几山拜先伯祖墓，上午九点至十一点返回岑山渡，见溪水如练，遂泛舟溪上。此诗前四句写练溪周围景色，重峦叠嶂，溪头人家，高柳老屋，沙滩野鸥。颈联写樵语出林，空谷回响；渔歌入浦，晓烟浮江。最后一句“琴樽适兴随春泛，不让山阴道上游”点题，即泛舟溪流，如同山阴道上游，山明水秀，应接不暇。

① 匝匼：周围环绕。

② 山阴道：为浙江绍兴附近的古代官道，一路风景优美，古人多有吟咏，声名远播。如刘义庆《世说新语·言语》：“王子敬(王献之)云：‘山阴道上行，山川自相映发，使人应接不暇。若秋冬之际，尤难为怀。’”

新安江上游(歙县南源口双桥)　徽州区委宣传部提供

篁墩世忠庙谒先忠烈王

程之鵕

选自程之鵕《练江诗钞》卷五，清乾隆十八年(1753)王鸣刻本。

程之鵕(1680—？)，字羽宸，号采山，歙县人。以县生员贡入太学，不得志，即弃举子业，专攻诗学。著有《练江诗钞》。

篁墩为新安江支流渐江边大村落，程之鵕祖先程灵洗居于此。程灵洗为南朝梁、陈时人，侯景之乱，聚徒据黟、歙以保境安民。后率军南征北战，立下赫赫功劳，成为陈朝的开国功臣。赠镇西将军，封重安县侯，食邑二千户，开府仪同三司，谥忠壮，配享高祖庙庭。篁墩西阳坑有程灵洗衣冠冢。宋代，乡人以抗旱御蝗有功，请求立庙。朝廷以程灵洗为忠臣程婴之后，于嘉定年间赐庙额"世忠"，封忠烈显惠顺善应王，纳入祀典。程灵洗生于正月十三日，后裔于此日前来祭祀。清康熙年间，篁墩程氏统宗祠建成，于康熙二十九年(1690)开始制定祭祀规矩，由各派共同轮充祀首，20年一轮。其后改为18年一轮，至民国时改为10年一轮。此诗通过对先人居地及祭祀活动的描写，赞美了先人的伟大业绩。

十八年来一谒公，
追崇世秩大梁忠。
蜃①楼气静神湖浪，
渔艇声恬宅木②风。
更勇佳儿争陷阵，
多贤淑配佐图功。③
岁时祭扫期登垄，
罗拜西坑万派同。

① 蜃：传说程灵洗少年时居篁墩吕湖侧，湖神夜里托梦："吕湖蜃将恣意残害篁墩各村庄。明天，我要与其决战。肩白色是我，到时请帮忙。"次日，程灵洗候于湖上。不久，雾气笼罩，天色黑暗，水声汹涌，只见两牛角斗湖上，肩为白色占下风。于是程灵洗向黑牛射中一箭。不久，天气晴朗，湖水皆赤色。黑蜃毙于吉阳滩下。

② 宅木：传说程灵洗为自己选择墓地，祝愿说："子孙能大吾门，当生大木。"不久，果然长出楮木一株，号称千年木。程灵洗薨后，乡人在千年木下为建坛祭祀，用社公为配。千年木长到十人合围时，被风雨所吹倒。然而旁边长出的两个枝丫，到了宋代，已够双手合抱。

③ 以上二句言：程灵洗的儿子跟随父亲冲锋陷阵，身经百战，与程灵洗多个贤惠的夫人一起辅佐程灵洗立下丰功伟业，一并配祀在世忠庙。

郑公钓石

程之鵕

剥蚀苔侵片石幽，
萧然高寄古儒流。①
硃砂秀色餐须饱，
轩帝遗踪访未休。
地僻大辞宣室②召，
山寒稳着子陵③裘。
矶前流水温泉出，
未卜鱼来上钓钩。

选自程之鵕《练江诗钞》卷四，清乾隆十八年(1753)王鸣刻本。

郑公钓台位于黄山汤泉溪中，有石桥可通。汤泉溪汇入逍遥溪，穿汤口镇，至休宁县蓝田汇入夹溪河，然后由休宁县城西侧汇入新安江支流横江，经黎阳，至阳湖与率水同汇入浙江，经篁墩、雄村，至浦口汇入新安江。郑公，即郑玉，字子美，歙县郑村人。不乐仕进，隐居教授，前来受业者众多，建师山书院，学者称“师山先生”。元至正年间，朝廷诏为翰林待制、奉议大夫，并赐御酒、名币，郑玉称疾固辞，不得已，请以布衣入觐。从使者至海上，以疾而返。明兵至，义不出仕，自缢而亡。著有《师山先生文集》《春秋经传阙疑》等。郑玉曾读书祥符寺，于汤泉溪垂钓。此诗通过对郑公钓石的描述以及对郑公事迹的陈述，表达了诗人羡慕郑玉高蹈遗世之风。

---

① 以上二句言：郑公钓石经风雨侵蚀，风化剥落，青绿苔藓，覆盖其上，显得幽静隐蔽。当年学者郑玉读书黄山，就曾悠然地憩息垂钓于此。

② 宣室：泛指帝王所居的正室。此代元惠宗妥欢帖睦尔。按：元惠宗曾召授郑玉翰林待制、奉议大夫，并赐御酒、名币，郑玉称疾固辞，请以布衣入觐。

③ 子陵：严光，字子陵，少年时与光武帝刘秀为同学。刘秀登皇位，寻访严光，然而严光却披羊裘垂钓富春江，不愿出仕。

双溪绝句七首

汪由敦

选自汪由敦《松泉诗集》卷二，《四库全书》本。

汪由敦（1692—1758），字师茗，号谨堂，休宁县上溪口人。清雍正二年（1724）进士，官至吏部尚书、协办大学士，谥文端。为文词华典雅，学问淹通，著有《松泉文集》《松泉诗集》等。

双溪，亦称上溪口。发源于张公山的率水经流口进入祁门县凫峰，复入休宁县，又经江潭至上溪口，发源于浙源山的浙源水经板桥前来汇入。自此，溪水益大，渚清沙白，岸阔堑深，映日成蓝，经月潭、龙湾、新渡、瑶溪、雁塘、闵口、高枧，至黎阳与横江汇于阳湖，是为渐江，至歙县浦口汇入新安江。汪由敦为上溪口人，出生于常州。10岁时才随侍父母回故里双溪。不久游学吴越，其后或间隔一岁回来一次。康熙五十五年（1716）秋，汪由敦从杭州溯新安江而归，与其伯父谈论里中故迹，至雍正四年（1726）写成《双溪绝句七十首》。古迹风俗豁然明朗，为地方重要的文献资料。

一

垒石为台古渡头，飞甍高与翠烟浮。

蜀西仙令留题在，山色溪声共一楼。①

二

溪上草堂横素书，溪光如练绕前除。

草堂灰烬流仍洁，识取源头合同渠。②

---

① 此诗原注：“村东重榭旧有额，题‘山色溪声共一楼’，前令蜀人唐公登俊书也。”唐登俊，四川省富顺县人，明万历四十四年（1616）进士，万历四十七年（1619）任休宁知县，后官至贵州右参议。

② 此诗原注：“余家旧有溪上草堂，毁于火，先大父重建，高叔祖三余公颜以‘问清居’。寻复毁。”按：“问清”两字源于朱熹《观书有感》中的“问渠哪得清如许”，以勉力子孙用心读书。

三

云厂云封绝点埃，枕流漱石鹰山隈。[1]

谁从丝竹东山地，清篁疏帘数举杯。[2]

四

谁遣名园驻总戎，花开翻映绣旗红。

牙签零落三千卷，墙角燎衣杂马通。[3]

五

先生乌角蹑芒鞋[4]，御院除人早授阶。

壶里有天春尚满，苦吟谁识《杏花斋》。[5]

---

① 此两句意为：地处偏僻的深山之中，云来云往，没有半点世俗的尘埃，隐居在鹰山之麓。厂：同"敞"，敞开。

② 此诗原注："鹰山在村东，上有督学三余公别业，曰漱石斋，石门上篆题'云岸'二字，赵凡夫笔也。每九日邀先冏卿、石莲公、子仪公兄弟分韵雅集于池草阁。公宴诗刻石，俱存武林。"

③ 此诗原注："石莲公别墅在村北，董文敏题曰'书种堂'，中有霖园、朋石斋、慎余斋，多名花奇石，后防守据为营，寻颓废。"董文敏，即董其昌，卒谥"文敏"，故称。按：清代，徽州府东山营在休宁设八汛分防，上溪口为其一，驻有外委千总一名、步战守兵十三名，兵马一匹。此诗最后两句言：别墅里那插在三千卷书中做标志的牙签飘落散乱，在墙角的锅灶上士兵们烘焙着湿衣，马粪充满其间。马通：马粪。

④ 乌角：即乌角巾，葛制黑色有折角的头巾，为隐士所戴。芒鞋：草鞋。

⑤ 此诗原注："里人金太医有奇精岐黄，先冏卿公赠以'春满壶天'匾额。所著《杏花斋诗》不传。"金有奇，字养纯，上溪口人，精医术，为太医院吏目。明崇祯十四年(1641)，起义四起，官兵驻剿，染疫病濒危者颇多，悉赖以生。著有《杏花斋诗》《孝悌歌》。

六

毕家住接冬青树，名姓曾传淡墨书。

十二乙科[1]九进士，云仍阀阅近何如？[2]

七

大连小连水淙淙，杭埠春流拥客艭。

滩外有滩三百六，送君直到富春江。[3]

① 乙科：明清科举考试称举人。

② 此诗原注："毕氏昔为里中著姓，所列世科坊自天顺壬午至嘉靖丁酉登贤书者十二人，进士九人，今其子孙多散徙他邑。"毕姓昔为上溪口著姓，建有世科坊，其上镌刻着明天顺六年(1462)至嘉靖十六年(1537)七十六年间考中的十二名举人、九名进士。此后，毕姓散居各县。云仍：代远孙。按：子之子为孙，孙之子为曾孙，曾孙之子为玄孙，玄孙之子为来孙，来孙之子为昆孙，昆孙之子为仍孙，仍孙之子为云孙。阀阅：仕宦人家门前题记功业的柱子。此代科第。

③ 此诗原注："浙江源于张公山之北高湖尖，出大连、小连，至梅口会梅溪、孚溪之水，东流百二十里至吾村会婺源水，达屯溪，会县港，流出浦口，为新安江。自吾村登舟，经三百六十滩直抵钱塘，故渡头名杭埠。"高湖山及其水流经之浙东乡原属婺源县，1950年划给休宁县，浙东乡即今之板桥乡。杭埠又称上溪口渡，民国之前有额定船夫一名，官给岁银。

碎月滩

曹学诗

垂杨夹岸碧波深，
碎月滩流晓磬音。
数片落霞飞未尽，
扣舷应有水仙吟。

选自《歙县志·附录·诗文选辑·诗词》，黄山书社2010年版。

曹学诗（1697—1773），字以南，号震亭，歙县雄村人。清乾隆十三年（1748）进士，累迁麻城、崇阳知县，皆有政声。安贫著述，授徒终老。著有《宦游集》《易经蠡测》《香雪文钞》《笠荫楼诗集》等。

碎月滩位于徽州府城外练江上。丰乐水、富资水与扬之水汇入练江，由歙县浦口出新安江，此为第一滩，以李白所作“槛外一条溪，几回流碎月”诗句而得名。此诗描写碎月滩及其两岸景色：垂柳飘拂，江水碧绿深广。清晨，万籁俱寂，碎月滩流水淙淙，声如钟磬。彩霞倒映在碎月滩上，轻风吹过，盈盈飞动。泛舟溪上，流水声不绝于耳，和着节奏，叩击船舷，应该能听到凌波仙子的吟唱声。表达了诗人对碎月滩的热爱与赞美。

新岭

赵继序

选自嘉庆《绩溪县志》卷十一《艺文志》,(清)清恺编撰,徐子超等点校,黄山书社 2010 年版。

赵继序,字芝生,号易门,清康熙、乾隆年间休宁人。乾隆六年(1741)举人,名列第二。学宗朱熹,曾会讲于歙县紫阳书院、休宁还古书院。著有《周易图书质疑》《孔门弟子考经说》及史论、诗、古文若干卷。

本诗以诗人翻越新岭的亲身体验为主题,描绘了新岭道路的崎岖以及翻越新岭的辛苦,表达了诗人对生活充满乐观主义的态度。

谁凿丛山一径纡,
高高下下耐崎岖。
月明霜落王荆国[1],
瘦马荒鸡[2]范石湖[3]。
自古劳人无暖席,
于今僻地有当垆[4]。
且倾白酒陶然去,
遮莫西风着意呼。

① 王荆国:即王安石,字介甫,晚号半山,谥号"文",世称王文公,自号临川先生,晚年封荆国公,世称临川先生,又称王荆公。
② 荒鸡:三更前啼叫的鸡。
③ 范石湖:即范成大,号石湖居士。
④ 当垆:卖酒。垆,放酒坛的土墩。

渔亭晓发

孙维龙

日出四山低，山中鸟乱啼。
野桥[1]依夜雨，新笋绽春泥。
牧笛炊烟外，渔竿碧柳西。
停鞭[2]无限思，草色况萋萋。

选自《黟县四志》卷十五《杂志·诗录》，民国十二年(1923)刻本。

孙维龙，字昺堂，顺天宛平人。乾隆二十六年(1761)任黟县知县。

该诗写出了漳水之滨渔亭镇的优美景色。群山、旭日、啼鸟、野桥、新笋、炊烟、碧柳、草色，远近交接、动静结合，是一幅立体式的春光画卷，还有牧笛、渔竿等，尽情表达了诗人悠闲消遣的兴致。

① 野桥：指渔亭的一座名叫“通济桥”的木桥。
② 停鞭：停止马鞭，暗指驻足逗留。

戊己桥[1]晚眺

孙维龙

选自嘉庆《黟县志》卷十六《艺文志》。

此诗写出了诗人傍晚在黟县县城北面戊己桥上眺望所见的景物景观，落日山家，城头飞鸦，风过溪流，云天晚霞，桥边红树，竹外青峰，田父荷归，一幅美丽的图画。

落日在山家，城头过暮鸦。

风吹一溪[2]水，云作半天霞。

红树桥边映，青峰竹外斜。

相逢有田父[3]，款款问桑麻。

---

① 戊己桥：即黟县城北通济桥，也叫北门桥。

② 一溪：指漳河。

③ 田父：农夫。

屯溪晚泊

金兆燕

系缆长桥畔，开舲纵远观。
暝烟[1]上高阜，春水失前滩。
不耐初程雨，已知行路难。
惊心昏定候，回首思漫漫。

① 暝烟：指傍晚的烟霭。

选自金兆燕《棕亭诗钞》卷一，复旦大学图书馆藏清嘉庆十二年(1807)赠云轩刻本。

金兆燕(1719—1791)，字钟越，一字棕亭，安徽全椒人。清乾隆三十一年(1766)进士，曾任四库馆缮写处分校官。所作诗词崎崛雄伟，著有《棕亭诗钞》《棕亭词钞》等。

屯溪为发源于六股尖的率水与发源于黟县白顶山的横江交汇之处，入浙江，经篁墩、雄村，至浦口汇入新安江。乾隆十年(1745)冬，金榘来任徽州府休宁县训导，金兆燕随父而来。其后，妹妹前来看望父亲。春日里，金兆燕与妻子从新安江水路送妹妹回乡，本诗即撰于此时。诗人告别父亲，从休宁县城沿横江而下屯溪，停泊在桥边，然后坐上小舟纵目远眺。傍晚的烟霭渐渐地将浙江两岸的山峦笼罩，天色开始昏暗。连日的春雨之后，河水上涨，已经看不到前面奔流的急滩。刚踏上征程，已被连日的雨声扰乱心神，前路漫漫，不知会出现多少凶险。江上行舟，又是在黑夜雨天，更让人惊心动魄。回想可能出现的种种情况，不由得思虑重重。此诗通过对浙江水涨时雨夜行舟充满艰险的描写，表达了诗人对亲人生命安全的担忧。

新安江上游(歙县定潭)　潘成摄

登徽州郡城外太白楼

金兆燕

选自金兆燕《棕亭诗钞》卷二，复旦大学图书馆藏清嘉庆十二年(1807)赠云轩刻本。

太白楼位于徽州府城外练江之西，传说唐代李白到歙州寻访许宣平不获，饮酒于此，遂名。清乾隆十年(1745)冬，金榘来任徽州府休宁县训导，金兆燕随父而来。次年，金兆燕归里乡试，并考中举人。乾隆十六年(1751)，金兆燕又至休宁，授徒松萝山中，次年即北上进京会试。此诗为金兆燕在徽州期间登河西太白楼时所作。前四句描写诗人在秋日傍晚登太白楼所看到的景象，后四句通过李白寻访许宣平不遇之故事，表达自己不见古人的惆怅心情。

新安城外有高楼，

楼下长虹①锁碧流。

北斗②遥临仙观迥，

西风横指暮山秋。

宣平道气堪千古，

太白雄才盖九州。

遗迹只今空怅望，

云林烟岭③不胜愁。

---

① 长虹：即太白楼下的太平桥。

② 北斗：即斗山，为徽州府衙的来龙山，以七个小山阜相连如北斗星而名。

③ 云林：隐居之地。烟岭：云烟缭绕的山岭。道光《徽州府志》卷十二《人物志·隐逸·许宣平》载：唐天宝年间，李白到新安寻访许宣平，涉溪登山，累访不获，题许宣平庵云："我吟传舍诗，来访真人居。烟岭迷高迹，云林隔太虚。窥庭但萧索，倚杖空踌躇。应化辽天鹤，归当千载余。"

徽城竹枝词选十首

吴　熊

一

八脚牌楼学士坊[①]，额题字爱董其昌。
最奇一脚和三脚[②]，呼作地名俱异常。

二

岑山[③]古寺号周流[④]，在水中央结蜃楼。
品渥洼泉[⑤]须水落，钓台[⑥]平敞足淹留。

选自吴熊《徽州竹枝词》，歙县博物馆藏手抄本。

吴熊（1720—1779），字建周，号梅颠。工书擅绘，尤善画兰，醉后尤妙。家贫无以自给，遂隐于医。著有《北溪草堂吟稿》《黄山纪游》《徽城竹枝词》等。

徽城即徽州府城，城外为新安江支流练江。此十首《竹枝词》描写了徽州府城以及歙县境内练江、渐江、新安江等地的风景名胜与特产。

---

① 八脚牌坊：又称许国石坊、大学士坊，为武英殿大学士许国所建，位于歙县古城中和街阳和门之东，建成于明万历十二年（1584）。牌额为许国门生董其昌所题，是徽州乃至全国唯一的四柱三楼冲天柱式组合石牌坊。1988年，国务院公布许国石坊为第三批全国重点文物保护单位。

② 原注："总宪胡公宗宪。"绩溪胡宗宪总督浙江、南直隶和福建等处兵备时在徽州府城南街建有大总督坊。明嘉靖四十四年（1565），胡宗宪入狱，徽州知府何东序遣人拆毁大总督坊，郡县诸生愤愤不平，纷纷围观。拆牌楼者拆脱一脚后被迫停住，此地名遂有三脚、一脚之称。直至民国年间日机轰炸府城时，牌坊才被毁。

③ 原注："俗称小南海。"岑山位于歙县南乡十五里的渐江中流。五代吴天祐八年（911）建周流寺，又名小南海。岑山崖上有渥洼泉，溪浅而泉始见，其味冽于中泠。清康熙年间，程芝桂等在扬州参与接待康熙皇帝，进呈《岑山寺图》，获赐"星岩寺"匾额，遂改名星岩寺。元代学者郑玉建读书楼以居，并于此垂钓，有钓台。

④ 原注："今名星岩。"

⑤ 原注："传方味胜中泠。"

⑥ 原注："元郑公玉。"

三

渐江即是浙江源，北会练江合浦口[①]。
并两江为新安江，趋严成浙[②]不回首。

四

浦口上船出街口[③]，经过梅口及坑口。
三潭以下更多滩，辛苦篙工忙着手。[④]

五

三百六十有名滩，上水滩多人仰望。
一滩只算一丈高，徽州真正在天上[⑤]。

---

① 原注："是为歙浦。"发源于休宁县西部六股尖的率水和发源于黟县南端的横江在屯溪黎阳相汇，称渐江，为新安江主源，流经屯溪、篁墩进入歙县境内，经王村、烟村、潘村、柘林、雄村，与练江汇合于浦口，是为新安江，经严州直下杭州。

② 原注："直到桐庐为新安江。"

③ 原注："徽州南界接严州淳安界。"

④ 以上二句言：渐江与练江相汇于浦口入新安江，过街口即为严州淳安县。新安江位于徽州境内，梅口与坑口为较大码头。妹滩、绵潭滩都是著名的险滩，可是瀹潭、漳潭、绵潭三潭以下，激流险滩更多，如米滩、梅花滩等，更是性命攸关。艄公长年累月来往水上，异常辛苦，步步凶险，步步为营。

⑤ 原注："谚语云尔。"自清中叶以后，森林砍伐严重，水土流失，新安江河床淤积，浅滩增多，礁石显露，除原有的三百六十滩有名字之外，没有名字的小滩不知有多少。激流险滩，稍不注意，即有触礁的危险。竹枝词通过对滩多落差大的描述，点出谚语："一滩只算一丈高，徽州真正在天上。"

六

铁索港[①]中篙乱点，渔梁坝向望非遥。

不倒桅竿船习过，紫阳山下紫阳桥。

七

乡议由来美不虚，新安水族有谁知。

食贫未敢歌弹铗[②]，一见桃花忆鳜鱼。[③]

八

鱼爱黄山味最鲜，池开石上接鸣泉。

也似青螺生水底，自然清品胜腥膻。[④]

---

① 原注："自浦口入渔梁。"铁索港为练江中的急湍险滩，距离渔梁坝不远。过铁索港即到了紫阳山下的紫阳桥，桥孔高14米，来往船只不落桅杆即可通过，是古徽州桥孔最高的石拱桥。

② 弹铗：弹击剑把。比喻处境困难而欲有所干求。《战国策·齐策四》载："齐人有冯谖者，贫乏不能自存，使人属孟尝君，愿寄食门下。孟尝君曰：'客何好？'曰：'客无好也。'曰：'客何能？'曰：'客无能也。'孟尝君笑而受之曰：'诺。'左右以君贱之也，食以草具。居有顷，倚柱弹其剑，歌曰：'长铗归来乎！食无鱼。'左右以告。孟尝君曰：'食之，比之门下之客。'"

③ 以上四句言：新安江中鱼类品种繁多，有鳊鱼、鲫鱼、鲇鱼、白条、童鱼、土步、鲩鱼、鲴鱼、鳡鱼、鳗鱼、石斑等90多种。还有桃花鳜，其巨口细鳞，盛夏时藏于石罅中，以手即可扪得。春天桃花盛开时，山区雨水连绵，溪水上涨，鳜鱼跃出石隙，随水追食鱼虾。唐诗人张志和《渔歌子》中有"西塞山前白鹭飞，桃花流水鳜鱼肥"诗句赞之。

④ 以上四句言：新安江中石斑鱼体青而带红色斑点，生活在水流清澈的溪底，肉味鲜美，为名贵鱼类。因其生长条件苛刻，故很少养殖。歙县黄山一带，溪流众多，人们在岩石上开筑水池，接过泉水，有如天然的溪流，用来养殖石斑鱼。

九

谷聚鱼[1]嘉才半寸，营盘鸡嫩任多年。

秋深玉面狸方美，暑月深山石鸭鲜。[2]

十

横石滩头生巨蟹，桂林圳内出蛏蟹。

鱼把东路获多刹，肉味敬与原有名。[3]

① 原注："谷雨三日出尾滩浅水。"

② 以上四句言：谷雨之后，气温、水温上升，此际，新安江的鱼儿游向浅滩产卵繁殖，其中梭子鱼、师官鱼皆如指头般大小。

③ 以上四句言：徽州之蟹生活于山涧中者，体甚小，一般不作食品。而新安江横石滩内生有巨蟹，可供食用。歙县东乡桂林村洪姓为改善村落风水，在村内浚三条水圳环村，其内放养蛏子与螃蟹。歙县东乡供奉神主时多用鱼味。

漳滩散步两首

汪启淑

一

雨里鸡鸣三两家，

丛丛竹树傍村斜。

山深篱落春光晚，

二月辛夷始放花。

二

岸柳娟娟半带烟，

片帆如鸟下滩船。

眼前好景吟难尽，

欲觅云蓝[1]九万笺。

选自汪启淑《讱庵诗存》卷一《绵潭渔唱》，清乾隆年间刻本。

汪启淑（1728—1800），字秀峰，号讱庵，歙县绵潭人，寓居杭州。酷嗜金石文字，著名藏书家。著有《讱庵诗存》《水曹清暇录》等，刊有《时贤印谱》《续印人传》等。

漳滩位于新安江上，地处歙县南乡漳潭村。新安江从漳潭村由南向北再折向东南形成一个大湾潭，村庄在湾内三面环水，江北有漳岭为屏，故名漳潭。汪启淑未冠之前居绵潭，与漳潭相邻，此两首七言绝句为汪启淑在春天二月游漳潭于新安江沙滩上散步时所作。第一首描写漳潭春日风光：烟雨之中，鸡鸣声声，村落掩映山林丛竹，紫色的玉兰花在篱落间开放。第二首描写在漳滩上看到的新安江景象：岸边柳条飘拂，轻柔如烟；江中小舟如鸟儿冲下滩流。面对眼前景观，诗人胸中诗意万千，吟咏不绝。

① 云蓝：纸名。唐代段成式在九江时所制。

秋夜独步绵滩，水烟霜月，幽趣莫状，率尔成篇

汪启淑

选自汪启淑《讱庵诗存》卷一《绵潭渔唱》，清乾隆年间刻本。

绵滩为新安江畔的一个沙滩，地处歙县南乡绵潭村。旧时绵潭村畔江潭深不见底，村周多木棉树，村人赖以造纸，遂称棉潭，后改绵潭。此诗为汪启淑未冠之前家居时所作。秋日夜晚，诗人独自散步于新安江边沙滩上，林月清辉，溪流轻泻，心中有感，不觉孤独。鸿雁横空，木叶初落，清影起舞，凉风习习，流连忘返，直至清晨白露飘洒。

端居阒寂[1]，纵步秋野。

林月澄辉，溪湍微泻。

会心匪远，孰云俦寡[2]。

塞鸿横空，木叶初下。

婆娑清影，凉风满把。

留连忘归，白露如洒。

① 端居：安居。阒寂：死寂、幽静。

② 俦寡：孤独。

小桃源[1]行

孙绍敖

桃花灿灿临水开，

水光花影相徘徊。

倏忽云烟变风雨，

武陵之源[2]安在哉？

房栊窈窕松间倚，

田园连绵物外起。

青溪红树纷纵横，

历历经过在眼底。

何年避地来其间，

行且逐水居看山。

春去秋来了不问，

惟与朝霏夕霭相往还。

渔舟意自闲，

挂席傍水干。

鸡犬桑麻意自古，

选自嘉庆《黟县志》卷十六《艺文志》。

孙绍敖，字孟熊，黟县古筑人。邑增生，品行端方，师表一乡，嗜古能诗，尤擅长歌行。著有《补拙轩集》。

该诗以大气磅礴的文风和恣肆汪洋的气魄，尽情描写了“我生既在源中住，不须更问渔人津”的作者畅行黟县小桃源所见所闻所感所怀的山水妙境，尚且深切地感叹“小桃源里真绝奇，青山绿野民和熙”，给人以无尽的遐想。

① 小桃源：黟县的代称和誉称。

② 武陵之源：借指陶渊明在《桃花源记》里写到的武陵胜境。

岂必秦汉留衣冠。

我闻黟山别有一天地，

莫问谪仙[1]来何事？

白云芳草应不殊，

流水桃花岂有二？

浔阳台高石最奇，

陶家村近菊仍艺。

追寻往事独踌躇，

惜元元亮[2]为作记。

元亮之《记》记避秦，

犹是桃花源外人。

我生既在源中住，

不须更问渔人津。

饥餐桃花米，

鲜鲙桃花鳞[3]。

溪水[4]沿流苍玉佩，

花枝远近红霞春。

小桃源里真绝奇，

青山绿野民和熙。

但道仙源何处非。

---

① 谪仙：指李白。

② 元亮：陶渊明，字元亮。

③ 鳞：鱼鳞，代指漳河里的活鱼。

④ 溪水：指漳河之水。

石山[1]道中

程汝楫

横江东去路悠悠，

夹岸松篁翠欲流。

山到石门[2]攒似笏[3]，

水通樵谷[4]渗如油。

云中疏磬知僧寺[5]，

柳下轻帘认酒楼。

极目斜阳鸦背尽，

凭谁画取一林秋？

选自《黟县四志》卷十五《杂志·诗录》，民国十二年(1923)刻本。

程汝楫，清代黟县诗人，曾以子熙赠布政司理问，封儒林郎。

诗中描写了作者在黟县石山道中所见的秋日诸景——横江东流，松篁夹岸，群山攒簇，樵谷细流，远寺疏磬，柳下酒楼，斜阳鸦背，宛如一幅乡间秋景图。

---

① 石山：一为山名，二为村名，位于黟县碧阳镇境内，为漳河的上游起点。

② 门：指桃源洞口的石门。

③ 笏：古代大臣上朝拿着的手板，用玉、象牙或竹片制成，上面可以记事。

④ 樵谷：即黟县樵贵谷。《黟县志》云：自城东南石墨岭“东行为樵贵谷”，“山峻谷深，林越秀明，实胜境也”。自石门山南行为桃源洞，山骨秀出，临水道凿石入三尺许，石崖凸出处为屋，即门题之为“洞府”，清诗人吟诗描绘道：“洞门深锁白云隈，洞口桃花岁岁开。”

⑤ 僧寺：指浔阳书院里的观音殿。

戊己桥[1]广安寺[2]

程汝楫

选自《黟县四志》卷十五《杂志·诗录》，民国十二年(1923)刻本。

此诗描写的是黟县县城北面一座古刹的人文景观，戊己桥下流淌的漳水绕古黟城关碧阳镇而流。

郭外山光绕碧浔[3]，
桥边竹色隐禅林[4]。
故宫寂寞王孙杳，
疏柳老鸦暮雨深。

① 戊己桥：又名"通济桥"，因坐落在黟县县城北门外而名北门桥，面向临漳门，横跨漳水。
② 广安寺：位于黟县县城北门外，旧名永宁寺，梁大同元年(535)建。
③ 碧浔：指碧阳及浔阳。
④ 禅林：指广安寺。

黟县道中

姚　鼐

苍翠压人低，流云落大溪[1]。
连岩熏草日，悬磴带阴霓。
雨歇群山响，春深万木齐。
寥寥方久立，谷鸟一为啼。

选自《黟县四志》卷十五《杂志·诗录》，民国十二年（1923）刻本。

姚鼐（1731—1815），字姬传，一字梦谷，安庆桐城人。清代著名散文家。著有《惜抱轩全集》等，曾编选《古文辞类纂》。

该诗为姚鼐来黟访友所写，描写的是诗人踏足古黟时路过原有的黟渔古道，沿途所见的险要环境及其摄魄景况。

① 大溪：指漳水。

新安江上游(歙县深渡凤凰岛)　潘成摄

渔亭

曹文埴

选自《黟县四志》卷十五《杂志·诗录》，民国十二年(1923)刻本。

曹文埴(1735—1798)，字竹虚，号近薇，歙县雄村人。官至户部尚书。

该诗为曹文埴经渔亭赴古黟，旧地重游，夜宿渔亭江船之上，即景所赋而成。全诗十六句，以船为观察点，对船外远近景物进行叙述描绘，写下了当年渔亭古镇的繁荣景貌，真实地反映了清代康乾盛世濒临新安江上游最大支流漳水的一座山区集镇的经济状况。此诗先是对日间河岸的所见所闻进行回忆，然后直述月夜的所思所想，表达了对情景交融的即时感受。

水浅江路①穷，岸窄石门②对。

石梁③通往来，云壑④互向背。

竹筏⑤与松舲⑥，停泊各分队。

论货盐米多，问途水陆会。

此招舟子⑦进，彼率担夫⑧退。

老我成熟客，夙者⑨经已再。

月好支篷窥，霜严拥被耐。

终夕难就眠，机轮⑩响溪碓⑪。

---

① 江路：江面上通行舟船的水路。

② 石门：指渔亭镇街道商铺的石筑店铺门。

③ 石梁：石砌桥梁，指渔亭通济、永济“双济”古桥(黟县最大的石拱桥)。

④ 云壑：云朵与山壑，这里暗指复岩(骆驼峰)。

⑤ 竹筏：用一根根原竹捆绑编组而成的排筏。

⑥ 松舲：用松木制作的有窗户的小船。

⑦ 舟子：划桨撑篙的船夫。

⑧ 担夫：陆地上用双肩挑担的人。

⑨ 夙者：旧人，指诗人自己。

⑩ 机轮：水碓房里水动机械的转动机轮。

⑪ 溪碓：溪流冲动的水碓。

河西桥闲眺

潘奕隽

河西聊散步，徙倚到斜曛。
滩浅才通筏，山深惯出云。
人烟当坞聚，禽语隔溪闻。
何处茅堪结，吾将收放纶。

选自民国元年(1912)《大阜潘氏支谱》卷二十四《文诗钞》潘奕隽撰《展墓日记》，清光绪三十四年(1908)松麟庄石印本。

潘奕隽(1740—1830)，字守愚，号榕皋，歙县大阜人，寄籍吴县。清乾隆三十四年(1769)进士，官户部主事，典试黔中，旋即归田。工书善画，诗跋俱隽妙。著有《三松堂集》。

清嘉庆九年(1804)三月十三日，潘奕隽从苏州出发到徽州展墓，于四月初十从大阜入徽州府城，宿乌聊山傍溪寺，与徽州知府、经历等人交往，十二日午后回大阜。此诗即撰于此际。首联言诗人散步河西，被风景所吸引，徘徊到傍晚时分；颔联言桥下练江水滩水清浅，只能通竹筏，四围山深，云岚出岫；颈联言村落在山坞之中，隔溪能听到鸟儿的鸣叫声；尾联言诗人受环境感染，不由地发出“何处茅堪结，吾将收放纶”结茅垂钓之感，与首联相呼应。

黟山竹枝词两首

孙学治

选自嘉庆《黟县志》卷十六《艺文志》。

孙学治，字赞平，黟县古筑人。乾隆三十五年（1770）举人，大挑发四川。署彭山、丹棱、珙、夹江、黔江县事，补清溪知县。卒于官，清贫无以敛。为文章有英气，著有《天香阁文》。

此二首竹枝词着墨于黟县城内槐渠（横沟弦）一带和渔亭地界的漳水、东亭地段的横江，如此优美的描绘自然将它们与新安江牵连上了关系。

一

春城[①]曲曲绕清渠[②]，

郭外[③]人家对面居。

夜雨新添三尺水，

街头争卖菜花鱼。

二

山南流水下渔亭，

山北流水下东亭[④]。

行到齐云山[⑤]下合，

水声似说故山青。

---

① 春城：指春季里的黟县城。

② 清渠：流淌着清水的槐渠（横沟）。

③ 郭外：这里特指黟县县城南郭门外。

④ 东亭：指东亭村，位于休宁县齐云山西，与黟县渔亭毗邻。

⑤ 齐云山：位于休宁县城西约15公里处，横江之畔。

章水

余逢时

清浅映涟漪，忽作一泓碧。
曲曲绕山城[1]，纵月情何极。

选自嘉庆《黟县志》卷十六《艺文志》。

余逢时，字际昌，黟县城西隅人，贡生。

此诗专题写出了“清浅映涟漪，忽作一泓碧”的黟县境内漳水的秀丽水景。

① 山城：指黟县县城。

发新安江

洪亮吉

选自《严州诗词》，政协建德市委员会编，天津古籍出版社2011年版。

洪亮吉（1746—1809），初名洪莲，又名礼吉，字君直，一字稚存，号北江，晚号更生居士，祖籍安徽歙县，生于常州。经学家、文学家，文工骈体，与孔广森并肩。

本诗写尽诗人对新安江的喜爱之情，从“自行新安江，罢思潇湘浦”到“寄语新安人，江行未为苦”，可谓直抒胸臆，淋漓尽致。

帆走百里风，收帆日初午。
樯随山翠转，清绝数声橹。
江蘋虽可拾，清鲫已厌数。
自行新安江，罢思潇湘浦。
瞻峰百回仰，看水终日频。
舵楼起清箫，深村出渔鼓。
林红匪枫柏，草香过兰杜。
即景情已欣，思家念稍阻。
崖穷树犹复，川尽烟复补。
寄语新安人，江行未为苦。

过唐模水口

汪　灼

西子湖边苏白堤，
谁将好景此中移。
依山曲建三层阁，
就圃方开十里池。
梅萼已添新岁色，
柳条犹挂去年丝。
桥平水落茗亭接，
不费天心有是奇。

选自汪灼《渔村诗集》卷三，清嘉庆十九年（1814）不疏园刊本。

汪灼（1748—1821），号渔村，别号方外老渔，歙县西溪人。戴震及门弟子。著有《诗经言志》26卷、《毛诗周韵诵法》、《渔村诗集》、《渔村文集》等。

唐模水口位于唐模村东面。檀干溪发源于丰山南麓，穿唐模村东流，至甸川汇入丰乐河，流至徽州府城外太平桥汇入练江，又经渔梁坝、紫阳桥、车轮湾，在浦口汇入新安江。唐模村水口檀干园为著名的水口园林，虬梅垂柳、千年古樟、平湖荷花、八角亭、同胞翰林坊、翰墨碑刻、堂榭廊桥等等，佳景纷呈，为歙西名胜。此诗起联将唐模水口比作西湖，接着通过对景物的描写，赞美了造园者的独具匠心。

黟山竹枝词

程学禧

选自《黟县四志》卷十五《杂志·诗录》,民国十二年(1923)刻本。

程学禧,字鸿如,黟县桂林人。州同衔。清乾隆五十二年(1787),岁赈族人饥,捐赀凿开浔阳溪路。清嘉庆三年(1798),掩埋暴露154棺及施棺75具。

此首竹枝词写出古代黟县人穿城开凿了一条人工水渠——横沟弦(它引来新安江上游漳河之水),且年年在秋后麦收完成之际便开始疏浚渠道:人们各携带畚插集合于街心,然后动手清淤理秽,一直干到夜幕降临,大家才肩扛锄头等劳作工具,披星戴月地收工归家,这样的劳动场面真是感人!

穿城一水是槐沟[1],

开浚年年趁麦秋。

人集街心携畚插[2],

人归月下荷锄头。

① 槐沟:指黟县穿城而过的一条水渠。

② 畚插:同"畚锸",指一种挖运泥土的用具。

通济桥[1]

程学禧

双溪[2]合水绕临漳[3]，

隔岸楼台对女墙[4]。

戊己桥头明月夜，

金蛇万道碎溪光。

选自《黟县四志》卷十五《杂志·诗录》，民国十二年(1923)刻本。

该诗描写了黟县县城北街通往麻田街“双溪合水绕临漳”的戊己桥(即通济桥)美轮美奂的月夜景色，可谓妙难尽言。

---

① 通济桥：也称戊己桥，俗名北门桥，坐落于黟县县城北门外，面向临漳门，横跨漳水。

② 双溪：指黟县县城北由碧山和丰口分别流下的两条溪流。

③ 临漳：黟县古城门名。

④ 女墙：指建在城墙顶部内外沿上的薄型挡墙。

孔灵看桃花四首

胡匡裁

选自《绩溪县志》第三十八章“艺文”，绩溪县地方志编纂委员会编，方志出版社2011年版。

胡匡裁，字燮臣，号别庵，清乾隆时期绩溪城西人。岁贡生。家世业儒，博通群经，邃于诗韵之学。著有《毛诗叶韵》等。

孔灵，又称“双溪古里”，位于县城西南约7公里，大源河流经村侧。孔灵旧有18景：千秋里、五马桥、仙桃满树、活水开池、上塔下塔、东边西边、仙人脚迹、佛寺钟声、双溪垂钓、三望成村、南屏读书、西桥望月、八角井观鱼、马鞍山寻龙等，山环水绕，景色宜人。明清时期，孔灵有大片桃林，是一个桃花盛开的村庄，吸引游人驻足，惜毁于庚申(1860)战乱。本诗为四首七言绝句，描写了游人观赏桃花的盛况，表达了对像桃花源一样美好生活的向往。

一年好景春为最，春色宜人半是花。
梅杏残时桃又发，游情自此凭无涯。

步出城西十里余，孔灵胜地接通衢。
此间匝地桃千树，呼朋携手步徐徐。

才入花丛三五步，回头却已迷来路。
举目远从隙际看，隔花伴侣遥相顾。

桃花深红间浅红，几处萧疏几处浓。
杳然花落随流水，令人却忆武陵中。

小桃源[1]

胡成浚

溪水漱石矶[2]，溪烟澹花屿[3]。

竟日无渔舟，山响答人语。

选自《黟县四志》卷十五《杂志·诗录》，民国十二年(1923)刻本。

胡成浚，字在郊，生卒年不详，黟县人。清乾隆末贡生，博通经史，工书法。著有《雪眉诗钞》。

该诗虽寥寥几笔，却写活了黟县桃源洞及太白钓台一带的溪水漳河与钓台石矶的自然美景，可称妙绝。

① 小桃源：指黟县桃源洞一带。
② 石矶：指浔阳钓台巨石处。
③ 屿：指漳河中露出身段的巨石。

宏村口占

胡成浚

选自《黟县四志》卷十五《杂志·诗录》，民国十二年(1923)刻本。

该诗吟赞了黟县宏村那引来清泉活水、为当地老百姓造福的弯曲水圳这一凝聚古代徽州人智慧的人工水利设施。

何事就此卜邻居，
月沼[①]南湖画不如。
浣汲[②]何妨溪路远，
家家门前有清渠[③]。

① 月沼：黟县宏村中的半月形水塘，老百姓称作月塘，塘面水平如镜，塘沼四周青石铺展，粉墙青瓦整齐有序分列四旁，蓝天白云跌落水中。老人在聊天，妇女在浣纱洗帕，顽童在嬉戏。

② 浣汲：浣洗衣服、汲取溪水。

③ 清渠：指宏村水圳，全长1200多米，水源来自浥溪河，祖先拦河建坝，以水渠引水入村中，九曲十弯穿堂过户。

新安滩

黄仲则

一滩复一滩，一滩高十丈。
三百六十滩，新安在天上。

选自黄仲则《两当轩集》卷九，上海图书馆藏清咸丰八年(1858)黄氏家塾刻本。

黄景仁(1749—1783)，字汉镛，一字仲则，江苏武进人。善诗词，有“乾隆朝第一人”之称。著有《两当轩集》。

清乾隆三十八年(1773)春，黄仲则为提督安徽省学政朱筠幕僚，随之到庐州、泗州，夏季游徽州，遂至杭州。是年秋，朱筠特授翰林院编修充《四库全书》纂修官，入京都，黄仲则从杭州溯新安江至徽州。徽州在万山之中，地势比邻郡高。秋冬季节，新安江水位下降，落差更为明显，滩石磊磊，逆流而上，需数人拉纤而行，艰难万状。此诗前两句用复沓回环的歌谣形式信口吟出，看似简单，实则显出新安江中逆水行舟之险阻。后两句既表明新安地势之高，又写出滩多道险，其艰辛有如登天之难。

新安江中游(歙县新溪口)　潘成摄

春雨望新安江

黄仲则

选自黄仲则《两当轩集》卷一，上海图书馆藏清咸丰八年(1858)黄氏家塾刻本。

清乾隆三十三年(1768)夏，黄仲则游徽州，拜谒徽州府同知王祖肃，秋天至南京应江宁乡试，于冬日复至徽州。次年夏季游杭州，秋日归里。此诗即为乾隆三十四年(1769)春黄仲则在徽州时所作。此诗通过春日淫雨不止，千山溪流淙淙，新安江水面上涨，洪流滔天的景象，联想到去年冬天江水枯涸，诗人从杭州舟行新安江的艰辛，“十篙上濑复九退，船背沙石摩琤琮”。如今江水暴涨，激流冲泻，从杭州溯新安江而上，当更是危险万状。诗人又联想此际若从徽州顺新安江直下杭州，只要两天时间，便可在风景秀丽的杭州与好友宴聚，山笋河鱼，无不令人动心。由此，诗人感叹羁旅徽州，凄清愁苦，恨不得趁着新涨之水，明日即放舟而下，抒发了诗人客居孤寂、悲苦穷愁的情怀。

入春三月雨不止，
意欲涨满新安江。
杏花溪间流更急，
四山静听声淙淙。
盘沙很石[1]不相让，
苦与洪溜交舂纵。
我来客冬山水涸，
扁舟万力劳扶江。
十篙上濑复九退，
船背沙石摩琤琮[2]。
苦缘上流势猛恶，
干冬尚且艰行舟。
况今千山万山雨，
并作一道奔惊泷[3]。
舟人同此筋力耳，

---

① 很石：石头名称，位于江苏省镇江市北固山甘露寺前，状如伏羊。此代形状如羊的石头。
② 琤琮：象声词，为金属撞击发出的声音。
③ 惊泷：激流。

胡能与此相冲撞。

朝来客从武林至，

下流见拍潮头降。

若从此时放舟去，

两日已下钱塘桩。

我思武林好风影，

江山拨秀来轩窗。

经春山笋节松脆，

出水河鱼腹膨肛。

酒船衔尾六桥外，

酒徒四集人语哤。

胡我郁郁久居此，

低头顾影只不双。

多时尘污积芒履，

独夜鼠踏翻银缸[1]。

坐愁行叹困羁旅，

饮不成户歌无腔。

依衣偃蹇竟何济，

此不迳去将毋惷。

明当放溜趁新涨，

卧听船鼓催逢逢。

① 银缸：银白色的灯盏、烛台。

与巴子安慰祖游丰乐溪吴氏园亭

黄 钺

选自黄钺《壹斋集》卷八，清咸丰九年（1859）刻本。

黄钺（1750—1841），字左田，号壹斋，先祖七世由当涂迁芜湖。清乾隆五十五年（1790）考中进士，官至礼部尚书、军机大臣、户部尚书。著有《壹斋集》40卷等；善绘山水花鸟，有画学专著《二十四画品》等。

西溪南位于丰乐水之南，又称丰南、丰溪、溪南，为新安江支流丰乐水流经之处。丰乐水南流至徽州府城外，汇练江，经渔梁、紫阳桥、车轮湾，下浦口，入新安江。清乾隆五十六年（1791），朱珪为安徽巡抚，推荐黄钺来徽州主城南紫阳书院。此年初夏，黄钺与紫阳山下渔梁巴慰祖结伴游西溪南。此诗通过对西溪南吴氏园林假山池沼、名家壁画的描述，抒发了物是人非之感。

丰溪富亭榭，有园名曰果[①]。

主人入门右，延客导之左。

不辨桃李蹊，一例翠鬟亸。[②]

是时雨涨池，周堂深可舸。

湖桥三尺宽，野竹乱飞笴[③]。

假山故招人，谁使跛御跛[④]。

有明吴周生[⑤]，此间富长者。

奔走董与陈[⑥]，小像为合写。

董时年八十，陈少三年也。

---

① 果园为吴天行之业，传说为唐伯虎、祝枝山所规划。花木繁盛，泉石幽邃，有仙人洞、观花台（在仙人洞上）、石塔岩、牡丹台、仙人桥、芭蕉台六景。吴天行以财雄江南，有“百妾主人”之号。牡丹台即其宠妾琐琐娘之墓。果园今尚有部分遗存。

② 以上二句言：春夏之交，枝繁叶茂，雨后，如妇人发鬟垂挂下来，遮挡路径。亸：下垂。

③ 笴：箭。

④ 原注：“时病左足。”

⑤ 原注：“桢。”吴桢，字周生，西溪南邻村莘墟人。收藏法书名画甚富，所刻《清鉴堂帖》皆经其友董其昌、陈继儒鉴定品评。

⑥ 原“董”字后注“其昌”，“陈”字后注“继儒”。董其昌（1555—1636），字玄宰，号思白，别号香光居士，松江华亭人。擅画山水，书画出入晋唐，著名书画家。陈继儒（1558—1639）字仲醇同，号眉公、麋公，松江华亭人，文学家、书画家。

周生微有须，四十年上下。

小幅闲自题，苏黄漫挦撦[1]。

山人占身分，习气诚可嗍[2]。

传闻董少时，教授此村社。

名园十二楼[3]，尚有画一堵。

已为俗手更，不蔽风雨洒。

同时有二吴[4]，笔墨亦娴雅。

合图回廊中，盖亦存者寡。

剩有香光题，淋漓照屋瓦。

即今墨尚鲜，想见笔初把。

我来拂陈迹，水草几没髁[5]。

蹒跚到山亭，茶话可聊且。

指点旧池台，兹游难遽舍。

高阁面清漪，溪山好无数。

微风将雨来，窗牖黯如莫[6]。

我闻丰乐水，远自云门注。

---

① 原注："眉公题跋自拟于苏黄。" 挦撦：特指在写作中对他人的著作率意割裂。

② 嗍：大笑。

③ 十二楼：吴养春别业，仿倪云林叠狮子林式。天光云影，上下一碧，取"雁声远过潇湘去，十二楼中月自明"之意命名。壁上曾经有董其昌绘画题字，吴羽、吴隆合画于回廊之中。今楼已不存。

④ 原注："羽字左干，隆字仲道，皆家于此。"按：吴羽，一名廷羽，字左干，西溪南人。少从休宁丁云鹏学画佛像，已逼肖。又自出天机，作山水花鸟，气韵生动。吴隆，字仲道。善绘，工佛像。

⑤ 髁：此指膝盖骨。

⑥ 莫：同"暮"。

黄山尚未登，兹溪喜先渡。

何时归结茅，及兹理渔具。

八十一株梅，株株霏玉屑。

虚堂受清芬，扁榜为“钓雪”[1]。

凡夫[2]创草篆，粗率体殊拙。

此榜正此书，尚不至恶劣[3]。

其南山有亭，下瞰众芳列。

悔未花时来，嗅此百和爇。

今年山雨多，到处水鸣穴。

迎梅到送梅，匝月何曾歇。

青子落满阶，山童弃不掇。

何当压损枝，屈此一丈铁。

① 钓雪堂：为吴天行家园林。堂额为赵宧光所书，查士标书联：“清声入座风敲竹，疏影横窗月上梅。”堂前有假石山，山上杜鹃始花，红映一片。其旁绣球花开，红白相映。山巅有亭，额“春风第一”。钓雪堂前为翠玲珑馆，有老梅数十株，修竹数千竿，岩桂八株，境颇幽邃。今已不存。

② 凡夫：赵宧光（1559—1625），字凡夫，号广平，南直隶太仓人，一生不仕，以高士名冠吴中，偕妻陆卿隐于寒山。精六书，工诗文，擅书法，尤精草篆。著有《说文长笺》《六书长笺》《寒山蔓草》《寒山帚谈》《寒山志》等。

③ 原注：“钓雪堂三字为明赵宧光篆。”

石桥岩

汪 灏

缥缈嵌空架石梁，
垂虹倒影射山光。
行来月壑云根动，
飞过泉声雪窦香。
螺髻美人当镜坐，
龙绡羽客拂衣凉。
天门路滑丹梯峻，
瑶草烟深万古荒。

选自道光《徽州府志》卷二《舆地志》，清道光七年(1827)刻本。

汪灏，字紫沧，以字行，休宁县西门人。清康熙四十一年(1702)以献赋召赐进士第，授编修，总武英殿纂修事。著有《啸虹集》《披云阁诗词》。

石桥岩位于休宁县西六十里、齐云山西二十里的岐山。石桥宛然天成，一峰正中，卓立桥外，环绕着九鼓峰、万鼓峰、白龙岩、碧霄峰，桥下有石桥院。唐乾元年间，道士龚栖霞隐于此地。唐元和四年(809)，歙州刺史韦绶梦见有僧来拜见，言说昔日曾一起参修，今居休宁县石桥岩。韦绶于是遣人前往观看，见有石室、讲堂、佛像，遂建精舍，以僧元立主持。现存摩崖颇多，或知县劝农，或游士唱和等。其诗意为：石桥岩在两山之间凌空而起，高远缥缈。阳光照射，阴影倒映，有如彩虹垂挂，与周围山林景色融为一体。石桥岩之外，有一座山峰正当桥孔中间，犹如梳着螺髻的美女正照着镜子。微风吹过，犹如穿着薄如鲛绡的道士感到丝丝凉意。由凌空的石桥岩可以通向天门，然而径路湿滑，难以行走；高耸云霞的山峰险峻无比，难以攀登。荒草凄凄，岚烟飘忽，自古以来就是被人所遗忘的荒野。

晚秋泛舟南湖登烟雨楼[①]

汪方钟

选自《黟县四志》卷十五《杂志·诗录》，民国十二年(1923)刻本。

汪方钟，清代黟县宏村诗人，生平不详。

诗中的南湖指黟县宏村南湖，诗人汪方钟偕人选择晚秋季节泛舟于南湖之上，登临望湖楼，把玩着眼前的湖光山色，赏景陶情，从“此中不但宜烟雨，可许晴峰入槛来”的体验里获得无尽的美的享受。

老树交加怪石堆，
朱栏粉壁缭亭台。
此中不但宜烟雨，
可许晴峰入槛[②]来。

---

① 烟雨楼：即望湖楼，位于南湖西侧，临湖而建，为卷棚式屋顶，圆形门洞，楼窗面临南湖，推窗而望，湖光山色尽收眼底。
② 入槛：跨入仪门门槛。

深渡

凌廷堪

客子溪头晚放船，
缓摇双桨下长川。
一湾流水清见底，
两岸乱峰高刺天。
饷妇携筐回蒨袖，
村翁赛社敛青钱。
香醪莫惜频沽满，
今夜篷窗趁醉眠。

选自凌廷堪《校礼堂诗集》卷三，清道光六年(1826)张其锦刻本。

凌廷堪(1757—1809)，字次仲、仲子，歙县沙溪人，生于海州板浦场。清乾隆五十八年(1793)进士，选授宁国府学教授，后转扬州府学教授。著有《燕乐考原》《礼经释例》《校礼堂文集》《校礼堂诗集》等。

乾隆四十五年(1780)冬十月，凌廷堪与兄廷尧、侄嘉锡扶其父凌灿灵柩归歙县双溪落葬。次年正月十六日，凌廷堪从歙县经新安江到杭州，然后回板浦。本诗即作于此际。前四句写诗人在傍晚时分，由深渡上船出发下钱塘。溪流曲折，清澈见底，两岸高峰入云。后四句写日暮傍晚，妇女携筐归家，村翁为将要举行的春社活动集钱，而诗人则沽酒买醉，夜间舟行，卧睡天明。此诗通过对深渡江岸景色及人物活动的描述，表达了客子归葬父亲及旅途在外孤独凄凉的心情。

金滩

凌廷堪

选自凌廷堪《校礼堂诗集》卷九,清道光六年(1826)张其锦刻本。

清乾隆六十年(1795)春,凌廷堪在考中进士之后,从杭州经新安江回歙县沙溪,拜祠展墓,然后由休宁县往安庆领凭,赴任宁国府学教授。此诗前四句写新安江金滩险恶的情景,滩流落差颇大,波浪如饥蛟腾空,涛声如怒马奔腾,轻舟在急滩中艰难地溯行。后四句写常年在水上讨生活的渔父与篙师对险恶之状见惯不惊,舟船很快驶出危机四伏的水流,出现在眼前的又是一番波平浪静的景象。此诗通过对金滩湍流险恶及篙师技术高超的描写,表达了作者在仕途上不畏艰辛、终踏坦途的喜悦之情。

高濑建瓴下,轻舟与水争。①

饥蛟腾浪影,怒马蹴江声。

渔父闲相向,篙师惯不惊。

须臾看出险,依旧绿波平。

① 以上二句言:金滩一带激流冲驰,从高处迅猛跌落,上滩的轻舟在急流中奋勇行进,像是与水流争夺地盘。

自石山[1]乘筏至鱼亭

朱集球

乘筏泛幽溪[2]，竹篙啮石齿。

两山如排门，万笏撑天起。

晓露滴松梢，残月挂藤藟。

激湍便轰雷，喷薄溅衣履。

探奇忘险巇，对景生欢喜。

浔阳一片石，高风[3]在人耳。

去去白云遥，辞家三十里。

选自嘉庆《黟县志》卷十六《艺文志》。

朱集球，字韶鸣，清黟县朱村人。邑庠生。长于诗古文辞，生平漫不收拾，稿多散失，其友人程堂为刻《偃谷诗钞》。

该诗记述了诗人乘坐竹筏，从黟县石山村到渔亭在漳水上泛行的经历，特别描写了沿途两岸的清秀山水以及“探奇忘险巇，对景生欢喜”的心灵感受，颇为耐人寻味。

① 石山：指石山村，位于黟县碧阳镇。石山村外横山积翠，大溪藏绿，芳草连天，鸭戏水中。
② 幽溪：指漳水(漳河)。
③ 高风：指诗仙李白的高人仙风。

新安竹枝词选三首

倪伟人

选自雷梦水、潘超、孙忠铨、钟山主编《中华竹枝词》第三册倪伟人撰《新安竹枝词》，北京古籍出版社1997年版。

倪伟人（1790—1862），字子祯，号倥侗，祁门县人。为清诸生，因家贫而受徒自给。潜心考据，擅古诗文。著有《四书疑问集解》《辍耕消暑录》《敦复堂文集》等。

此三首竹枝词描写了练江、渐江沿途的景物风情。

一

宛转溪流自绕城，

一条练影看平横。

铁犀①去日递朝雨，

石马②来时趁晚晴③。

---

① 铁犀：明嘉靖年间，渔梁坝两岸各铸有铁犀，南北相望。明万历年间大旱，霞山僧人万水曾在深夜溪行，见戴红头巾、穿绯色衣服者鞭打铁犀，冲涛渡河。次日，即大雨如注。

② 石马：传说宣州刺史骑白马到歙州寻找许宣平，傍晚，在渔梁待渡。一老夫撑船过来，每次仅渡一人或一马，于是让白马先过。渡船行到中流，对岸龙井山开裂，船进了山洞。此后，龙井山洞里不时流出石马来。

③ 徽州古城位于乌聊山下，城外发源于绩溪的扬之水纳歙北布射水、富资水绕城东北而流，与源出黄山之丰乐水相汇，入练江，下浦口，与渐江合流为新安江。城外二里渔梁坝横亘，练水澄碧汪洋。渔梁坝一带民间传说颇多，如镇坝的铁犀渡河而去，宣州刺史待渡等，引人入胜。

二

仙姥峰[1]下日欲低，
将军岩[2]下草初齐。
春风一棹渐江水，
直送侬郎下浙西。

三

上滩船迟怨急湍，
下滩船疾惊层澜。
何似木鸡[3]真养到，
频年风雨立危滩。[4]

① 仙姥峰：城阳山有仙姥谷，此代城阳山。
② 将军岩：位于歙南十五里的浦口，隋代蔺亮将军尝屯兵此处，故称。
③ 木鸡：比喻修养深厚，以镇定取胜。
④ 渔梁坝之下，河流落差颇大，岩石裸露，水急滩多，稍不注意，即有触礁之险。那水上的艄公长年生活在险滩上，久经锻炼，即使状况十分危险，亦十分镇定。

新安江中游(淳安县威坪镇)　潘成摄

徽江水

徐　荣

常怪徽江水，回环曲似钩。
几疑山四合，不放水东流。
更遣千林石，来迎一叶舟。
天涯行役苦，说与鹧鸪愁。

选自徐荣《怀古田舍诗节钞》卷六，清同治三年(1864)四川锦城刻本。

徐荣(1792—1855)，字铁孙，祖籍湖北监利，汉军旗人。清道光十六年(1836)进士，清咸丰三年(1853)，督办徽州防务。著有《怀古田舍诗节钞》等。

咸丰三年(1853)，徐荣任杭州知府兼理护杭嘉湖道，为防止太平天国起义军从徽州进入浙江，浙江巡抚黄宗汉以皖南为浙江藩篱，派徐荣率兵至徽州督办防务。此年六月，徐荣由新安江至徽州，不久返回杭州。六月三十日，复由新安江至徽州，本诗即作于此际。此诗通过描写新安江山水回环、滩石丛累，感叹行役之苦。那鹧鸪所鸣“行不得也哥哥”，使人听了更加凄愁。

发休宁

徐　荣

步步云头觅路行，
笋舆终日溯溪声。
松筠旧有忘言契，
山水今传大好名。
台笠最宜君子女①，
受廛端是圣人氓②。
问渠刘阮佳夫妇③，
修到天台是几生。

① 台笠：由苔草编成的草帽。台：通“苔”，莎草，可编蓑笠。此句取典《诗经·小雅·都人士》：“彼都人士，台笠缁撮。彼君子女，绸直如发。”形容男女的衣着仪态典雅大方。

② 受廛：居住下来成为当地百姓。廛：一个男劳力所居住的屋舍。此句取典《孟子·滕文公上》：“远方之人，闻君行仁政，愿受一廛而为氓。”其意为在当地仁政的施行之下，百姓都愿意在此安居乐业。

③ 原注：“夫妇耦耕者甚多。”刘阮：南朝宋义庆《幽明录》载“东汉刘晨、阮肇入天台山采药，遇二女子，留居半年辞归。及还乡，子孙已历七世”。此代夫妻耕作相随，生活美满。

选自徐荣《怀古田舍诗节钞》卷六，清同治三年（1864）锦城刻本，《四库全书续修丛书》收入集部第1518册。

清咸丰四年（1854），太平天国起义军首次进入徽州境内，攻克祁门、黟县，后因浙江声援而撤出。七月，浙江巡抚黄宗汉因皖南奏请隶属浙江，以“保徽即以保浙”为宗旨，奏派徐荣督办徽州防备。徐荣扶病沿新安江溯流至徽州布置防务，经休宁，于七月三十日宿齐云山，本诗即撰于此际。此诗首联言徽州地势高峻，千山万壑，沿流而上，溪声不绝，有如鸣弦。按：《郡国志》载“浙江天目山，高一万八千丈，仅及黄山之麓”，故有“徽州在天上”之谚；颔联言一路行来，满目青松绿竹，四时不改其貌，有如诗人坚贞的操守。新安大好山水，为梁武帝所赞美，世代传诵；颈联言休宁县暂时还没有累及兵火，人们衣着仪态典雅，安居乐业；尾联言最为羡慕的是夫妇相随耕作，那种神仙眷侣，不知是几辈修来的福气！此诗通过对休宁县境内风光人物的描写，由衷地赞叹了和平岁月的美好。

别辛丈人文

龚自珍

选自《定庵全集》卷上，《四部备要》集部，1936年上海中华书局据通行本校刊版。

龚自珍（1792—1841），字瑟人，号定庵，仁和（今浙江杭州）人。思想家、诗人、文学家和改良主义的先驱者。清道光九年（1829）进士，官至礼部主事。著有《龚自珍全集》。

清嘉庆十七年（1812），龚自珍父亲龚丽正调任徽州知府，龚自珍随侍徽州，居郡斋。斋内有唐代所植桂树，尊称“辛丈人”。嘉庆二十年（1815），龚丽正改任安庆知府，龚自珍将随父离开徽州，遂撰此文以告别。徽州府治位于歙县，扬之水顺着治所东北而西流，与丰乐水同汇入练江，经太平桥、渔梁、紫阳桥、车轮湾，至浦口与渐江同汇入新安江。龚自珍居徽州四年，与古桂朝夕相处，其间经历了妻子病亡、科举落第等不如意之事，以及对君主专制的不满与抨击。今将离去，将满腔心事向千年古桂倾诉，对古桂“简而不僵，丈人之形。辛而不煎，丈人之情”的处世态度表示崇敬。

新安郡斋古桂，唐时植也。尊之曰辛丈人。相依者四年，兹将别去，为文使听之。其词曰：

我来新安，神思窈冥[1]。

昼夕何见？丈人青青。

我歌其文，丈人常听。

我思孔烦，言为心声。

伤时感事，怀都恋京。

歌不可止，舞亦不亭[2]。

别有妙词，一家不名。

云烟消渺，金玉珑玲。

文奇华[3]古，文逸华馨。

文幽华邃，文怨华零。

有鸾来窥，翔颠自鸣。

匪其和余，丈人之灵。

山雨春沸，城云暮扃。

① 窈冥：深远渺茫貌。
② 亭：同“停”，停止。
③ 华：同“花”。

简而不僵，丈人之形。

辛而不煎，丈人之情。①

逝今去兹，何年再经？

华开月满，照吾留铭。

① 以上四句言：遭受怠慢却不会仆倒，丈人的形象依然高大；身受艰苦却不会焦虑，丈人的心情依然平静。

非园红豆树

江福宝

选自雄村曹瑾、曹家珍主编《曹氏文献资料》,1998年印行。

江福宝,字绥多,以夫号子𤅢,自称“采𤅢女史”,歙县江村人,嫁雄村曹荣。善弹琵琶,工诗词。著有《话茗斋诗集》,吏部侍郎王茂荫为之作序。

非园位于渐江边的雄村。渐江由发源于休宁的率水与黟县的横江在黎阳合流而成,然后经屯溪、篁墩、雄村,至浦口与练江相汇,入新安江。非园中亭台楼榭,翘檐飞角;山水垒石,玲珑曲折;花草树木,不可胜计;林鸟不一,嘤咛如歌。四时游人不断,春日最盛,其朝南海烧香者必来游观,常有迷路者,园丁引导始得出。文人墨客,流连忘返。袁枚过访,后于金陵造小仓山房,环山作沼池,自恨莫如。园中有户部尚书曹文埴之父曹景宸所题《非园记》,又有曹文埴养亲归里乾隆帝御笔诗。惜毁于清咸丰年间太平天国起义。此园因是作者丈夫曹荣祖上所营,园中有红豆树,江福宝时常驻足其内。此诗作于诗人丈夫远出乡试之时。红豆树每隔三年开花结子,前番花繁实多兆主人曹振镛登相位,今年花开繁多,想秋日亦当结实满树,以此

红豆花,相思树,
非园红豆真堪誉。
千古盘根不计年,
相传种自郎家祖。
夏时浮水润灵根,
冬令园丁勤壅土。
繁衍郎家世数传,
花开亦自阅今古。
三年一见复三年,
开遍非园经几度。
秋暮凌凌坠角时,
蚕丝累累悬红楼。
主人度度看花开,
花开度度非园主。
前番闻说花盛开,
秋冬子结难兼数。

是年花子倍寻常，

平阳相业克绳武[1]。

今岁花开花亦然，

秋来子结宜多取。

子结秋高兆《鹿鸣》[2]，

宜郎万里成鹏举。

郎今买棹白门游，

奇文定有惊人句。

锦标夺得早归来，

征人莫学孤期戍。

愿郎常诵《白头吟》[3]，

愿郎还忆相思树。

祝愿丈夫高中科榜。又红豆树亦称相思树，王维诗云："此物最相思。"夫妻分别两地，作者以红豆提醒丈夫不要忘了时刻徘徊于相思树下的妻子。

① 此句意为：西汉开国功臣曹参为继萧何的第二位丞相，赐平阳侯，为雄村曹氏祖先。雄村曹振镛官至军机大臣，相当于丞相，可以说是继承祖上的事业。

②《鹿鸣》：为《诗经·小雅》中的首篇。原为古人宴请宾客时所唱。其后，为科举考试后举行的宴会上所唱。此表示通过乡试，成为举人。

③《白头吟》：为汉代才女卓文君所作。据说，司马相如耽于逸乐，欲取她女为妾，卓文君愤而作此诗以决绝。

南湖[1]

汪承恩

万山深处隐澄湖，
湖上烟花似画图。
一片鸥波[2]迷浩荡，
四时蝦菜[3]未荒芜。
颓崖落日摩秦碣[4]，
古寺[5]昏钟吊宋儒。
最是夜阑风浪静，
楼台灯火半模糊。

选自《黟县四志》卷十五《杂志·诗录》，民国十二年(1923)刻本。

汪承恩(？—1882)，字殿华，安徽黟县宏村人。清代盐商。先祖业盐于宜兴，后中落。承祖业振复中兴。道光时议叙同知。著有《摩萝别墅文钞》《摩萝别墅诗钞》等。

“万山深处隐澄湖，湖上烟花似画图。”此诗写出黟县宏村南湖似诗如画的迷人景色与韵致，令人神往。清嘉庆十九年(1814)秋，浙江钱塘(今杭州)名士吴锡麟游南湖后，撰文述道：“宏村南湖游迹之盛堪比浙江西湖”，因而南湖又有“黄山脚下小西湖”之称。从南湖流下的羊栈河、西溪河都汇入新安江上游最大支流的漳水(漳河)，这便勾连成了它们之间的自然联系。

① 南湖：位于黟县宏村。
② 鸥波：鸥鹭掠影漾起的湖水波纹。
③ 蝦菜：即虾菜，为鱼类菜肴的泛称。
④ 秦碣：秦代刻写的碣石。
⑤ 古寺：指距宏村不远的奇墅梓路寺。

渔梁观灯

程梴功

欲洗风尘眼，寒波不断流。
红灯千嶂夕，白练一条秋。
诗酒归吾辈，山川足壮游。
肯将烟景负，凉月上芦州[1]。

选自许承尧辑《西干志》卷五，1981年安徽省图书馆古籍部抄录安徽省博物馆藏稿本。

程梴功（？—1861），字鹤槎，歙县县城荷池人。清道光十四年（1834）举人。其诗雄浑豪迈，其文长于议论。至于骈体、试帖、词曲之类，皆能各擅其胜。

渔梁每年十月要举行太子庙会，为期四天四夜。夜晚的练江，彩船十多艘，灯火通明，从渔梁坝往上游，直至观音阁，称水游亮船。江中彩浪翻飞，船上丽姝影绰，如湘灵再现，洛神远来，疑为蓬莱盛会。又有旱游太子，太子菩萨、观音、汪公、九老爷、财神等塑像或坐亮轿，或乘亮象、亮狮从渔梁街荡荡悠悠而行，锣鼓喧天，旗幡隐现，一派太平景象。此诗通过“红灯千嶂夕”，从侧面描写了渔梁灯会的气氛，从而点题“观灯”。而在这热闹的场面之下，诗人却静赏夜景，遨游天地之间，表达了诗人不与世俗同流、情系山川的情怀。

① 芦州：长满芦苇的江边小洲。州：同“洲”。

绩溪杂诗

黄少谷

选自《绩溪古今诗词集萃》，现代出版社2015年版。

黄少谷(1810—1879)，又名世仁，湖北崇阳碧田畈人。清道光十二年(1832)庠生，曾任浩寨巡检司巡检。著有《黄少谷诗集》黎时忠辑录，诗作300余首。

黄少谷生活于绩溪长达6年，对绩溪的山水民情较为熟悉，所选的5首诗分别从不同侧面描绘了绩溪的风土人情，表达了诗人对这一方土地的热爱。诗中文字清新活泼，富有生活气息，具有较强的可读性。

绩溪界岭[1]道中

一抹清山计里遥，霜华浓淡扑溪桥。

独怜妇子勤农事，尽日携锄种麦苗。

秀绝青山陡绝溪，高悬瀑布画桥西。

怪他小艇多编竹，一瞥凌空势若飞。

十里岩[2]道中

水曲村回去路欹，四周岚气匝参差。

凉回涧壑苹花腻，秋老山原木更知。

晓色近迷樵子笠，寒光欲上酒家旗。

短长亭外高低树，境界分明画里诗。

① 界岭：位于歙县与绩溪交界处。

② 十里岩：位于绩北，这里山崖险峻陡峭，山间苍松林立，竹海连绵，风景绝佳。

上村[1]干道中

石栈盘纡一径斜，四山苍翠去程赊。

麦翻迥野都成实，榴趁新晴尽着花。

地僻人烟多聚族，村深鸡犬各知家。

前亭恰报新醪熟，坐听山村几处蛙。

桑陇吟

宿雨初晴五月天，一犁黄犊耕溪烟。

行过竹院桑阴下，闲看村农晚种田。

① 上村：今绩溪县上庄镇鲍家，大源河支流昆溪流经村侧。

荆州草堂题壁

周懋泰

选自《绩溪古今诗词集萃》，现代出版社2015年版。

周懋泰（1827—1911），字阶平，晚号松石老人，绩溪城内东门人。博雅工诗，著有《松石斋诗草》3卷、《松石斋诗草续集》2卷、《松石斋印谱》。

本组诗以诗人回乡隐居为题材，描绘家乡美好的田园生活，表达了诗人渴望社会和平与安宁的情绪。诗人不贪图高官厚禄，避居乡间，优游山水，与村夫野老打成一片，打鱼、养蚕的农耕生活使得诗人远离世俗往来，怡然自乐，如桃花源一般。

一

回首乡关又一年，避居才卜好林泉。
家家傍水多渔隐，处处栽桑少俗缘。
间逐村农同坐石，闷凭野老共谈天。
风情仿佛桃源里，鸡犬闲闲亦是仙。

二

无端萍迹此勾留，梦里烽尘感不休。
但觉诗天能寄意，未闻酒海可填愁。
野云一片飞山脚，春水三篙涨鸭头。
别有辋川图画好，半堤红杏一扁舟。

三

玉带金鱼誓不贪，到来百虑好全删。

登楼饱看山千叠，遁世何嫌屋半间。

味断鸡豚知岁歉，种成菘韭[1]恰春还。

岩居毕竟稀风鹤[2]，莫更愁时早闭关。

---

① 菘韭：白菜和韭菜。

② 风鹤：指战争的消息。

休宁道中大雪

谭　献

选自谭献《复堂类集》卷七，《四库全书续修丛书》收入集部第1727册。

谭献（1832—1901），原名廷献，字仲修，号复堂，浙江仁和人。清同治六年（1867）举人，清光绪四年（1878）任歙县知县。曾任紫阳书院山长，教泽甚溥。著有《复堂类集》《复堂诗续》《复堂日记补录》等。

休宁之水除龙田河、古楼坦河流入衢江以及溪西河流入祁门县阊江进入鄱阳湖外，其他河流皆汇入新安江。此诗通过诗人在雪天清晨由公务行走休宁县道中所见，描写大雪中的景物与人们的活动状况，期盼春天早日来临，吏治清明，百姓生活幸福安宁。前四句总领雪中全景，天气阴沉，高塔巍耸，雪落纷纷；接着四句做具体铺陈描绘，雪覆松杉如螺鬟，冰凌垂挂如簪钗，山鸟因寒冷而飞向市肆人家取暖，动静结合；紧接着四句转向人们在雪天中的生活情景，妇女孩子躲在家里，把窗户风口塞住，把火炉烧得通红取暖，村民怕冷不敢出门，城内没有行迹，而官吏在清晨巡视农田；最后八句从自身为徽州官员出发，以不能解决百姓饥饿而惭愧，黄山白岳，大好山水，为神仙之窟，欲往

长天垂四际，
塔势凌寒山。
谁将万珠玉，
洒落遍人间。
松杉成行冰钗缀，
一一似系千螺鬟。
山禽啁哳毛羽薄，
寻烟取暖翔市寰。
人家塞向坐妇子，
地炉榾柮[1]红且然。
野夫畏冷不入郭，
人吏侵晓方行田。
一从简书习奔走，
但愧无补人饥孱。
黄山白岳宅神仙，

① 榾柮：短小的木柴块，树根疙瘩，可用来烧火或取炭。

高歌欲拍容成[1]肩。

春兮当还白雪兮盈峦，

寒江不波碧潺湲。

竹枝冻折行幰[2]前，

安得千村夜犬不吠晨高眠。

求救，使得白雪盈盈的山峦葱茂回春，凝冻的江水碧波潺湲。看着车前的竹枝被雪压折，不由得想起困苦的百姓，什么时候能让千村万户不再被胥吏侵扰，百姓可安心地高眠？

① 容成：相传为黄帝的人臣，曾陪黄帝游黄山，炼丹其上。

② 行幰：此指诗人公务出行时乘坐的车子。

新安江中游(淳安境内姜家)　潘成摄

绩溪十景

周赟

选自《绩溪县志》第三十八章"艺文",绩溪县地方志编纂委员会编,方志出版社2011年版。

周赟(1835—1911),字子美,号蓉裳,宁国县徽庆乡(今名胡乐)中川村人。清同治三年(1864)中举,曾任徽州府学教授。编纂有《青阳县志》《宁国县通志》《九华山志》,著有《六声韵学》《山门新语》等。

本组诗以"绩溪十景"为题,描绘了绩溪美丽的山水景色,表达了对绩溪的热爱。

大会晴峰①

云开大会雨初晴,无数奇峰透青冥。

图画天然新著色,近山嫩绿远山青。

鄣山叠翠②

有三天子此山都,古迹空寻山海图。

一气苍茫东北走,临安建业与姑苏。

东屏霁雪③

平山横截华阳东,积雪晶莹界碧空。

一夜寒光满城郭,翠屏风换玉屏风。

① 此景位于县西,广约10公里,众峰环峙,青翠如黛,云雾缭绕如仙境。晴日登绝顶远,可望太平、黄山,近可望宣城、池州。原有石屋,传为粹白道人修炼处。旁立石碑,题"大会山"三字,款落"白书"。山南水流汇入大源河。

② 此景位于县东,周75公里。峰峦重叠,螺旋而上至清凉峰。西南口有百丈岩,缘岩而上,环谷叠翠,庐舍田畴,尽收眼底。

③ 此景位于城东,大屏山方列如屏。顶端平展数亩,冬日积雪,宛若玉屏。山半有观音庙。旁一峰秀拔,名"德峰"。

双溪绩月[1]

溪流如绩得名稀，石照山前问绩溪。

一水自分还自合，赚他明月印东西。

石照清辉[2]

深山花鸟镜中春，曾照洪荒太古人。

若说三生曾入照，照侬形影哪回真？

翠眉春色[3]

翠扫双蛾两道开，故山名借小苏来。

烟浓雨淡都成态，羞向东山借镜台。

飞云洞池[4]

拔地云根忽化云，云还化石势氛氲。

若教移至天池上，石影云踪两不分。

---

① 此景位于县北，乳溪与徽溪相去一里并流，离而复合，有如“绩”（纺织），此亦为绩溪县名的由来。

② 此景位于绩溪城东2.5公里处，山中“有石高二丈，光可以鉴。旁有石门对峙，又有白泉。镜前建石照亭，亭旁数十步，有普照寺”。

③ 此景位于城西0.5公里翠眉墩（山），宋元丰八年（1085），县令苏辙命名，并筑有亭。立墩上可望来苏桥、苏公堤和眉山门（县城西门）。

④ 此景位于城东大屏山北，丘上数洞连通，石如飞云。顶可坐数十人。洞右有亭，洞左有庵。庵前有“天池”，水不盈斗，四时不涸。洞东半里石榴坞，筑有栖霞精舍。

苍龙瀑布[1]

苍龙岩下白龙飞，百尺冰痕裂翠微。
欲问真源无路上，半天珠玉湿云衣。

石印回澜[2]

南出华阳水自清，潭心片石印空明。
中流砥柱嫌孤峭，只好低低与水平。

祥云洞天[3]

寻得祥云小洞天，云多曾不碍幽眠。
烧丹辟谷只多事，出洞书生入洞仙。

---

① 此景位于县东北7.5公里，扬溪镇西南有苍龙洞。洞口多龙须草，又多怪石。洞涌清泉，瀑泻如帘，下注深潭。1981年建成水库后，该景消失。

② 此景位于城南2.5公里灵山西麓扬子河心，有石印潭。潭中巨石方如印，有纹痕。河水流此绕石回澜。

③ 县西5公里祥云镇(今九里坑)，水口山上有上、下两洞，盘曲相通。上洞宽敞，顶有牖。洞前有石坊、庙宇，坊额刻“祥云洞天”。

浮溪十里梅花歌

汪 渊

浮邱仙，去不还，一溪流水声潺湲。
何年种梅千万树，香趁溪风卷溪雾。
我昨乘兴浮溪来，溪上梅花无数开。
一花一仙如相遇，目为凝想神为猜。
仙乎！尔胡不餐黄山之冰雪，
夜静鸾笙弄呜咽；
尔胡不浴黄山之汤泉，天寒鹤氅舞翩跹。
而乃化为老梅立溪侧，十里花光同一白。
不须剪纸招花魂，自有冰壶濯花魄。
问花魂魄何处存，一声铜笛月黄昏。
吾宗孙子茅苟缚[①]，不数罗浮山[②]下梅花村。
梅花之村人不识，梅花之溪我曾入。
美人溪畔踏苍苔，高士溪边卧白石。
高士去，美人来，相邀痛饮酒家醅。

① 原注："家遁士欲结庐溪上。"
② 罗浮山：位于广东省惠州博罗县西北。其下有梅花村。唐柳宗元《龙城录》载："隋人赵师在罗浮山松林间遇一美人，芳香袭人，言极清丽。因扣酒店，相与饮酒。其后，师雄酒醉入睡，东方发白始醒来，见身在大梅花树下，上有翠鸟喧杂，惆怅不已。"

选自汪渊《味菜堂诗集》卷二，清光绪二十三年（1897）刻本。

汪渊（1851—1920），字时甫，号诗圃，别号词痴，原绩溪县郎家桥村人，祖上徙居休宁县商山。有集词集《麝尘莲寸集》，著《味菜堂诗集》《瑶天笙鹤词》等。

浮溪发源于黄山浮邱峰，故名。其溪流经寨西、芳村，过雅口桥，至洽舍与漕溪会，入丰乐河，经岩寺、丰南、潭渡，至太平桥汇入练江，复经渔梁、紫阳桥，至浦口汇入新安江。传说浮丘公陪从黄帝炼丹黄山，后乘仙而去。其所游息之峰，名为浮邱峰。汪渊因宗人结庐于浮溪，前来游玩，见沿溪十里白梅盛开，冰清玉洁，如入仙境，感而作诗。此诗通过对浮溪十里梅花的描写，赞扬了梅花的高洁，当与美人、高士为伴，不与尘俗为伍。

欢娱未终惊梦醒，嗟尔啾嘈翠羽[1]何为哉？

呜呼！梅兮我欲移汝丹台畔，

一树梅花一松间。

繁英冷落无人收，留与仙翁作香饭。

从此寒香沁肺肠，托根长在白云乡。

休向轻薄桃花水，流出天台赚阮郎[2]。

① 啾嘈：鸟儿喧杂细碎的声音。翠羽：翠鸟。

② 阮郎：南朝宋刘义庆《幽明录》载："汉明帝永平五年，会稽郡剡县刘晨、阮肇共入天台山采药，遇两丽质仙女，被邀至家中，并招为婿。"

桃源洞[1]

叶兰谷

我有烟霞癖，来寻太白踪。

石门[2]通一线，墨岭[3]塌千重。

日出光偏淡，岚[4]生势渐浓。

渔郎休问讯，洞口已云封。

选自《黟县四志》卷十五《杂志·诗录》，民国十二年(1923)刻本。

叶兰谷，清代人，其生平事迹未能稽考。

此诗写出诗人有心系山水云游的癖好，远道而来，慕名追踪，寻踏太白的足迹，到达黟县境内的桃源洞，但见“石门通一线，墨岭塌千重”和“日出光偏淡，岚生势渐浓”的绝妙景致，真是令人赏心悦目，美难尽收。

---

① 桃源洞：位于今黟县漳水之畔。
② 石门：原桃源洞口的石门。
③ 墨岭：即石墨岭。
④ 岚：山林中的雾气。

黟山怀古

程朝钰

选自《黟县四志》卷十五《杂志·诗录》，民国十二年(1923)刻本。

程朝钰，清代人，生平不详。

该诗既从实写出了古黟樵贵谷、浔阳古钓台等处景致的绮丽，暗喻点出了漾起清涟的漳河水秀色，又从虚援引某些掌故或传说写到人文佳话的传奇。

樵谷[1]深藏环密篬[2]，

钓台矗立漾清涟。

伊谁好事添佳话，

才说神仙又谪仙[3]。

① 樵谷：指樵贵谷，位于徽州黟县北面。

② 篬：竹子。

③ 谪仙：指诗人李白。

浔阳台

黄存厚

翼然小阁傍云湄，

不是江州景亦奇。

漫访铜琶商妇迹，

曾留彩笔谪仙诗[1]。

人临秋水观鱼日，

客到春风啜茗时。

一自名流题咏后，

波光山色总相宜。

选自《黟县四志》卷十五《杂志·诗录》，民国十二年（1923）刻本。

黄存厚，清代人，其生平事迹未能稽考。

该诗通过对当年黟县浔阳钓台“曾留彩笔谪仙诗”的追忆，倒写出“人留秋水观鱼日，客到春风啜茗时”的游历感受，尤其从中悟得“一自名流题咏后，波光山色总相宜”的道理。其中秋水、波光指的都是漳水。

① 谪仙诗：指李白所写的《钓台》。

桃源洞

黄存厚

选自《黟县四志》卷十五《杂志·诗录》，民国十二年(1923)刻本。

此诗写出了黟县桃源洞“别有洞天灵境辟”、地处新安江上游漳河之滨“桃花流水逢三月”的自然美景，同时也感叹“已无秦汉古风存”“武陵何处通渔父，要属陶潜托寓言”。

万叠山屏[1]作势奔，

五丁凿破石留痕。

桃花流水[2]逢三月，

红树青溪又一村。

别有洞天灵境辟，

已无秦汉古风存。

武陵[3]何处通渔父，

要属陶潜托寓言。

① 山屏：群山列屏。

② 桃花流水：指桃源洞一带桃花夹岸、花谢入水的景况。

③ 武陵：指陶渊明在《桃花源记》里提到的武陵人。

雉山[1]龙池庵[2]题壁

卢 鲲

策杖闲游任意看，
溪光云影上阑干[3]。
藤萝牵庙经年久，
兵燹余松耐岁寒。
鱼跃鸢飞濠濮[4]地，
山青水碧子陵滩[5]。
池中自有潜龙窟，
莫漫垂纶[6]下钓竿。

选自《黟县四志》卷十五《杂志·诗录》，民国十二年（1923）刻本。

卢鲲，清代人，生平不详。

该诗写出了诗人到黟县雉山龙池庵所见的景物，诸如映上阑干的溪光云影、牵爬庙墙的老枝藤萝，还有劲挺的翠松，并将它比作“鱼跃鸢飞濠濮地，山青水碧子陵滩”，另外也表露出“池中自有潜龙窟，莫漫垂纶下钓竿”这种闲适消遣的心情。

---

① 雉山：又名卢村，位于黟县北面。
② 龙池庵：位于黟县雉山村。
③ 阑干：指龙池庵里的庵堂栏杆。
④ 濠濮：濠即濠水，位于今安徽凤阳县东北。濮即濮水，源出河南封丘县，流入山东境内。这里代指闲适无为、逍遥脱俗的地方。
⑤ 子陵滩：位于浙江省桐庐县城南15公里的富春山麓，是富春江的主要风景点。
⑥ 垂纶：垂下丝线，借指垂杆钓鱼。

新安江下游(严州梅城)　钱新庭摄

题新安大好山水图

戴承烈

选自《黟县四志》卷十五《杂志·诗录》，民国十二年（1923）刻本。

戴承烈，清黟县人，生卒年不详。诸生，曾讲学于碧阳书院。

该诗不惜笔墨、恣情吟咏、大气磅礴地赞颂了新安大好山水，犹如世外桃源一般。新安江犹如皎洁的镜面，高峻缥缈的山峰如蓬莱三岛，街市金碧辉煌，人们服饰华丽，不减秦淮扬州，不由发自肺腑地吐出“江湖无此好山水”！

君不见黟山[1]六六奇峰起，

天都莲花[2]相对峙。

瀑布飞激鸣弦泉，

练水[3]之源自此始。

又不见复岩东走白岳[4]巅，

一一灵踪擘掌指。

溪流下达新安江，

皎镜冬春长绮靡。

千岩竞秀万壑流，

桃花万树桃源里。

瓜皮小艇竹扛兜，

出没烟霞忘远迩。

有时策杖最高峰，

解衣磅礴看奇诡。

① 黟山：即黄山。
② 天都莲花：即黄山天都峰莲花峰。
③ 练水：即徽州府城外练江。
④ 白岳：即齐云山。

如游圆峤与方壶，
时见仙人彩云里。
有时放棹缘溪行，
绿竹丹枫环夕市。
又若邗沟[1]与秦淮，
金碧楼台斗纨绮[2]。
谢公[3]清游未及游，
谪仙[4]访仙初到此。
先生桑梓居是邦，
青鞋布袜携童子。
作客他乡复卧游，
纸帐云生梦魂喜。
酒醒宛自故乡来，
江湖无此好山水。

---

① 邗沟：在今天的江苏境内，南起扬州以南的长江，北至淮安以北的淮河，是连接长江和淮河的古运河。

② 纨绮：精美的丝织品，引申为富贵安乐的家境。晋潘岳《秋兴赋》："珥蝉冕而袭之士，此焉游处。"唐韦元甫《木兰》诗："易却纨绮裳，洗却铅粉妆。"宋苏辙《题王诜都尉画山水横卷》诗之一："归来缠裹任纨绮，天马性在终难羁。"清黄鹭来《和陶饮酒》之六："被服太素中，何暇问纨绮。"

③ 谢公：即谢灵运。

④ 谪仙：即诗仙李白。

淋沥观瀑

黄瑞莲

选自《黟县四志》卷十五《杂志·诗录》，民国十二年(1923)刻本。

黄瑞莲，字少白，一字啸百，黟县人。著有《韩隐庐诗钞》。

淋沥山位于黟县城南3公里处，飞瀑而下，流入漳水。此诗用“青天九道飞白龙”“白龙陡落三百尺”等诗句，把“珠飞玉溅”的淋沥山飞瀑那种“投石击水声浪浪，波旋浪转争喧攘”的壮观气势活灵活现地渲染了出来，这便是此诗的出彩之处！

淋沥山寺①一声钟，晴空现出万芙蓉。
钟奇角秀让瀑布②，青天九道飞白龙。
白龙陡落三百尺，上吐云烟下怪石。
鬼斧神功雕刻精，如笋如剑如币帛。
就中一石更奇绝，形似井栏骨似铁。
拦住峰腰作龙门，水石搏击声激烈。
珠飞玉溅过此静，不信人间有仙境。
洞中定有蛟龙眠，青溟③浩荡不见底。
投石击水声浪浪，波旋浪转争喧攘。
痴心要识水深浅，安得扁舟访水乡。
回头鼓勇东山巅，千峰螺黛④翠相连。
瀑布声声犹在耳，脚跟踏遍万山烟。

---

① 山寺：佛教庵堂。淋沥山上有淋沥庵，庵始建于僧觉海，继而扩建于普通，延续至徒孙洪伟、曾孙湛觉。
② 瀑布：淋沥山有“瀑布飞空”一景。在其垂珠洞西有瀑布，自千丈崖下，曲环肖象象鼻，瀑布悬泻由环出。
③ 青溟：指沧海。
④ 螺黛：又叫“螺子黛”，是古代妇女用来画眉的一种青黑色矿物颜料，喻指盘旋高耸的青山。

黟山竹枝词九首

王元瑞

一

烟霞一抹总相侵，笑住桃源洞里深。

我记青莲诗句好，落花流水助清吟。

二

少小离家动别愁，杭州约伴又苏州。

妾心难逐郎心去，折柳[1]年年到白头。

三

青青百里好家山，画出浔阳[2]第一关。

台上白云台下水，坐看云水[3]虑全删。

选自《黟县四志》卷十五《杂志·诗录》，民国十二年(1923)刻本。

王元瑞，清代人，生平不详。

此诗用一组特写镜头——桃源洞近观钓台、徽商离家赴杭苏、浔阳钓台看云水、郭外醉酒赏梅花、广安寺市庙会忙、中秋戏场童比裳、灵虚观图看编户、垂珠洞赏淋沥景、南湖秀水西递梅，展现出古黟传统世代百姓众生光怪陆离而又丰富多彩的生活及其风俗画卷，耐人品味。

① 折柳：古人离别时，有折柳枝相赠之风俗。
② 浔阳：古钓台。
③ 云水：白云与绿水。

四

郭门[1]城外午风斜，好逐名流问酒家。

醉饮狂歌何处去，碧阳书院[2]看梅花。

五

人喧上市[3]邀相看，庙祀将军寺广安[4]。

廿八佳期三月节，簑衣合买钓鱼竿。

六

儿童成阵打球忙，八月中秋闹戏场。

谁是东门谁是郭，斩新争比绿衣裳。

七

灵虚观[5]户散零星，百选青钱兑一丁。

晰字编图侬怕认，读书翻想试朝廷。

---

① 郭门：古黟县县城南门。

② 碧阳书院：位于黟县县城以南迎霭门外。

③ 市：庙会集市。

④ 广安：古佛寺，位于安徽省黟县县城北门外，旧名永宁寺，南朝梁大同元年(535)建。

⑤ 灵虚观：位于黟县县城南郊，北宋崇宁四年(1105)由道士范处创建。

八

记游林历雨凄凄，似乱军声赴贺齐[1]。

剑镞深埋馀阵气，垂珠洞口暮云迷。

九

南湖[2]一水侵玻璃，十里钟声[3]柳外堤。

绝妙楼台[4]西递起，月光梅影画东溪。

① 贺齐：东吴中郎将。
② 南湖：位于黟县宏村。
③ 十里钟声：指从距离宏村十里开外的梓路寺传来的钟磬声音。
④ 楼台：即西递跑马楼。

石墨岭[1]竹枝词五首

余良弼

选自《黟县四志》卷十五《杂志·诗录》，民国十二年(1923)刻本。

余良弼，清末人，生平不详。

此组竹枝词着笔于石墨名产、湾水砚池、松篁田畴、桃花流水、石墨名茶、浔阳钓台、乘艜出行等等，尽写了黟县石墨岭的田园风光、物产制品及风土人情，尤其那“不是桃花流出洞，哪知此处墨研香?”和“欲往渔亭坐艜去，不须帆挂遇鸿风”，更是暗指漳河的一川清水以及与之紧密联系的水运交通。

一

新安墨[2]妙制尤殊，香入毫端细细濡。

底事天上灵毓秀，更将妙墨产名区。

二

山腰流水一湾围，当作砚池笔可挥。

果否行人磨不尽，染成浓淡暮烟霏。

三

山前山后植松篁，亦有田畴插绿秧。

不是桃花流出洞[3]，哪知此处墨研香?

① 石墨岭：亦名岭山，位于黟县浔阳台东侧，岭呈墨黑色，因产石墨而得名。

② 墨：指石墨。

③ 洞：指黟县桃源洞。

四

黟山山僻产茶多，此地茶[1]佳语匪讹。

若学卢仝啜七碗，定夸味美胜松萝。

五

侬家生长此山中，台[2]峙浔阳一径通。

欲往渔亭坐簰去，不须帆挂遇鸿风。

① 此地茶：指石墨茶，因产于黟县石墨岭而得名。
② 台：指钓台。

碧山八景(二十二首选六)

汪　浚

选自《黟县四志》卷十五《杂志·诗录》,民国十二年(1923)刻本。

汪浚,字渊如,清末人,生平不详。

该组诗通过“双溪涨碧”“石枧流虹”“冰壶印月”等篇章描写了黟县碧山的数处景观,特别是借用诗句“有水有山丘壑好,寻诗闲过绿云庄”“村东漳水往东流,傍水人家尽画楼”“流水桃花诗句好,不知谁是谪仙才”,吟咏赞颂了各处景观的绝妙!

一

双溪桥[①]畔春绿波,半亩园中春树红。

日暖踏青歌柳陌,衣香细酿杏花风。

二

石枧流红[②]水色鲜,坚寻有约自年年。

小姑未解先春意,也效侬家饰翠钿。

三

冰壶塘里波如镜,柏树园边花映窗。

波盖鸳鸯花引蝾,载飞载止总成双。

---

① 双溪桥:古桥,位于黟县碧山。“黟县北郊,三孔石拱桥,地处漳水和霁水交汇处,故名双溪桥。”

② 石枧流红:指“石枧流红”石刻。

四

鱼儿跃处春藏拙，燕子来时笋又香。

有水有山丘壑好，寻诗闲过绿云庄。

五

村东漳水[1]往东流，傍水人家尽画楼。

若是春来能荡浆，挂帆安稳到杭州。

六

碧山胜地足徘徊，多少词人踏屐来。

流水桃花[2]诗句好，不知谁是谪仙才？

① 漳水：指漳河（新安江上游最大支流）。

② 流水桃花：指唐李白在《答山中人》里写的诗句："桃花流水杳然去，别有天地非人间。"

浔阳钓台歌

胡腾逵

选自《黟县四志》卷十五《杂志·诗录》，民国十二年(1923)刻本。

胡腾逵，字肃仪，黟县西递人。能诗词，善书法。

该诗对黟县浔阳古钓台及其周遭的景致进行了酣畅淋漓且一气呵成的讴歌及礼赞，通篇灌注了诗人热爱家乡大好山水的充沛情感，并夸赞浔阳台前流过的漳河溪水因独特而为家乡增色！

浔阳之山真奇哉，浔阳之水[1]抱山来。
行人沙岸自识险，滩水潺潺暄薄雷。
落英缤纷散霞彩，垂钓仙翁[2]今何在？
娟娟翠竹青琅玕，钓丝欲拂珊瑚海。
悬崖倒削疑欲摧，壶天异境忽中开。
白云芳草两无恙，寂寞清溪一钓台。
溪头卓午花冥冥，柳絮飘残萍始生。
一队香风吹未散，绿波跳出红鳞[3]轻。
应有人家树当户，松杉隔溪闻人语。
我来垂钓揽余辉，仙乎仙乎胡不归？
长啸一声滩水碧，台边惊起少禽飞。

① 浔阳之水：指浔阳台前流经的漳水。
② 仙翁：指诗仙李白。
③ 红鳞：指赤鱼。

民国

新安江下游(千岛湖)　潘成摄

四月六日寇毁屯溪

许承尧

选自许承尧《疑庵诗》辛卷，汪聪、徐步云点注本，黄山书社1990年版。

许承尧(1874—1946)，字际唐，号疑庵，歙县唐模(今属徽州区)人。清光绪三十年(1904)进士，授翰林院庶吉士，曾任甘肃渭州道尹。总纂民国《歙县志》，辑《西干志》《歙事闲谭》，著《疑庵诗》等。

屯溪位于渐江之滨，其水经篁墩、岑山至浦口，与练江汇于新安江。1929年3月31日，东流县朱富润(绰号朱老五)率部百四十余人，越赤岭抵祁门县历口，焚高门大户40余幢，复入县城，焚烧县署店面，释放囚犯。4月3日进入休宁县城，释囚犯，焚县署，逮捕豪商10多人。4日进入屯溪，向商团要枪未成，次日焚烧屯溪桥至江西会馆一带店铺民房。6日离开屯溪到龙湾，7日纵火焚毁龙湾对河下溪口村130余家，8日去婺源。此诗通过对朱老五焚毁屯溪事件的陈述，表达了对战争寇乱的痛恨及对百姓的同情，忧国忧民之心形于言辞。

昔意山水窟，幽居足盘桓。
地瘠盗不涎，路险能闭关。
岂知万峰底，亦懔烽火残！[①]
寇至疾如风，不及封泥丸[②]。
祁休首被毒，小咋虐未殚。
锐锋趋屯溪，哮怒嘘凶顽。
屯溪聚茶贾，财赋称赡完。
豪家挟利器，寇睨尤喜欢。[③]
索器更责食，丰膳供饱餐。
衣锦白臂缠，含笑欹其冠。
扪腹乃纵火，火如赤龙蟠。
列肆四里余，脆比枯苇萑[④]。
万廛百货尽，一槁遗础干。

---

① 以上二句言：哪里知道地处万山之中的徽州，与外界隔绝，也会惊恐地受到兵火的摧残。
② 泥丸：指坎坷不平的道路。
③ 以上四句言：屯溪为茶商聚集之处，财富充裕，应有尽有。商贾豪门为防备偷盗，家中藏有枪支。寇贼知道后，特别心痒，千方百计想弄到手。
④ 苇萑：两种芦类植物，枯萎时很容易燃烧。

焦骨杂碎砾，不辨颅与髋。①

班斓浙江头，磴道饮血殷。

居民狎兵久，见寇初闲闲。②

有目嗟未盲，迫睹真刲剜。

胆破不解逃，逃亦足蹒跚。③

蒲伏待见及，幸免魂犹寒。

扶持各露宿，风鹤仍时谩。④

邻邑亦流离，载道闻愁叹。

生人逢世乱，诚乃贱蒯菅⑤。

寇去官军来，又复忧犒箪⑥。

---

① 以上四句言：上万间房屋以及屋内所有的日用百货商品都被大火焚烧得一干二净，只留下烧焦的梁柱与石础。未能逃出的百姓也惨被烧死，烧焦的骨头夹杂在碎石之中，分辨不出哪是头颅，哪是胯骨。

② 以上二句言：这些年来，徽州饱受战乱之苦，对兵士往来并不放在心上，这次朱老五率部进入屯溪，人们根本不去在意他们会做些什么。

③ 以上四句言：人们看着家业被大火吞毁，却不得不亲眼目睹，那种痛楚如同割肉剜心。吓破了胆子却想不到要逃走，即使逃走，也因两腿颤抖而步履蹒跚。

④ 以上四句言：有的瘫倒在地，爬着行走，及亲友相互见面，各自庆幸免于灾难，而魂魄依然惊心寒冷。人们各自搀扶着，露宿于街头野外。这时，各种谣言纷纷传来，人们疑惧惶恐，胆战心惊。

⑤ 蒯：蒯草，生长在水边或阴湿的地方。菅：菅茅，茅草的一种。

⑥ 犒箪：用饭菜犒劳军队。

游敦仁里赠程律谐

许承尧

选自许承尧《疑庵诗》续集一，黄山书社1990年版。

程律谐，即程镛，字律谐，晚号笠翁，敦仁里人。清光绪年间岁贡生，能诗文，善音律，精拳击。尝在上海与被喻为"中国哈同"的歙县冯塘人程霖生合资开办惠源银行，自任行长。又与黄宾虹、许世球（字玉田）等人创办《沪黄报》。

敦仁里村位于歙县北乡白沙河畔，其水发源于摩云岭，经沙溪汇入富资河，至徽州府城北门外万年桥附近注入扬之水，经西门外太平桥下注入新安江支流练江，复经渔梁、紫阳桥、车轮湾，至浦口汇入新安江。

1937年，侵华日军向皖南广德进攻，妄图打通旌德、绩溪至屯赣一线。有传说拟劫持许承尧出山主皖省政务，于是其避难歙北蕃村。其时空暇颇多，好友程律谐所居敦仁里村与蕃村相隔不远，前往游访。敦仁里村地处山中，道路险阻，四望空阔，屏山秀丽，竹树清幽，堪称世外桃源，况有老友相招，可谓"避兵真善地，酣睡尽贴席"，当是躲避烽烟绝佳之地。此诗抒发了诗人漂泊不定、背井离乡的无奈之情。

里居山中央，前后皆峭壁。

凿壁通行人，盘盘达肩脊。

仙源岂易到？远望但丛碧。

避兵真善地，酣睡尽贴席。

山人程长者，鹤发有童色。

离索念朋欢，招我愿假宅。

我爱君高台，平敞屏遮隔。

衣被岚雨香，呼吸日光白。

连山好竹树，环拱情脉脉。

处幽还向明，纳旷不嫌窄。

君言春花时，锦屏足娱客。

我意冬亦佳，曝背胜重帛。

即无烽燧警，赁庑计亦得。

况闻薪价贱，老茶时可摘。

奉生本至简，但办眠与食。

诗以要[1]后期，寒岩水栖息。

① 要：同"邀"，邀约。

新安江舟中

许承尧

舟自画中来，更向画中去。

群山笑相待，意得无迎处。

净练不可量，冲融[1]自东注。

孤白上轻帆，微黄着初树。

春光淡最宜，姚冶[2]时一遇。

闲侣情忘程，萦回爱川路。

选自《疑庵诗》，黄山书社1990年版。

许承尧在新安江过界口、淳安、港口、宿华埠时，以《新安江舟中》为题，写出了诗人眼中看到的如同水墨画般的美丽江景，令人眷爱。

① 冲融：充溢弥漫貌；水波荡漾貌。

② 姚冶：妖艳。

桃源寻春

孙茂宽

选自《黟县四志》卷十五《杂志·诗录》，民国十二年(1923)刻本。

孙茂宽，清末民初黟县人。

此诗绘声绘色地描摹了黟县桃源洞、栈阁岭、桃源村及浔阳台等自然景物，也着重笔墨写了“一水潆纡自古今”的漳水这条新安江上游最大支流的秀佳水色，情感非常丰富。

石洞[1]玲珑接天翠，

暖风吹面鸟声碎。

两岸桃花相映红，

春来胜比武陵地。

桃源佳处总堪寻，

无数峰峦簇碧岑。

两三茅舍竹篱外，

一水[2]潆纡自古今。

曳杖穿云过栈阁，

历遍幽岩复绝壑。

昨日看花花未开，

今日看花花渐落。

花开花落自年年，

中有高人号谪仙[3]。

路上桃花襟上雨，

① 石洞：指桃源洞。

② 一水：指漳水。

③ 谪仙：指诗仙李白。

为花忙着亦陶然。
岂是避秦居洞里，
鸡犬桑麻诚美矣。
桃花谷口笑迎人，
散作流霞逐流水。
境界清幽绝点尘，
此间风景状难口。
欲逢子骥[1]探灵境，
冀与渊明[2]同问津。
子骥渊明果何在，
底事何须话瀛海。
白云芳草思悠悠，
人去溪山终未改。
浔阳台下钓鱼舟，
我是渔郎鼓枻游。
钓得赤鳞[3]沽酒去，
一杯含醉伴沙鸥。

① 子骥：刘子骥。
② 渊明：陶潜。
③ 赤鳞：赤鱼。

献诗

陶行知

选自《休宁县志》卷二十八《艺文》第一章“艺文选”，汪顺生主编，黄山书社2012年版。

陶行知（1891—1946），歙县黄潭源人。人民教育家。著有《行知书信》《行知诗歌集》《古庙敲钟录》《中国教育改造》《幼稚教育论文集》《陶行知教育论文选辑》等。

陶行知的外婆家位于休宁县万安镇的皂荚巷，他曾在巷中的吴尔宽老师馆中上学。从这条悠长狭窄的街巷沿河边走去，就是横江的码头。横江水发源于黟县白顶山，流经万安，经潜阜、梅林至黎阳，于阳湖汇入渐江。清光绪三十四年（1908），陶行知17岁，在歙县崇一学堂两年修完三年课程，以第一名成绩毕业，考取杭州广济医学堂，想通过学医来解除广大劳动人民的病痛，实现自己报效祖国的志向。但是这所教会学校歧视非入教学生，入学仅三天，他便愤然退学。这首诗写的是陶行知17岁时从休宁县万安镇水南桥下乘船离开家乡到杭州求学，其父亲到码头为之送行，时隔23年后，陶行知回忆起已故的父亲于春日清晨在码头送别的情景，深情地写下《献诗》，用以怀念父亲。

我17岁之春，独自一人乘船赴杭学医，父亲躬自送到水南桥下船。回想初别情景，历历如在目前。今特追摄入诗，送别人竟不及见，思之泪落如雨。

古城岩下，水蓝桥①边，

三竿白日，一个怀着无穷希望的伤心人，

眼里放出悲壮的光芒，

向船尾直射在他的儿子的面上。

望到山、水、天合成一张大嘴，

隐隐约约的把个帆影儿都吞没了，

才慢慢的转回家去。

我要问芳草上的露水，

何处能寻得当年的泪珠？

---

① 应为“水南桥”，位于万安镇东古城岩东隅山下，为10墩11孔石质大桥，跨横江通向下水南村。明万历十年（1582）徽州知府高时倡议邑人黄廷侃捐建，又名高公桥。诗人少年离乡后再未返回，误记为“水蓝桥”。

留别胡近仁叔

胡 适

十载联交久，何堪际别离。

友师论学业，叔侄叙伦彝。

耿耿维驹意，依依折柳辞。

天涯知己少，怅怅欲何之。

丁未[1]夏，余归自申江，与近仁先生别三年矣。相见依依，不忍言别，而又不能不相别，赋此留别，即希教正。秋八月，族侄骍谨识。

选自《绩溪县志》第三十八章“艺文”，绩溪县地方志编纂委员会办公室编，方志出版社2011年版。

胡适(1891—1962)，名嗣穈，行名洪骍，字适之，号冬友，绩溪上庄村人，著名学者、教育家。一生著作宏富，涉及面广，代表作有《中国哲学史大纲》(上卷)、《白话文学史》(上卷)、《尝试集》、《胡适文存》等。

胡近仁(1886—1935)，字祥木、堇人，绩溪上庄村人，大源河畔。幼年与堂侄胡适同学，学问渊博，曾经商，后在家乡办学、教书。胡适与胡近仁既是叔侄关系，又亦友亦师，此诗描写了叔侄之间的深厚情谊。

① 丁未：1907年。

屯溪夜泊

郁达夫

选自《黄山市志》卷二十六《艺文·艺文选辑》，翟屯建主编，黄山书社2010年版。

郁达夫（1896—1945），原名郁文，字达夫，浙江省富阳人。小说家、散文家、诗人。代表作有《沉沦》《故都的秋》《春风沉醉的晚上》《怀鲁迅》等。

屯溪旧为休宁县首镇，率水与横江于此交汇于渐江。水路交通十分发达，溯率水而上，可达商业历史名镇溪口；沿横江而上，可达黟县古镇渔亭；顺江而下，可达浙江省会杭州，商贾云集，店铺林立，为东南地域商业重镇，有“小上海”之誉、“皖南大码头”之称。民国二十三年（1934）三月二十九日，郁达夫与林语堂、潘光旦等一行八人应东南五省周览会之约，出行旅游。经临安、于潜、天目山，过昱岭关，于四月一日晚抵屯溪，夜宿屯溪老大桥下舟船之上，次日雨中游览屯溪，晚上撰写《屯溪夜泊记》，于文章末尾，作有此诗。

新安江水碧悠悠，
两岸人家散若舟。
几夜屯溪桥下梦，
断肠春色似扬州。

后记

新安江以一江清澈而独特的江水闻名于世，是徽州人民的母亲河，是杭州人民的源头活水。新安江，是新安文明的摇篮，孕育了博大精深的徽州文化，培育了众多杰出历史名人，滋养了举世无双的徽州商帮。

如今的新安江流域是我国生态补偿机制建设的先行探索地，是“绿水青山就是金山银山”的全国样板。“新安江模式”是习近平生态文明思想的重要实践载体，习近平总书记指出：要推广新安江水环境补偿试点经验，鼓励流域上下游之间开展资金、产业、人才等多种补偿。

为更好地宣传、推广新安江模式，深入挖掘新安江历史文化，黄山市社科联按照市委、市政府要求，自2018年8月开始，组织专家学者，围绕历代诗人咏赞新安江这一主题，历时一年多，通过走访、调查、搜集、阅读、梳理、解读、撰写，反复讨论、审稿，从搜集的500多首诗篇中筛选261首，并精选27幅新安江图片，形成了这本总字数约50万字的《新安江诗词选注》。

在编写过程中，我们将赞美古徽州绩溪县和新安江下游浙江淳安、建德的诗篇一并收入，展示“同饮一江水，共享一个圈”的历史渊源。其中，吴兆民负责淳安县、建德县，郗延红负责黟县，邵宝振负责绩溪县，张艳红负责古徽州歙县、休宁县、婺源县、祁门县，汪大白、陈平民、陈政参与部分编写审稿工作，杨永生、翟屯建负责全书统稿、审稿工作，张艳红协助统稿、审稿。

本书的出版得到了黄山市委宣传部、市发改委、市财政局的大力支持，潘成、舒铭华、李静雯、孙珏、方静、张志新等及徽州区委宣传部、黄山城投集团新安江旅游发展有限公司为本书提供了大量精美的图片，包括钱新庭、陈晓明、邓根宝、朱国平、沈光洪、李中华、胡宏坤、吴丰霖、汪建柏、许琦、陈雪君、汪澄、洪长利等的摄影作品，在此一并表示衷心的感谢！

由于历代赞美新安江的诗词很多，限于时间和史料搜集等因素，难免存在遗漏和不足，敬请读者批评指正。

编者

2020年1月